彼岸先生

〔日〕岛田雅彦/著

赵海涛 袁斌/译

上海译文出版社

目　录

一　师徒关系 / 001

二　夜幕下的同志们 / 031

三　女人之都 / 071

四　老师·我·我的父母 / 108

五　彼岸日记 / 130

六　此岸之家 / 202

七　幻想家族 / 220

八　上千个猥亵的夜晚 / 233

九　从此以后 / 267

一 师徒关系

1

——人类已然不复存在了。只残存下人类的影子。现实也消失得无影无踪。其后，只留下虚妄。我和你，所有的一切都在路途之上，而且全部不过是行将结束的虚妄中的、阵风吹过旋即会彻底消失得无影无踪的登场人物而已。

这是我一次拜访一位老师的时候他对我所说的话。老师当时一身睡衣，上面还套了一件手织的毛衣。老师的表情看起来就像是工作不顺心，似乎所有都未妥善解决的事务原封不动地困扰住了他。抑或是，他刚刚在恋人的房间里欢度良宵，回到自己家刚打算要再补个回笼觉也未可知。打那之后，我好几次都再度目睹过那样的表情。那种表情就仿佛在对我窃窃私语道："我真是吃够女人这东西的苦头了！"而在日常，他的表情更是对之充满了令人不可思议的确信。

我是老师的表情的粉丝，同时也是老师那不可思议的确信的隐秘信徒。在他的书里描写着事情的真相。老师是个什么都能一眼洞穿的人。幸运总是和老师如影相随。要说起老师这个人，他将来一定会一鸣惊人的。要而言之，因为我一直觉得老师是为人师表，是我的人生导师。从事教师行业，必须是能够心怀确信的人。不管对手是我们崇敬的对象，还是进攻的靶子。打少年时代开始，我就一直很憧憬师徒关系之类的情谊。

幸运的是，其时刚刚年满十九岁的我，恰恰误解了老师那番话的言外之意。当时我总是希冀被一道咒符所左右，老师似乎在冥冥中对我说："从今往后，你将会活在我的作品的世界里！"能够获得许可走入老师作品的世界，这意味着在不久之后的未来，我就会在老师的作品中闪亮登场。对此，我一直都希冀着那一刻的降临，直到后来，我却逐渐领悟出隐含在那句话里的别的意思。

不过，老师也说过这样的一番话：

——你是个帅哥。男人就靠一张脸。因为我们男人生不出孩子，所以我们就要尽力捯饬自己，让自己更帅气。男人只会用下半身思考，除了勃起之外做不了任何创造性的工作。创造天地万物的神也是女的。这个你应该知道的吧？

作为登场人物，最好莫过于长得帅气。我心想，老师大概也正是看中了我标致的容颜和内敛的性格，最终才愿意收我为徒吧。

——毕竟，和长得帅气的年轻人在一起，估计我自己也会沾些光的吧！

如果老师打算狩猎美女的话，我会义无反顾去做他猎枪里的子弹，心甘情愿去做他身边的猎犬。我对自己的运动神经和体力有着充分的自信。但凡是我能做到的，就是赴汤蹈火我都愿意去效力。我之所以会有这种想法，或许是因为我是老师小说的忠实读者，因而身上带着某种特异体质的缘故吧。把这称作是人德也可以吧！尽管迄今我还未曾遇到过能够诠释这个词的人物，但我总觉得，老师他应该有过这样的品格呢。只不过，这个词把尊敬和戏谑混为一谈。但是总之，既然是同样作为登场人物，那么成为倾注了作者好意于一身的美少年岂不更妙？像那种脑袋蠢笨，相貌又粗鄙，唯一的优点就是即便吃掉腐败的食物依旧能安然无恙的胃囊，既无品味又不知道自尊，厚颜无耻还神经大条，假之以体育系渣男的身份在老师的作品中登场，甚至还会招致其他出场人物的厌恶。但至少，我觉得自己应该不会被拉来充当这类跑龙套的角色吧。

我一直在努力。希望既不被缩小也不被夸大，而是和现实中的自己一模一样。但是每次当我自作聪明的装腔作势，或者是自不量力的嚣张跋扈，其下场左不过是在老师炯炯如炬的目光中，被不屑地嘲笑一番。在他的作品里某个地方，记得写过这样的话："没有比愣头青的诚实更好的智慧了！"

老师是我见到过真身的第一个小说家。所以，老师的一举手一投足我都关注，感觉如同是在阅读一部叫做《当世小说家气质》① 的小说。

——要我说，所谓的小说家，其实左不过是一层窗户纸的简单事情。你要去当别人的徒弟，你大脑没有秀逗吧？

对于砂糖子所担心的事情，我刻意不去在意。就算不是小说家，普通人也会有那么一两处让人感觉怪僻的地方。即便是砂糖子，她自己也时常会挂着那些诸如"好憧憬同性恋的世界啊"、"我也想成为花花公子"之类的话。想去体会下同性恋和花花公子的生活之类的事情，这难道不会让人觉得有些怪诞吗？我就对她说："小说家就是能够不动声色地整天搞出古怪事情，想入非非的那伙人而已。"听人说，小说家这个人种必须要比那些脑袋里就只能想到一点点奇怪事情的普通人还要普通出好多倍才行。如果我和砂糖子的普通程度是百分之九十的话，那么，小说家的普通程度一定是百分之五百才靠谱。

——那人到底都在写些什么小说呢？

——不可思议的恋爱小说吧。

——好看不好看？

——不清楚呢。也许是色情小说，也许是科幻小说，也许是政治小说，也有可能是推理小说。

---

① 日本大作家坪内逍遥的首部小说，描写了明治维新时期男学生的生存貌态。

——里边有同性恋和花花公子吗?

——有很多古怪的家伙都纷纷登场。

说到底,我也无法解释清楚老师的作品世界。我所能做的,只是误打误撞进入那个世界并迷失自我。

比起作品的内容,砂糖子更加担心老师的相貌。她对面目丑陋的中年大叔极为厌恶,甚至远超对蛇的厌恶。如果中年大叔再搞出色情行为的话,那么估计砂糖子肯定会肆意宣布对方死刑的吧?幸好(虽然倒也和砂糖子没什么关系)的是,老师尚没有彻底沦为中年大叔,我总感觉老师将会以疲惫不堪的青年身份终其一生。

最后的结果是,不知曾几何时,我开始频繁出没于老师的身边。有一次,老师问我:"你打算当我徒弟吗?"我的回答是:"是的。"紧接着,老师补充了一句:"这样子或许也挺有意思的。"自此老师认可了我做他的徒弟。

——你想当个小说家?

砂糖子曾经这么问我。

——不,一点儿也不想。

这是我最诚实的回答。或许,想写点文字和想当个小说家这两种想法其本身完全就是两个截然相反的方向。但至少,我从来没有过半点想跟随老师去学习小说的创作方法之类的想法。老师只是个让我时不时会萌生念头跑去见一见的人,除此之外,我没有其他的想法。我为什么会拜他为师,那是因为这样一来,每次要见他时,我就不必再找其他的借口。

2

老师将我的姐姐称为老师。姐姐之前在音乐大学的研究生院进修声乐，曾经做兼职给老师讲解歌剧的发音方法。老师对意大利歌剧中毒很深，甚至到不唱两句就全身不痛快的地步，但是不巧的是他却始终发不出高音来。于是乎，住在附近的姐姐就帮忙去改良老师的唱腔。

——声音听起来倒也不是特别糟糕，不过马上就会出现气息不匀称的情况。那种感觉就像是马拉松中前三公里遥遥领先，但在刚跑过十公里的时候就弃赛。老师的问题出在呼吸的方式上。不过感觉他还真的是蛮喜欢唱歌呢。整天就盼着唱些难度颇高的男高音咏叹调。但是他要想唱出High C来，我估计最起码还得再练上个十年左右。毕竟老师唱最基础的F大调，都感觉有些走音。

听到姐姐的这番描述，我的眼前不禁出现了那位尚未谋面的老师的第一印象来。双腮憋得通红，捏着假嗓唱歌的中年男子的形象纤毫毕现。我立刻就跑去买了老师的作品来读，但刚一开始，发现作者和自己对老师的想象完全不符，旋即把小说扔在一边。老师的作品不能拿来当少女漫画看。那些我从未邂逅过的类型的登场人物在作品里相互对话，发生恋情，又彼此憎恨。尽管故事的背景设定在东京，但他们所说的话和所面临的现实总让我感觉到，一切就像是发生在另外一个世界里的故事。我根本就没有机会参与其中。即便是勉强让我成为登场人物，想来也定会被作者给恶意解剖掉的吧。尽管如此，我依然耐着性子重读了好多次，伴随着对老师的私生活的深入了解，到了最后，我总算才感觉到作品的世界渐渐地与我的身体开始相互契合了。想看老师的书，就必须先把自己给训练出来才行。

坚持了三个月左右，老师最终中断了发声培训。这是因为姐姐已经决定要到维也纳的音乐大学留学。通过这三个月的相处，姐姐已经彻底成为老师的粉丝。她对男人的欣赏眼光似乎也因老师的存在而发生了骤然变化。也不知道从哪儿看来的，姐姐总会得意洋洋地说些"那些感觉有些枯瘦的男人才有魅力"、"对男人来说，人品比脸重要"之类的话。老师那种不可思议的人德，似乎也渐渐地渗透到姐姐的内心。

老师的寓所离我家，大概也就骑自行车二十分钟的路程。他和他太太两个人住在一处名为Riverside Village的九层公寓的六楼。而我，则和姐姐一起住在一栋楼下是7-11便利店和租碟店的杂居楼的顶层。两家的居所隔着多摩川彼此相望，天晴的时候，蹬着自行车跑到对岸去拜访老师，倒也不失为一种雅兴。

社交场合中，老师有两个响当当的名号。也就是说，老师有着真名和笔名两个名字。但对我，只需要两个字"老师"就足够了。我还在心底里为老师私下起好了一个名字。那是我个人的专用称呼。每次叫起这个称呼，老师就不再是任何人的老师，而只是属于我一个人的老师了。这个称呼，是某次我在河边堤坝上散步时眼前一亮想到的。老师就住在河对岸，所以我就把他叫做——彼岸先生。

姐姐还在每周拜访老师寓所一次的那段时间，我与老师有过三面之缘。最初的一次是姐姐把授课的乐谱忘在家里，吩咐我骑自行车给她送过去的时候。

当时，出现在玄关的女人带我进屋。后来我才得知那女人就是老师的太太，而那时候，我根本就没想到眼前这对男女竟然会是一对夫妻。当时，我甚至误以为眼前的女人只是姐姐的朋友，在第一印象中，我已经擅自把老师定位成一个单身汉。

多亏姐姐当时也在场，我表现得还算淡定。尽管当时我和老师完全是两个素昧平生的陌生人，我天生却有着一种能够保持沉默的木讷。相反，我把那种坐立不安的尴尬感觉强推给了老师。自不待言，当着一个不速之客的面练习发声，心里的感觉自然不会舒服到哪儿去。

——这是我的弟弟菊人。

当时，我脱口说出了"初次见面。姐姐一直以来给您添麻烦了"这类让人感觉奇怪的寒暄。每次姐姐在家里做发声练习的时候，那些到租碟店和7-11来的客人，都会先抬头望一眼我们住的顶层，然后才会进到店里。而在第一次见到老师的时候，我却用上这种面对顾客时才使用的寒暄词令。老师根本没有抬头，只是说了句"欢迎你的到来"。

最后，那天的课程也就此中断，大家一起坐下喝起茶来。原先我也并不打算搅扰他们的课程，准备把乐谱送到就闪人的，但最后我却没能找到合适的时机。所有的对话都是围绕着与姐姐相关的事。

——吃什么东西有利于发声呢？

听到老师的提问，姐姐立刻回答了一句"牛肉"。

——虽然说不上什么缘由来，但总之牛肉和红酒是最好的。相反，听说哈密瓜对发声不大好。但其实一切都得看个人的心情的呀，老师。

当时，我还是第一次听到姐姐她把老师称为"老师"。打那以后，我也就开始学着姐姐这样叫了。话说回来，因为他太太也总是一口一个"老师"地叫他，所以直接导致我当时就搞错了他们的关系。因此，我的错误也是情有可原的吧！当时，老师的太太所说的那番话，我至今仍然记忆犹新。

——我们的老师宅在家里的时候和谁也不搭腔，本来就不善言辞，声音听着也不舒服。为了能用响亮的嗓音说话，于是老师决定练习声乐。对吧，老师？

那一日，老师始终默默无言。看上去也不像是害羞的样子。他在一旁有一搭没一搭地听姐姐和太太的聊天，偶尔漫不经心地应对着"嗯"、"是吗"的托词，看得出来他的心早就抛到九霄云外去了。单调乏味至极的表情与极力将一切掩饰起来的微笑，让人不禁觉得老师真是一个复杂的人啊！

常言道：不是一家人，不进一家门。老师和太太的情形却俨然是个例外。与其说是把老师当做丈夫，还不如说太太把老师当做是敬而远之的旁人。

姐姐与太太打得一片火热，我起初误以为她们是同龄人。姐姐看上去多少有点老成经世，而太太相反看上去十分年轻。所以产生这种错觉也是无可厚非的。姐姐这一年二十三岁，而随后我就知道太太当时也已经二十九岁了。那一天，这二人后来将老师丢在一边，自顾自肆无忌惮地海聊起国外旅行啦、观看艺能表演啦、淘买化妆品啦等等。我使劲在那二人的聊天间歇寻找当口，准备打道回府。就在这个节骨眼上，我与老师四目相对，他对我发送来"这下可糟了"的信号。

最后告别的时候，老师自言自语地嘟囔道：

——十九岁的年轻人每天都想着什么事情度日呢？

姐姐抢先回答道：

——当然是女孩子啰！

——哦是吗？那么，岂不是和我一样？我的心理年龄也是十九岁呢！

老师第一次笑出声来。真是不容易啊，但是老师的玩笑并没有得到旁边的两位女士的附和。

于是在回家的路上，我问姐姐道：

——那个人，是老师的恋人吗？

——你在说什么呀！那肯定是老师的太太嘛！长得多么漂亮！

——嗯嗯。但是，她一点也不像是老师的太太啊？老师的太太可是一点儿也不造作呢！

——那是因为在我们俩的面前吧？他们两个人在一起的时候那可是二人世界呢！

——老师长得真是好帅啊！

——或许吧！只不过是他爱装嫩罢了。但是，即便是成了中年大叔,男人还是满脑子成天介想着如何追求女人的呢!

——女人不也是成天想着男人而活着吗?

姐姐不屑地笑出声来,然后用食指戳了戳我的脑袋。但是我却陷入了沉思:老师也是每天靠想女人活着吗? 是想他的妻子吗? 还是想他的情人? ……猛地——会不会也想姐姐呢?

老师下个月就三十七岁了。

3

不记得具体是什么时候的事情了,彼岸先生步行来到我家附近。站在我的角度来看,老师来我们这边有何贵干呢? 我一边嘟嘟囔囔一边朝着电车站的方向走去。因为大学放学不久,时间大概是下午的五点多钟。我在阳台上一看到老师的身影,故意起哄一般尾随而去。"这是小说家在走路呢!"我心里不断对自己说道。

老师空手穿过车站前的拱廊,看样子不是出来购物的。他一边东看西看,一边慢慢地往前走。就像一只迷途的小羊。

直筒领的衬衫,下身穿灯芯绒长裤的老师在一家鱼店前面停下脚步,凝视着冰冻的鲷鱼发呆。

——老师,前几天给您添麻烦了。

我一打招呼,老师的眼睛立刻转移到我的脸上,怔怔地看着我。

——啊啊……是弟弟啊。

老师仿佛在努力回想我的姓名。

——老师你在这里干什么呢?

——看鱼呢!

——准备晚饭的食材吗?

——不是的。鲷鱼被冰冻后看起来好可怜的样子。

——老师的太太身体好吗?

——好着呢!去上班了。你住在这附近?

——是的。如果姐姐在家的话,我可以把她叫出来。但是她今晚好像要很晚才回家。

——我下周会和你姐姐见一次面的。对了,这附近有哪家比较好喝的咖啡店吗?

步行十分钟,就在这跟前有家播放名曲的酒吧,我把老师带到了这里。这家店的老板是理查·施特劳斯的狂热粉丝,酒吧的招牌上写着"玫瑰骑士"的字样。在傍晚的时候我经常带着砂糖子来这里喝咖啡。酒吧老师经常会满足我的要求,把一些绝版的唱片借给我听。等过了午夜十二点的关店时间,老板还会拿出啤酒款待我。为了表示感激,我经常带给他旅行时候买的特产。我心里直打鼓,不知道如何跟老板介绍老师才好。我觉得应该把老师是小说家的身份隐藏起来为好。对于老师的情况,我并不像对熟人那般熟稔。最后,我索性避开酒吧老板,坐到一旁的酒桌边,只用眼睛和酒吧老板进行寒暄。

老师一边喝着曼德琳豆压制的黑咖啡,一边吐着烟圈,我们半晌无言。

——老师平时什么时候在家写作啊?

对于自己能否说漂亮话,我心里一点也没底。于是我就想,还是问些日常生活的情形比较稳妥。

——只是写什么并不是我的工作。就这样每天发呆才是最重要的工作呢!

——唱歌也是工作吧?

——是啊!吸溜荞麦面条呀、打电话呀、在商业街散步都是在工作呢!

——难道平时也不玩吗?

——那才是最重要的工作呢！因此我平时一直在玩。马不停蹄地玩其实也是十分累人的。我真的是那种厌烦玩耍的人呢！但是对于玩耍却乐此不疲。

我想：不可思议的人总能说出不可思议的话来。虽然我觉得老师只是单纯为了在我面前耍帅，但是即便这样还是有点过度装逼。老师的话的真正含义等我成了老师的徒弟之后，才深切地领悟明白。

——老师玩的时候不开心吗？

——越玩越难以忍受呢！

——我还没有玩到这种程度。真是好羡慕啊！我也想玩到自己都讨厌自己的程度来着！

——你的体力是绝对没有问题的。但是最重要的是祈祷。在玩耍当中必须一直祈祷。

——祈祷？是祈祷究竟为什么而玩耍吗？

——可以有很多方面。

老师并没有具体告诉我是什么？总之，"祈祷"这个词让人毛骨悚然。老师拿出一支烟，点上火，话锋就此一变。

——我听你姐姐说过，你正在大学读俄语系呢？

——是的。每天的课程预习可真是费劲。

——俄语的语法很难。但是把外语扎实学好很重要呢！就可以去世界其他地方玩了。如果只会日语就只能在日本国内玩了。

我笑着回答说："是的！"听姐姐说，老师的英语和西班牙语都说得很流利，用意大利语去旅游也不会遇到什么障碍。我当时报考外国语学院的时候曾经固执地坚持一个看法，那就是要讨女人喜欢，一定要熟练运用三门外语。老师真真正正地证实了我之前看法的正确性。

最后酒吧开始演奏柏辽兹的《意大利的哈利路亚》，老师待演奏结束起身离席去结账。老师一边结账，一边对我说："感谢你带我来这么好的酒吧！"

　　我本打算把老师送到电车站，但是老师突然灵魂出窍一般站在大路中间，突然自言自语道：

　　——我闻到了烤鸡串的香味了。我们不如去吃一些？

　　老师的邀请方式如此之自然，我甚至忘记了客气就屈从于飘入鼻腔的香味。

　　——请随便吃！

　　——老师这么说着，把啤酒倒入面前的酒杯然后呷了一口。我也模仿老师自酌自饮。过了一会儿，老师似乎有些踌躇，但是问我道：

　　—— 你……有恋人吧？

　　—— 是同一所大学的一个女孩子。

　　—— 一个够吗？

　　我想老师在和自己开玩笑，就笑了笑。然后问道："那么几个人才合适呢？"老师却一本正经地继续说道：

　　——你真的喜欢那个女孩子吗？

　　我认为老师这句话也是开玩笑的。既然做了恋人，哪有不喜欢的道理？我苦笑着回答道：

　　——我特别喜欢她！

　　——好羡慕你啊！那个女孩子叫什么名字啊？

　　——砂糖子。意大利语系的学生。

　　——原来如此。我以前也写过纯情的大学生恋爱题材的小说呢！真好！你活在青春小说的世界中呢！

　　——哪有啊！我只是和女孩子在交往来着。

　　——是吗？我当年也有过你现在这样的时期呢。真羡慕你！

　　老师不断地说着羡慕，我不知道他究竟在羡慕我的什么地方。年轻？还是单纯？

——老师不也有美丽的太太吗？

——你说得没错。我就是欲望太多。

这么说着，老师似乎为了掩盖自己的害羞，低头轻轻啃起鸡肉来。我想，如果再过十五年，自己大概就能理解老师的心情了吧。我甚至萌生了强烈的好奇心，想看看老师的内心究竟在想些什么。

我们每个人都干完两瓶啤酒后，老师起身去接电话。等他回来的时候，老师说我们回去吧。临别之际，老师问我道：

——下次，我请你姐姐一起吃饭吧？

——请的不是我，还是问下她本人为好。

老师回答道："你说得对！"然后笑了。大概是喝了酒的缘故，我的脸皮也厚了起来，居然脱口而出："我还想下次和老师一起吃饭呢。"老师答道："那你随时给我打电话吧！"老师的语气坦然又真诚。

4

我和砂糖子一起在"玫瑰骑士"喝咖啡。因为她接下来要去做家教，我就把她送到对岸的电车站。前段时间也有一个初中三年级的女学生叫我老师。后来说出现了比我更合适的家庭教师，于是我就被解雇了。最后一次课的时候，我教的女学生由美对我这样说道：

——由美我很喜欢老师，但是爸爸让我当心老师图谋不轨呢！

难道是怕我拐骗由美不成？真是莫名其妙！对于那样成天杯弓蛇影盯着我不放的父亲，我也不愿意给他的孩子补习功课。干脆一不做二不休，我索性亲由美一口吧？

就在那天，姐姐照例回来很晚，她过了午夜乘出租车归来。看上去醉酒醉得不浅，姐姐东磕西撞地摸索着进入厨房，一口气连喝了两杯醒酒水。大概那天姐姐和老师有补习课吧，傍晚时分姐姐访问了老师家。

立刻我就联想到老师可能邀请姐姐共进晚餐了，于是，我装作若无其事的样子向姐姐询问：

——你和老师去吃什么了啊？

——意大利料理。

——真不错嘛！请我可是烤鸡串。

——自然是我和你级别不同嘛！本小姐是歌剧演唱家，这点你还不懂？

看来是老师这样吹捧姐姐的。姐姐的心情自然是喜不自胜。看着眼前此景，我就想到他们两个在外面歌舞升平的时候，老师的太太又在干什么呢？老师把和姐姐吃饭的事情跟太太讲明白了吗？或者只是一句"我去和教歌剧的老师吃个便饭"这样的话敷衍了事？

接下来的一个月我在准备期末考试和课程论文的提交，真是忙得不亦乐乎。我的生活状态开始变为大学和自己家之间两点一线式的简单反复。此时我和砂糖子的约会也大多在图书馆进行。我学习俄语，她学习意大利语，整整面对面学习的一个多小时里，读到书中妙趣横生的地方，我们互相使眼色示意对方，一起跑到书库的台阶上。陈旧的杂志和珍贵的古书在光线氤氲的书库中静静地沉睡。我听一个学长说，这个图书馆还珍藏着俄国革命前的孤本古书，如果要卖出去的话，绝不会低于五百万日元呢！而那本古书，却好像谁都没有看到过。

我和砂糖子在静谧无声的书库的采光口的窗户下耳鬓厮磨。光线恰到好处地倾泻在砂糖子的脸颊上，她一下子变得生动起来，就如同面前摆放着一幅会说话的肖像画。而且，我还能看到她浅茶色的瞳孔深处，这种氛围对于鉴赏恋人那真真是极好的。当然了，要达到这样的效果，你欣赏的对象必须有着大理石一样雪润的肌肤。砂糖子的脸颊被光线这么一映照，幽幽地散发出微光。

——考试结束后，真想去什么地方玩一玩。

我这么一问，她回答说："嗯，我也想去玩下。"紧接着她又说道："我们一起去滑雪什么的吧？"

——我滑雪那可真是弱爆了。而且我也怕冷！

——你在说什么呀？你不是要成为俄罗斯人吗？我觉得你将来有可能去西伯利亚工作呢！

——我只想在温暖的地方工作、玩耍。因此，我们去温泉如何？

——如果温泉有滑雪场那就太完美了。

所有的最终决定都由砂糖子作出，我做的就是服从。她喜欢寻找捷径，而我总是在东绕西绕的过程中自我迷失。自从和她开始交往后，我发现自己对自己性格的了解越来越深刻。

经常有人问我："你为什么要学习俄语呢？"每每此时我的回答都各不相同。例如我想读陀思妥耶夫斯基的原文小说（翻译成日文的读起来也味同嚼蜡）啦，想进入塔尔科夫斯基的电影世界后罗曼蒂克一把啦，喜欢那个被资本主义国家遥遥领先的让人费解的落后国家啦，等等。唉！就这样稀里糊涂地开始学习俄语来，随着误打误撞闯入俄罗斯文学和俄罗斯历史书籍的丛林之后，我居然开始怀疑自己的言行举止都变成俄罗斯人了。我对于徒有才能却吊儿郎当的懒汉代表奥勃洛摩夫①抱有共鸣，对塔尔科夫斯基的电影里和托尔斯泰小说中的那些诚恳狂热的宗教信徒也表示钦佩。同样也是学习俄语的同学一开始就筹划四年大学毕业后该何去何从，其中不少人有志于成为国际政治专家，我与这些学霸们向来是道不同则不相为谋。

在研究室的同学们对电视节目和报纸上的报道分析得头头是道，

① 俄罗斯作家冈察洛夫的代表作《奥勃洛摩夫》（1959年出版）的主人公，小说讲述地主知识分子奥勃洛摩夫养尊处优，视劳动与公职为不堪忍受的重负。尽管他设想了庞大的行动计划，却无力完成任何事情，最后只能躺在沙发上混日子，成为一个彻头彻尾的懒汉和废物。

我经常是插不上一句话来。我不得不自言自语地安慰自己道："好啦好啦，即便是过着西伯利亚的信徒那般与西洋合理主义没有半毛钱关系的生活又有什么错的！"总觉得，只有顺其自然地选择那种符合自己秉性的世界才不会错。如果再问为什么会选择学俄语，我想这大概就是最诚实的回答了。

塔尔科夫斯基的一部电影叫做《乡愁》①。听说是俄罗斯的男人和意大利的女人的故事，我就和砂糖子跑去观看。砂糖子看到我满含热泪的样子，露出不可思议的表情。主人公在意大利丧失理智，完全浸淫在自己的世界中无法自拔。他从中窥探到自己的灵魂，但是我总觉得这部电影分明是在指摘出我的罪恶感。那是怎样的一种罪恶感呢？总而言之，这部电影讲的就是类似罪恶感的东西。我和主人公一样，与宗教狂热者进行心与心的交流。但一想到自己无法继承主人公的未竟遗志，我的内心突然不胜伤感。所谓的心与心的交流就是窥探意识的底部，而且面对任何的事情都提前心存"祈祷"，想到死亡。我觉得自己就是会这样的不由自主。这或许是我感知到的罪恶感吧？我呀真是个古怪的人，我这样想道。

砂糖子曾经对我说过这样的话。

——你呢总爱时不时地沉浸在自我世界当中，因此，你赶紧返回我们人类的世界中吧！

——很变态吗？

——很变态。因此你也很有趣。

这是砂糖子对我的褒奖吧？

---

① 塔尔科夫斯基是一位电影诗人，《乡愁》描写一个俄国诗人到意大利寻找一位音乐家的踪迹。他完全沉浸在自己的世界里，跟周遭几乎无法沟通，即便是身旁的女翻译也于事无补，但他后来遇见了一名当地隐士，大家都把他当成疯子，但诗人却在他身上看到了自己的影子。

砂糖子为什么会选择学意大利语呢？理由显而易见。"因为打小我就想住到罗马来着——"

在书库中，我和砂糖子还讨论了超能力。例如谁会有超能力呢？如果能心电感应的话，人类谈恋爱的方法估计也会焕然一新吧？如果不使用手和口来演奏乐器的话，那该是多么刺激！……那一天，发展到我和砂糖子接吻费时三十五分钟。我总是无法恰当把握时机。如果是真正的俄罗斯人和意大利人之间，这么长时间都可以接吻上百次。唉！又有什么办法呢？谁叫我和砂糖子都是假冒的呢！

回到书桌之后，我想应该再努力一把，和砂糖子又跑到楼梯的位置。

——我们再说说超能力的事情吧？

对于砂糖子的话，我一边笑着一边颔首。突然，我却想起老师的事情来了。

——前段时间，我被姐姐的熟人问道"你有恋人吗"，我回答他有一个来着。

——是吗？是谁呀？

一瞬间，我猛地意识到当时老师如果不是在讲笑话的话，我可该如何是好，我怔怔地望着砂糖子的脸颊发呆起来。

——你明明知道还问？

我和砂糖子的关系仅仅止步于接吻的程度。

5

到了樱花凋零的时节，姐姐的生活仿佛被什么牵制住了似的糟乱得一塌糊涂。她正在准备六月份去维也纳留学，本应该排除杂念专心学习德语的姐姐却总是借口说"太忙了，我已经没时间学习了"，一边这么说，却一边玩得乐不思蜀。我也曾眼见姐姐大清早回家，遭受着宿醉的折磨，还不住地兀自叹息。这种情形发生过好多次。但是，姐姐总是好了伤疤忘了疼，没过几天又风风火火地跑出去享受三天两晚的定制温泉旅行，抑或和狐朋狗友出门兜风……给人感觉是她下个月是要去服兵役，现在只是最后的疯狂。

——你这么爱疯玩，等去了维也纳你还能安心学习吗？

面对我的诘责，姐姐用如同看到了悲伤的谷底的眼神说道：

——人家已经没有什么时间了呀。只有在东京我才能做完的事情简直是太多太多。

——如果要玩的话，还不如开开心心地玩好。

我居然不假思索地这样说道。姐姐依然我行我素地一边烦恼一边玩耍。她难道是和这里的谁在惜别吗？或者是想用昏天黑地的玩耍来抵消初次开始国外生活的惴惴不安？

所有的一切我用那天在桥上的亲眼所见来补充说明。那天，姐姐坐在河堤公园里的长凳上恍惚发呆。骑自行车过桥的时候，我就想在身后吓唬姐姐一番。我从河堤上蹑手蹑脚地往下走。就在这个时候，姐姐的背后出现了一个男子。我看到他将自己的手轻轻地放在了姐姐的肩膀上。居然是彼岸先生！从自行车上下来这才一晃眼的工夫，我居然看到了这样的一幕。夕阳正好照过河堤，将光斑投洒在他们二人身上。老师徐徐地弯下腰坐在靠近姐姐的身畔，两人居然拥抱在了一起。姐姐将头倚在老师的胸前，喃喃地诉说着什么。

他们果然搞在了一起！我识相地踩着脚踏板飞速离开了河堤，骑向河的对岸。半路上我回头去看他们，发现他们的脸颊已经贴在了一起。

究竟是谁先追的谁呢？是姐姐爱慕上了老师吗？还是老师用花言巧语说服了姐姐呢？但是事实是姐姐马上就要去维也纳留学了。

难道他们是为了最终的分手而选择在一起的吗？老师还有他的太太。对于老师而言，姐姐是令人鄙夷的第三者。姐姐为什么心甘情愿地成为令人不齿的小三呢？对于老师而言，姐姐又算是什么样的存在呢？短暂的露水鸳鸯？姐姐脑子秀逗了吗？她是怎么想的？难道只是简单的游戏？扮演一回歌剧中的女主人公？所以才对跟着学歌剧的老师说："我们谈恋爱吧？"我冥思苦想，最终只是得到了这样一个结论，那就是他们二人之间只是为了构筑一种短暂的浪漫的鱼水之欢。我不得不心生疑窦，这场罗曼蒂克的恋爱无论怎么进展，其结果对于姐姐都是不利的。

那天姐姐回来得很晚。他们从公园又去了哪里呢？姐姐的夜生活伴侣是老师这一点是毋庸置疑的。我一边走马观花地看着从楼下租碟店借来的电影，一边心猿意马地等待姐姐的归来。

第二天我有俄语课，但是我没有去大学上课。每一周，我总会有至少两天的时间什么也不想做，什么也不愿意思考，和谁都不想见面。在这样的日子里，我每天身着睡衣睡裤，窝在客厅里，读着少女漫画。其实我等待的事情只有一个。那就是砂糖子的电话。如果没有砂糖子这个恋人的话，估计我早就很容易地坠入万劫不复的颓废深渊。我和我的分身去了河的对岸，到现在还没有灵魂归窍。是啊，能够邂逅砂糖子我是何等的幸运啊！我得以不选择退学把功课维系下去，还可以不用每天穿着睡衣聊以度日，这些都多亏有砂糖子在我身边。在我每次徘徊的时候，砂糖子总会把我从堕落中拖拽出来。

读第三本漫画的时候，我的肚子咕咕叫了起来。在睡裤外面套上牛仔裤，上身穿了宽松的夹克衫，跑到一楼的便利店买些食物。顺便又租借了两盘录影带。我们住的这幢楼对于懒汉们而言，再没有比这里更好的去处了，在这里可以绰绰有余地满足所有生活的需要。如果你满意的话，不必从这幢大楼迈出一步就可以生活得非常舒适。如果再有一个人愿意挣钱供你开销，那更是完美！

——哎哎哎，去给我买瓶宝矿力水特①来。

女高音歌唱家的声音。正在退化为懒汉的女人还赖在床上呢。就在短短的这段时间，我并未觉察到姐姐一下子沉湎到恋爱的幸福当中。只有正在恋爱的人才会口渴的吧？姐姐的喉咙就发出敲太鼓一样的咚咚声，用我买来的大瓶宝矿力水特矿泉水给自己补充水分。

——昨天，我看到你了。三点多，在河堤上的公园。你干了什么好事了？

——你说的好事指什么？

姐姐不动声色地问。

——姐姐，还有人知道你和老师的关系吗？

——哎呀，你还真看到了啊！真是眼够尖的。

姐姐大快朵颐地吃着我买来的饭团，敷衍了事地对我笑着。

——你今晚上不去约会吗？

——唔，老师他有别的要紧的事情呢。

——你打算怎么办？在去维也纳之前撒丫子跑路？

——唉，只能听天由命啦！

——那你喜欢老师吗？

没有回答我的问题，姐姐手拿遥控器对准电视机，却问我道："你借了什么带子啊？"我本来打算用《本·哈》②和《黑色的瞳孔》这两部电影打发那天的时间的。《本·哈》我已看过不下十遍，我甚至还梦到查尔斯顿划着木筏子在多摩川上出现。

---

① 宝矿力水特矿泉水诞生于日本，是日本流行的电解质补充饮料，由日本大冢制药株式会社研发。

② 改编自卢·华莱士的同名长篇小说。由导演威廉·惠勒执导，查尔斯顿·海斯特·休·格里夫斯、杰克·霍金斯主演的民族苦难历史片。

——我们先看这个吧。

姐姐把《黑色的瞳孔》的录像带塞入卡盒。看看，拙劣地用看电影来掩饰自己的感情。……这部电影我本来打算和砂糖子一起来观看的。

——老师最近还好吧？

——好着呢。当然多亏有我呗。

——你不是和老师玩玩吗？

——老师不也是玩玩嘛！

这样的对话我不想再继续下去。姐姐也一定会觉得还是不要再深入下去得好。但是，正因为是深陷其中，姐姐才用不以为然的语气说出"老师不也是玩玩嘛"这样毫无实质意义的话语。

买来的五个饭团姐姐很快消灭掉三个。她挥舞着手指夹着薯条不住地往嘴里送。偶尔，她也会用没有沾上油的手指往上拢一拢滑落下来的头发。随后将指尖送到鼻翼嗅嗅味道。再最后，就是不住地叹息。

——分手的话会很痛苦的吧？

姐姐无声地在那里，突然自问自答地点点头。突然，啪啦一声传来，姐姐的这种状态登时消失，录影带又播放起其他的音乐。姐姐的烦恼一刹那仿佛被她自己吃掉了一样。

6

我接到砂糖子电话的时候，就如同要讲俄语一样，顿时紧张起来。我打算将这一连三天的事情向她一股脑儿倾诉出去，但是嘴里却支支吾吾说不出个清爽话来。一想到自己再怎么做也是于事无补，也就懒得再作解释。

——你赶紧从你自己的小世界中出来吧？我在"玫瑰骑士"等你来哟！

——我马上就来。

我将三日以来穿着的睡衣睡裤塞入洗衣机，冲了淋浴。为了与三天以来的懒汉生活告一段落，我还特意仪式性地剃了胡须。我有个癖好，在淋浴的同时必须做其他的事情。例如剃须、刷牙、擤鼻涕、喝啤酒，或者畅快地手淫。只是，这个时候我不吸烟。但是我吸烟的时候必须要嚼口香糖。

穿上我喜欢的粉红色衬衫，黑色的长筒裤，三天之后我出门了。照这个劲头我明天就能去学校上学了。久违的出身臭汗也不错。

砂糖子的脸颊也异于往常，泛着粉红色的光泽。

——我打算今年夏天去意大利呢。

——学习意大利语吗？

——一半是学习，一半是玩耍。

——我姐姐也要去维也纳了。我也想去圣保罗看看呢！

六月的圣保罗正是极昼的时节。但是，我总是会想到暗夜中的圣保罗的模样。明亮的太阳永远不会升起，在运河侧畔橘黄色的街灯下，喜欢夜生活的俄罗斯人像夜猫子一样披着老鼠、兔子、狐狸、羊皮的服饰四处溜达。他们每天都过着忧虑的虚妄和逆来顺受的生活，有时候为了发泄这种情绪疯狂地大吵大闹。他们动作缓慢，总是沉默着接受宿命，说到底他们都是一群懒汉。

砂糖子以不可思议的表情望着我。

——喝点什么？

——我想喝点红酒什么的。

——我和你一样。那么今天是什么日子呢？

——是啊，总得找个理由我们来碰个杯。

在等待红酒端上来的间歇，我思忖着找个什么理由来干一杯呢？或者像俄罗斯人那样，讲个什么荤段子然后一饮而尽。

——为了我要去罗马干一杯吧?

砂糖子这么说着,举起了玻璃杯子。

——也为了圣保罗的极昼吧。

我这样附和道。砂糖子说:"如果东京也有极昼就好了。"

——没有白天才好呢! 因为总有人不愿意起床。

——那是因为朋友少的缘故吧?

——我有过两个朋友。我与他们两个互相在彼此家里过夜。要成为我的朋友的条件是,必须要一起睡觉。

砂糖子左边的嘴角露出了笑意,小口地呷着红酒。

——那么你现在还有那样的朋友吗?

——你做我的朋友怎么样?

我们二人四目相对,仿佛一下子看透了对方心思那般笑了起来。

——既然大家都想法一样,我们就向对方交自己的底吧?

——使用超能力吗?

——也许吧。

并不是我不想和砂糖子睡觉。我也没有什么怪诞的处女情结,也不会看到一个女孩子的时候萌生"这个女孩子生来就是要被人强奸的"想法。我既不是性无能也不是豁出命去打炮的那类人。确实我只把性冲动严严实实地限制在下半身。但是,我绝不是那种为了出汗而做爱,一下子不冲抵高潮誓不罢休的野蛮的性爱好者。

虽然我并不是很清楚自己到底在寻找什么东西,但是如果被谁莫名指摘的话,那我会感到惊悚的。我总是会让朋友们厌倦。——总之,你想要女人吗? ——不,不是的。就在朋友们对女人的品相品头论足的时候,我就如同漂浮在漩涡底部的碎布片一样打着旋儿,只是嘟嘟囔囔着上面的话。

——因为我不想背弃我自己,所以我现在不想做爱。

朋友们宽宥了我。"你这小子，将来一定会遇到那种极品的女人呢。"紧接着，他们就把我晾到了一边。

我是被自己的感情所玩弄的玩具。对别人傻得出奇的认真的我，如果只是和那些朝三暮四、心猿意马的普通女孩子交往的话，她肯定会觉得我就是一个小丑。

砂糖子的对外防备是完美无缺的。即便是我折返回自己的小天地，砂糖子也不会有丝毫的慌乱。我做什么她都不会觉得意外。砂糖子经常用半开玩笑的口吻和眼神同我说话。那种态度多少有些傲慢，但是对我而言，却觉得那是另一种别样的温柔。

那天，我和砂糖子二人就我和她之间是如何地缺乏共同点展开长篇累牍的讨论。磁铁的N极和S极的关系是最好的。相同事物之间的互相掐架之类自然和我们无缘。我和砂糖子臭味相投，随后就约好一起乘坐电车去吃法国料理。

我对于砂糖子之前和什么样的男子交往毫无所知。她对是不是我的初恋的这些过往也是知之甚少。我甚至畅想她被一个不认识的男子搂抱着的情形，我的下体也不安分起来。大概是这种无端的闲操心啦对对方的敬意啦纯粹的爱情啦这种风马牛不相及的事情将砂糖子的身体从我思想中抢走了吧？我命令职业摔跤手一样相貌丑陋的两个男人去侵犯砂糖子，在一旁的我则假假借其中一个男人的手来自慰。很多夜晚，我就会陷入这样的妄想的桎梏。

我吃完牛排，点了一杯白兰地。我竭力想平息内心的凌乱，一边苦于找不到合适的话题，尽可能地扮出温和的表情，我在正对面打量着砂糖子的面颊。

猛不丁，我头脑中浮现出一个邪恶的念头。河堤旁的公园。午后刚过三点。姐姐和老师在一起热吻。如果，我说是如果，如果那对恋人是老师和砂糖子的话……

——我们接吻吧?

实际上这个时候,白兰地饮后的微醺尚未激发出来丰富的释放欲望。但是,我一心不要沉湎于夜生活的虚妄,而是在眼前这奢侈的餐桌旁顺其自然的一场表演。砂糖子显然没识破我的伎俩。

砂糖子的嘴唇灼热。我们的嘴唇仿佛融为一体。砂糖子是我的恋人。我心里不断地这样呼喊道。

——今晚上我必须回家。

砂糖子突然这么说道。

——你要提前开溜啊?

——别这样说嘛! 真的是必须回家。

——可我想和你一起睡觉。

——下次吧。

砂糖子的一句话让我一下子清醒过来。少男呀,少女呀,月亮的光泽是有毒的。还是都赶紧回家洗洗睡吧。

就这样,砂糖子始终没能成为我夜生活中的恋人。

7

我的父母向来都不着家。父亲是因为工作关系,三个月或者半年的时间都是在地球另一半的某个地方出差。母亲则是在照顾父亲的生活起居(父亲是一个连自己的衬衫放在哪里都不知道的人),母亲便以监视父亲是否有外遇为借口,总是抱着去观光的心情跟随父亲去国外。实际上是不管父亲走到哪里,都带着一个如影随形的看守。

下个月姐姐也要出国了。到了七月份砂糖子也要去意大利了。夏天,这个房屋注定被噩梦弥漫。我也没有要去哪里旅游的计划,等夏天到来的时候,我或许会化作头顶上空冥冥中的亡灵。

那是一个礼拜天,淅淅沥沥地下着雨。打开窗户,蜷缩在沙发里望着外面的世界发呆。熟悉的楼顶和各种广告牌也变得歪歪扭扭,就在这时,电视机也刺刺啦啦地没了信号,什么也看不了了。

我正在读陀思妥耶夫斯基的《群魔》①。之前读了很多次都是半途而废。每次读不下去的情况都各不一样。读了五十页左右的时候眼皮有些下垂,韦尔霍文斯基喝完第十杯香槟,挂着丁字拐杖出现在舞会的现场,还给大家表演着小杂技。

在当时,我认为所有的书籍都有浅层和深层的含义。不论是福楼拜的《情感教育》还是克劳塞维茨的《战争论》,不论是《圣经》还是《古兰经》和《法华经》,这都不能浮光掠影地进行表层阅读。普通的读者读书的时候只是为了识字,这就是表层阅读。但是以神志不清的状态阅读,潜藏在字里行间的文字、影像和声音就会应运而生了。这是深层阅读。进行深层阅读,与似梦非梦的状态混在一起的话会容易进入视觉和听觉的饕餮盛宴。就是这样的,作者则在读者的梦幻中将写出来的浅层文本进行置换。一旦深层阅读开启,表层阅读带给读者的印象一刹那就会烟消云散。很可能的是,通过书本阅读,我有与那些已经死去的作者进行交流的超能力。我就跟恐山②的女巫一样。

就这样,我不知不觉进入了梦乡。在梦中,有一个太阳穴暴着青筋,眉目细长的男人在瓢泼大雨中,从高处俯视着我。我认出来了,这个男人正是斯塔洛夫斯基。他这样对我说道:

——大家看上去都和死囚犯没什么两样。我们没权决定哪一天离开这个世界。

---

① 《群魔》是俄国著名作家陀思妥耶夫斯基的代表作之一。他塑造了十九世纪四十年代的自由主义者及七十年代初民主青年的群像。作者着重探索了恐怖分子的内心活动。《群魔》的主人公之一是自称为革命者的彼得·韦尔霍文斯基。
② 位于日本青森县。是本州最北端,位于下北的日本三大灵场之一。

我突然跳了起来，因为突然注意到房间里还有另外一个人存在。

是姐姐。姐姐的表情狰狞。因为下雨的缘故，她涂抹的睫毛膏被冲得一塌糊涂，黑色的泪渍挂在眼睛下。

——老师去哪儿了呢？

我固执地认为老师和姐姐总是如影随形。在梦幻与现实的境界中，我将斯塔洛夫斯基与老师混为一谈。

——我们分手了。

——你太过分了！真是太草率了！你们以后不再见面吗？

——我不知道。

——你想吃点什么？我给你做吧？

——睡觉。我累死了。

——这样啊，那么睡之前你先把脸好好洗一下吧？

8

姐姐出发去了维也纳，和老师的事情似乎也没对她残留下怎样的创伤。相反地，姐姐临行前拜托给我一件事。

——你去监视下老师，千万别让他自杀了。我虽然和老师分手了，但是我怎么都不希望他绝望而死。接下来，很长的一段时间你都要一个人独自生活，好好地和砂糖子交往。顺便在不忙的时候，你多去拜访下老师让他请你吃饭吧？老师说他对你的印象很好呢！

如果说老师总是被自杀的诱惑所困扰的话，那我的监视就毫无意义。虽然答应了姐姐会时不时地给老师打个电话，但是我始终没能从姐姐口中获悉她和老师交往的最后情形。

在我一个人独自生活第四天的时候，我将姐姐对我的希望原封不动地和盘托出，告诉了老师。

老师接电话的声音如同锉刀锉过一样,结结巴巴。

——好久没和您联系了。我是菊人。谢谢老师一直以来照顾姐姐!

——哪有哪有?你姐姐已经平安抵达维也纳了吧?

——听她说下周开始就住进学生公寓了。

——是这样啊。她的地址确定后你记得告诉我一声,我要给她写信来着。

——好的。还有一件事,是姐姐拜托我的,……唔,总觉得有些难以启齿呢……

——什么事?

——按照姐姐的原话来讲,让我监视老师不要自杀。她说。

——你姐姐真跟你这样说的啊?…………你姐姐真贴心啊!

——您没事吧?

——唔,至少是现在不用担心。如果我要死的话一定先给你姐姐知会一声。

——我想问下,老师会不会也像死囚犯那样绝望啊?

老师一瞬间语塞,旋即笑出声来。真是笨死人的聊天对话啊!

——你如果还是担心的话就过来看我吧?

我鬼使神差地就马上跑到老师的家。我其实还打算问问关于老师和姐姐的一件事情。

老师穿着睡衣出现在玄关。老师的太太不在家。

——好像是我打电话吵着您了,真对不起!

——没事没事。如果不是你的电话,估计我这辈子都要在被窝里度过了。

我想,老师原来也是个喜欢夜生活的人啊。如果一个人待着,一定会做出惊世骇俗的事情来。至少会萌生自杀的念头之类的吧。然后,还可以神不知鬼不觉地独自进行书籍的深层阅读呢!

那么,接下来怎么才能找到话题打破僵局呢?我陷入了棘手的困惑,所以我们一直保持沉默。我们都浅浅地坐在蓬松的沙发上,不约而同地瞅着茶几上的烟灰缸发呆。

——你作为弟弟,是怎么看待你姐姐和我的关系呢?

——我呀……姐姐也这样问过我好几次。我觉得你们可能分手了?

——我们其实不是分手。那个,互相深爱的男女之间怎么会想着分手?这个怎么说才好呢?只不过我们保持着一种松散的关系罢了。

我并不懂老师的话的含义。女方绝情地飞去了维也纳,而男方却陷入了困惑。我理解的只有这些。

——您和姐姐最后分手的时候,你们都说了什么呢?

——我跟菊人君说实话吧。我大概是这么对她说的。"下次我们在别的地方再约会吧。"在维也纳约会吧。我想等那时候你姐姐或许已经找到心仪的新的心上人了吧。

——老师也在找新的恋人吗?

——是的。在你姐姐面前,我总是会觉得自卑。说不清那是羡慕、敬意还是嫉妒?……你姐姐是一个健康的美人儿,而且还教我唱歌。说句不自量力的话,我还想过要和你姐姐PK唱歌呢?不,当然了我从没有过要欺骗你姐姐的念头。我是那么地爱着她呢。

——姐姐应该也爱着老师吧。

——我好几次邀请你姐姐共餐。那是在我带你姐姐去常去的酒吧的时候吧。在那里偶然遇到我之前短暂处过的女孩子,对方看见是我后马上过来进行一番惨烈的羞辱。你姐姐当场就发飙了。"你难道没看到旁边坐的是他的新恋人吗?"你姐姐劈头盖脸进行一番斥责。她的表现让我一下子坠入情网。她的那句话让我们很快就成为恋人关系。

——你和姐姐睡过觉吗?

——睡过了。那天晚上,我们两个人喝得酩酊大醉。等醒来的时候发现我们在宾馆里共处一室,赤身裸体地搂抱在一起。至此我和你姐姐打了个平手。我想我不和你姐姐PK唱歌也没关系了。

——听上去总觉得进展太快呢! 老师和姐姐的关系还在持续吗? 或者你们已经结束了?

——这个怎么说才好呢? 我们在梦中还在继续交往。你姐姐会在我的梦中出现,我也会出现在你身处维也纳的姐姐的梦乡中。我和你姐姐就成为这样的一种关系。我不会抛弃她,她也不会将我抛弃。我们虽然约好以后不再见面,但是如果因此将彼此的一切全然忘却岂不寂寞? 我不太擅长讲话的时候转移主题。我们还是继续讨论男女关系的事情吧。你能明白我的话吗? 你姐姐这点上最了解我。

——如果姐姐和别的男人交往的话,老师会吃醋吗?

——于我而言,是没有吃醋的权利的。

——但是,姐姐和老师的太太却有。老师和其他的女人偷偷交往,难道太太就不会吃醋吗?

——我深爱着我的太太。我现在能说的就是这句话。因此,菊人君,我还有一件事要拜托你呢。请时不时地告诉我你姐姐的消息。因为你是连接我和你姐姐之间唯一的媒介了。而且你也是一个人生活对吧? 因为我答应过你姐姐,我可以随时请你吃饭呢! 希望这一切没有给你添麻烦。你会因为我和你姐姐的事情而生气吗?

——不会的。因为姐姐的恋爱和我没有一毛钱关系。姐姐对和老师的关系也很享受的呢!

总之,我当时是这样回答老师的。但是老师对此事的看法我却越发地不得而知了。姐姐一直对老师遭受自杀诱惑的威胁而耿耿于怀。

对此，老师对自己的想法也一定是不甚了了的吧？就在那一天，我隐隐地对老师平添几分亲近感。最后，我和老师约好下周再度见面。

二 夜幕下的同志们

1

老师一直认为比起人类来，自己更接近影子般的存在，与其说是活着，不如说还未死亡。总而言之，他将自己视为一位专业的撒谎大师。有这样一则趣闻，听说从前交往过的一位女友强硬地提出分手时，老师半开玩笑地在自己的名片上印上了"Professional liar"（专业撒谎大师）的字样。打这之后，老师再也不害怕被女性说成是骗子。不，岂止那样，他还变得有些期待这句话冷不丁地会从哪位女性口中冒将出来。真是个猥亵而道貌岸然的人！连身为女高音歌手的姐姐也被这种道貌岸然之泡妞方法迷惑得五迷三道了吧？

撒谎的生活并不轻松。老师并没有将现实生活和虚拟生活区别开来。爱说谎的人如果笨拙地说了真话，就相当于自掘坟墓。骗子首先要会欺骗自己，然后，慢慢地消除真实与谎话之间的界限。自己甚至会相信真实的东西也是虚拟的。这样想方设法地使自己的生活得以安定。这是专业的撒谎者的行径。

老师的泡妞智慧比任何人都高超许多。如果这是他迄今为止的个人经验的产物，那么姐姐也就成了老师的智慧动力。我不打算向老师说教，只是想说一两句讽刺话。

——我觉得老师无论是对于姐姐还是对于我而言，您都像是人生导师一般的存在。因此，也请您将我看做您的弟子。因为我总觉得与其说是情人的弟弟，弟子这一说法更为名正言顺些。

——名正言顺吗？专业的撒谎者也成了人生导师了吗？这可是货真价实的反面教师呀！我想，如果你的诚实和我的狡猾中和一下，或许彼此都会变得更优秀呢？

或许狡猾是为人师的条件。自然成为了弟子的我也就得到了观察老师生活的绝佳位置。我并不是要学习撒谎的方法，也不是特意要被老师所欺骗。第一，老师欺骗我，不会失去什么也不会得到什么。我和专业的撒谎者之间不存在任何利害关系。嗯，勉强像是一个温顺的外人吧。

——仔细想想，我都没有人生导师呢。因为这个国家的父亲没个正形，所以应该要让儿子去好好学习人生吧？你刚才说想成为我的弟子，这可能会很有趣呢。但是，说起来，我也想成为某人的弟子，我们一起寻找我们的人生导师你觉得如何？

老师这样说着，嘴角留有微笑。

——那么，一起去散步吧？我想去附近的商店买点东西。

他妻子不在家，我说帮他提东西，所以和老师一起出门了。老师手里拿着夹入报纸当中的传单，是写着"羽绒被褥大甩卖"的广告，这肯定是有什么用吧！

包括体育报在内，老师每天阅读三种报纸，招聘广告和叠入广告大致上也都浏览一遍。因为老师认为只要这样做的话，就不会与世隔绝了。确实，老师对现在社会上发生的事情了如指掌。会看周刊和漫画杂志，平均每天看四小时的电视。他也会和十几岁的女子或是艺人把酒共欢，聊得不亦乐乎。但是，老师却仍然不由自主地与周围的社会脱轨了。他总是在社会舞台的幕后，迅速地掀开钩破的幕布，虽说可以旁观一部戏的始终，可是老师自身却没有对之产生任何的共鸣。

"就是这里。"老师这么说着,走进了广告地图所提示的寝具店。

——被褥什么的谁都有吧,特意跑来这里购物的家伙是最近结婚了呢,还是开始了单身生活,又或者是有了交往对象的女性,抑或是有了二奶的男性? 不论是其中的哪一种,都是一群从现在开始要快乐生活的家伙。

正在看羽绒被褥的夫妻向我们投来诧异的表情。原来老师也会思考这些事情呀,这是有着何等洞察力的起哄者呀!

但是,不凑巧,没有顾客会在老师冷嘲热讽之后还心情愉快的。几乎是与此同时,一位表情倦怠的中年女性店员悄悄靠近老师身旁。

——羽绒被褥现在正便宜卖哟。因为是清仓大甩卖,还不及别家店的半价呢。怎么样,来一个? 用的是德国制的最上等羽毛,您一定会想睡睡看吧?

老师微微苦笑目不转睛地看着店员的脸,假装糊涂地说道:我的确想睡着试试看呢!

——哎呀,不是您说的那意思。请千万不要误解!

老师将手放在我的肩上,嘲笑店员说:"这位怎么样?"

——是兄弟吗?

我正想说"不是",可是老师打断了,继续纠缠。

——真想试试呀,因为不知道睡时的具体感觉,所以就不想买呀。当然,你也和我一起,我这人呀,一个人的话就根本睡不着。

—— 一起睡的话,您会买一套吗?

店员一本正经,拼命想将老师的玩笑变为谈生意。因为是清仓销售,店员也自暴自弃。我不禁插嘴了。

——没关系吗,要35万日元呢!

——对呀,我觉得比起羽绒被褥,人肉的被褥更舒服呢! 如果可以用35万日元买你的话，我就买。不可以便宜地将自己卖了哟，话说，有没有成套睡衣呢？我想要好多睡衣哦。

店员也转而开玩笑，带着老师看睡衣。睡衣可以任意挑选，一件1980日元。老师买了十件L码同样花纹的睡衣，将其中一件送给了我。店员说是附带赠品，另外给了我们三件套女士内裤，一副不可思议的表情询问老师道："买这么多有什么用呢？"老师只回答了一句：

——用来分给夜晚的志同道合者们哟！

如果老师自己穿一件，剩下的八件会送给谁呢？他将嘴巴凑到我耳边低声说道："我也送一件给你姐姐！"

所谓夜晚的志同道合者，是指同样有着夜行性的那群人。既然我也从老师那里得到了睡衣，就相当于老师也将我视为夜晚的志同道合者之一。志同道合者们统一的服装难道是睡衣吗？然而，并非一起睡觉。不论是老师、姐姐，还是老师的恋人和朋友们，都是在不同的地方睡觉，而仅有睡衣是相同的。纵然这样，大家至少会梦见相同的梦吧！

那晚，我穿着从老师那得到的粉红色竖条纹的睡衣睡觉了。

2

我每周去见老师一次。这样经过了一个月，我也大致了解了老师的生活模式。老师每周休息四天，周六到周一的三天时间用于写作。一个月当中，工作时间不到两个星期。除此之外，春天和秋天各有两个月的超长时间休假，正月①也可以充分休息。所以一年当中的实际工作时间仅仅三个月。真是好福气呢！即使故弄玄虚地说平日的寻欢作乐

———————————

① 日本的新年。即公历的元旦。

是工作,也不见得是错误的。我有点嫉妒,却又过分担心:这样居然也能很好地维持生计!

——太阳高高悬挂时,不能考虑正经的事。夕阳西落之时,就让我们如愿以偿地做天地创造之类的事吧!

正因为这样,老师总是下午一点以后才从床上爬起来,然后在附近荞麦面店凑合吃个饭。过了一会儿,又一副百无聊赖的模样,在自己家里游手好闲。这期间,他也会津津有味地看三种不同的报纸、周刊、漫画杂志、电视及录像带,这是与社会接轨的做法。不久,太阳渐渐西落,老师的体温也随之升高,精神抖擞,甚至变得有些躁动不安。

这就是典型的夜行性。

我专门选择在日落之前会见老师。老实说,是对夜晚的老师多少有点心怀畏惧,虽说我同样有些夜行性。

譬如,我当时欢天喜地地接受的睡衣。交织在这件睡衣当中的来自老师的言外之意,我觉得自己要更加深刻地去思考。

一位穿戴整齐的中年绅士,偷偷地将刚买下来的睡衣和写有自己住址的纸条,亲手交给一位在酒吧初次见面的英俊少年。我忽然想起电影当中这样的一幕。虽为时已晚,一切却骤然降临。如果老师与电影里中年绅士有着同样的企图,而将睡衣送给了我,那样的话……

我打电话给砂糖子向她说明此事,她说我过于杯弓蛇影了。

——在之前,你不也觉得老师和你有同样的爱好吗?

——我完全没有察觉。

——那么,没关系的!因为让你陪同他去买了东西,作为谢礼才那样做的。莫非你觉得他是在同时诱惑你们姐弟两个吗?如果那样想的话……那就是……

——什么呀?

——变态哟!

3

很长的一段时间里，我都没有再联系老师。不久，老师打来了电话。

——今晚有空吗？

突然被这样问道，我不知如何回答。

——现在要去喝点酒，可以的话，要不要一起来？

——多谢您前几日送的睡衣。

——那种薄礼，小意思啦！来的话，从现在开始的一小时之内赶到涩谷文化村。到了就打电话给我，我去接你。好的，电话号码是……

我想如果去那里，他所说的夜晚的志同道合者们会在那里聚会，我以好奇心为借口，决定前去。那天是星期三，老师不用工作。

在坡道的半截途中向左转，稍稍步行一小会儿之后，有一家藤蔓缠绕的古老的俄式料理店。老师特地前来等我，在他的陪同下，我一边吃着内屋餐桌上的烤蝾螺蘑菇，一边不情愿地坐在了喝着伏特加酒的家伙们中间。他们继续聊天，毫不顾忌我是谁。一位听他们聊天的女性劝诱我说：帮我做杯加冰的伏特加酒！说着将坛子中的清炖牛肉盛到新盘子里。她的发型是埃及艳后克娄巴特拉七世①风格的刘海和短发，年龄大概是二十五六岁吧。有着白皙的肌肤，眼角细长而清秀，眼皮深处的瞳孔静谧又安详。左手握着蕾丝手帕，一会儿绕着右手指打转，一会儿老实地坐着，将其贴于鼻子的下方。刚才我还想起小津安二郎编导的电影中的某个场景———个人像她那样正襟危坐眺望着窗外。

---

① 古埃及托勒密王朝女王，以才貌成为恺撒的情妇，后与安东尼结婚，企图实行专制统治，但在亚克兴海战中战败，让毒蛇咬死自己自杀。

桌边除我以外，还有五人。老师，容貌有点古风的女性，意大利西部片中反面人物风格的男性，驼背、脖子短而粗、皮肤黝黑、喋喋不休的男性，还有一位斯拉夫①人系的面容柔和的女性，与我相向而视。

我不知道驼背短粗脖男子在说着什么，但是似乎谈话已经告一段落。这时候，老师开口说话，他想将我介绍给大家。

——这是菊人君，还记得我前阵子带来的女性吗？

——是哪位女性？

意大利西部片男子低声问道。因为他窥视人的眼神像是要剁碎对方的身体，所以我不由得心生畏惧。

——歌剧歌手的……

——啊，还记得呢，嘿嘿，是个不错的女子呢。

驼背男子伸出短而粗的脖子，喝着伏特加酒那样说道。

——对，就是她的弟弟，才十九岁哟。我想跟你们说说十九岁的少年是在思考着什么度过的，于是就把他带来了。

——来，一定要喝一杯吧！

意大利西部片男子说道。我只说了句"请多多关照"，不知道该将视线朝向哪里。他好像在观察我的举动，用温和的口吻这样说道：

——一般的人见到我，都会感到有些害怕。我很清楚这一点。有着这样一副面孔，既有吃亏的时候，也有占便宜的时候，二者相互抵消，结果就变成零了。对啦，如果和那人只有一次邂逅，就会吃亏。譬如，入境审查官啦，海关公务员啦。至今为止，我很多次在专门的房间受到他们的深入调查。

——那是当然。你护照的照片无论怎么看都像恐怖分子或是暴力

---

① 斯拉夫人。属斯拉夫语族的民族，居住于欧洲的东、中部。

犯罪分子。对吧，桑科①？你们的胡子都一模一样呢！

听她称呼桑科，原来他果真是意大利西部片中反派角色的墨西哥人，这是谁都否认不了的事情。

——唉，请你们听着，只要是见了两次，就有好处。因为内在与外貌并不相称，谁都会觉得我是个朴实温柔的男人。当然，我也一直在努力。

——如果外表是恐怖分子，说话的语调是流氓，性格是强暴女性的恶魔，那就是了不起的人。

——那可就是公说公有理婆说婆有理的事情了。

——行啦，请不要用那种眼神瞪着我！

驼背短粗脖男子像是讥讽的化身。但是，也有些可恨又可爱之处。他坐在我的对面，时而对我投来锐利瘆人的目光。

——这个恐怖分子呀，名叫桑科三宅，是个雕塑家。旁边坐的金发纯情少女是他的夫人米海勒小姐，是这群人当中最了不起的人物。我的年龄最大，马上就六十岁了，可是因为没有完全觉悟，所以还在和一群头脑少根弦的伙伴们一起混日子哟。这伙人一旦饮酒过度，脑袋就会不听使唤。你的趣味也是相当独特的嘛！你的朋友——小说家老师也相当不正派。或许作为小说家，他是个颓废的人。可能是因为比起肝脏衰坏，头脑不正常的人更能写出好的小说吧？

老师与驼背短粗脖男子干杯说道："您如此夸奖我，我真高兴啊！"

——可是，你的肝脏变成肥鹅肝许久都还没有坏，真是异常顽强的肝脏呢。再说，你的脑袋不也正在变成肥鹅肝吗？

——等我死了，都让你给吃掉。

---

① Sancho Panza。是西班牙小说《堂吉诃德》中的人物，堂吉诃德的仆人。他身形肥胖，长着大胡子，与又瘦又高的堂吉诃德身披铠甲，共同经历了很多滑稽的探险。

——哪里的话。不管是日本道学的黑格尔派还是下里巴人的黑格尔派，都必须将过世的老师的头脑和肝脏永远保存在大学里。等你老师死掉后，要使历史继续，需要怎样的头脑和肝脏呢，这对于解剖学研究是不可或缺的。

　　老师也和下里巴人的黑格尔学派不分上下，说话辛辣恶毒。想必两位女性的心情也不舒畅吧，不知道什么时候挖苦讽刺的口水会朝自己飞来，或者说因为非常期待这一场景，于是选择一直没有离开。

　　——话说，你是处男吧？

　　冷不防，驼背短粗脖男子对我抛来冷言恶语。这个时候，我茫然失措，不知是否该老实地回答，总觉得所有人的视线都充满好奇而黏糊糊的。

　　——是的，想向没有性交的关系挑战。

　　这句话脱口而出。我被嘲笑了。五个人笑起来都不一样。"你真是向非常难的事物宣战啊！"老师嘟囔说道，大家都点点头。

　　不管我是不是处男，都是他们多管闲事。这群无法再次变成处男和处女的家伙也只是各自心怀鬼胎。这种时候，如果我还是一副看上去善良的面孔，会很不利的，会被他们当做下酒菜。

　　——我能知道你是从事什么的吗？

　　我询问一位古风面孔的女性。她只说了句："在教钢琴。"这时，下里巴人的黑格尔派附和道：

　　——她长得很好，又很有教养，在我所有的学生当中格外优秀，就像黑格尔关于《精神现象学》的毕业论文和硕士论文一样不同凡响。只可惜她是这位小说家的粉丝，这是她唯一的缺点。

　　钢琴教师兼哲学家，又是彼岸先生的忠实读者的小姐，的确是个让人觉得有点不可思议的多重性格人物。我对这位名为诹访响子的女性满怀好意与兴趣，为了不被平民区的黑格尔看穿，她对周围所有人都极为友好。听说下里巴人的黑格尔五年前是M大学的教授。谁也没有说具体情况，可是我曾听朋友说，由于某所大学的教授与他情人之间的桃色绯闻，他从大学辞职，摇身一变成为了令人讨厌的批评家。总觉得当时有名的人都是像驼背短粗脖男子那样的。

听说桑科的妻子米海勒小姐在东京英语口语学校长期担任教师，现在是校长。

桑科和米海勒小姐之间的关系简直是如胶似漆。因为不管多么努力，对米海勒小姐的责任，总像是无法偿还的债务。米海勒小姐指望桑科作为一名雕塑家可以获得事业上的成功，对丈夫的生活也照顾得无微不至。不仅仅是经济援助，还会提供精神援助，满足其性交欲望，做饭、洗衣、按摩、作品宣传、销售，统统包括在内。

总觉得桑科没有取得成功，是由于他的理想太过于遥不可及。担任美术专业学校讲师的他，本来的研究题目是——"无重力的雕刻"。所有的雕刻都是以重力为前提进行的。大家都默默地达成共识：如果不站在地面上，就不会形成雕刻的作用。不少的雕刻家在地面上掘洞，却没有人可以摆脱重力来进行雕刻。为了使之成功，必须将其作品放在无重力的空间之中，并且，观看的人也必须处在无重力空间之中。这样的艺术斥资甚巨，怎么可能会有赞助者为那样的艺术投资？

他六年前就开始酝酿这个宏伟的计划，已经完成了几个试制品。但是，桑科坚持说：这个如果不放在无重力空间，始终是没有意义的。尽管如此，听说由于米海勒小姐的努力，他的一个作品还是被悬挂在费城清扫局大楼的旗帜上了。

4

转眼时针指向午夜十二点。他们终于站起身来，我露面的时候大概是九点，在唉声叹气间，三个小时转瞬即逝。话题也是东拉西扯，最后又回到原点，其间每个人都是自说自话。单单是听他们的对话，我就感觉头晕目眩。老师问我："晚上有劲吗？""嗯，我和大家一样。也是夜行性一族。"我一说完，老师就让我坐在了提前预约的出租车的副驾驶座上。因为桑科和米海勒小姐第二天早上要启程去外地旅游，大家就此告别，剩下的三人一起坐进了出租车。"真正的夜晚从此刻开始。"三人脸上都流露出这样的神情。接下来我们要去的地点是六本木。

仅能容纳十人的狭窄酒吧，设有卡拉OK，总觉得像同性恋酒吧。店里的两个人说起话来都娘腔娘调，其中一人原本是男中音歌手，所以老师经常来这里唱歌。很快，他熟练掌握了向姐姐学习的发音方法，虽然可以大声唱出一段歌剧，但是他的声音混浊嘶哑。老师一边说着："肚子有点饿了。"一边悄悄地拜托店长代订外卖的拉面。

——真是不可思议啊，为什么一到晚上就想吃拉面呢？

响子并没有问任何人的意思，只是自言自语道。

——叫做夜啼荞麦的这类东西、古往今来就是有着夜行性的懒汉的救命粮草。拉面汤中融入了高分子状态的妄想。夜晚的妄想，就像是从念想的大杂烩中冒出的热蒸汽，地球上的一切生物都是从原始的面汤中诞生的。那时候的记忆残留于大脑深处，干扰有秩序的思考，使之变得混沌，一到晚上，大家就都回到原始的面汤的状态。拉面的汤使我不由得想到原始的高汤，我曾窥视过某些店里用金属大圆桶煮透而成的汤，有时因自己未在汤中加入蔬菜、香辛料、肉、骨头、脂肪、鱼类和贝类等甚至会觉得有些不可思议。

我真是服了，老师吃拉面的时候思考着一些这样的事。

——你有玩什么运动项目吗？

响子怔怔窥视着我的面孔。那时候，我发觉她极具魅力。我想象着她丝绸质地的连衣裙下方的乳房像颔首的双胞胎一样来回晃动，不禁倒吸一口冷气。

——高中时代曾踢过足球。

只有响子点了点头，另外两人似乎对体育毫无兴趣。

日本正宗的黑格尔似乎一直在对老师说着有关女性的事，打包的外卖拉面被送到了。四人并排地坐在沙发上吃着拉面，这期间，他俩的谈话也并未停止。我听着他们的谈话，眼睛一直偷瞄着响子的胸部。

——对方是二十九岁吧，你要扮演她的父亲哟，如果她也是以此为目的的话？

——不，对方不想在我身上寻找到任何父亲的影子。

——是男女对等的关系吗？唉，就算年龄差距不是问题……

——她似乎对我奇怪的大叔样很感兴趣。

——有没有做爱呀？

——没有，我对自己的做爱技巧引以为豪，可是对方提出了条件：如果我带她去泰国，她就陪我睡一晚。

——算啦，真是无趣的女性。请拿出点男人的威严来，这样的话，日本正宗的黑格尔就太可怜了，要做爱就要专业点嘛。

——已经和她约定好了，是个相当不错的女子！

日本正宗的黑格尔深深地叹了口气，响子若无其事，好像并没有听两人的谈话。我因为闲得无聊，大口大口地喝着威士忌，从店里出来的时候已经酩酊大醉了，完全不记得是怎么回家的。可能是老师将我送回来的吧。

5

桑科三宅是他的艺名，他的本名是铃木一彦，像公文样板中的名字。不知其相貌超乎平凡是否是好事。作为雕塑家，在进行自我推销时，伪装成日本人和墨西哥人的混血儿，因为他推测这样会使自己的商品价值更高。一听桑科三宅这个名字，谁都不会怀疑他不是个混血儿。

老师说他和桑科三宅是在美国玉米研究领域的某所大学结识的。九年前，两个人都是二十多岁光景，老师作为创作学科的客座研究员在大学呆了半年多。桑科在美国致力于雕塑销售，当时在女朋友米海勒小姐的故乡衣阿华州度过盛夏。两人在学生、教授经常聚会的酒吧偶然相遇，那天只略微交谈一二，第二天同坐在柜台边，由于情趣相投一起喝了啤酒，然后一起喝得烂醉如泥。我从别的酒席了解到他俩友情产生的原委。由他俩的谈话，我联想到中国香港动作电影中的搭档。

——不管怎样，我们从那晚以来就成了最强拍档。

——所谓的意气相投，大抵是不能够理解的。

走出酒吧，两人做了什么，只记得在玉米旱田里全身是自己的呕吐物，晕倒在地，之后什么也不记得了。据老师所说，两人都醉得不轻。

十米处，可以看见桑科开的车子的后半部分。前半部分陷入了玉米旱田，好像贪吃饲料的猪。完全不记得说了些什么，但知道他们彼此都敞开了心扉。

老师在衣阿华州大学的生活暂时告一段落，去纽约拜访了桑科。

——现在想想，你可真是在旱田中间忍耐了半年呢，像是服了六个月的徒刑。我每天都是啤酒和汉堡包，因此长了啤酒肚，炸薯条绝对没有吃过。米海勒小姐就不一样，衣阿华州的女性净是一些认为比起走路来坐车更快的胖子。我不想变成胖子，和那种女性交往的话，就会像是被妈妈溺爱的孩子。那是我第一次去纽约，眼花缭乱，无法忍受，总是会勃起。还真是相当年轻呢！

两人迅速成立了猎妞组合，都知道比起一个人，组合着去猎妞的成功率更高。桑科主要负责与女性搭讪，老师则负责甜言蜜语。桑科丑陋的容貌比不上老师端正的容貌，老师毫无特征的面孔在桑科的脸蛋的衬托下，平平增添了些许看点。一个人感觉羞涩而做不到的事情，两个人的话，则可以十分轻而易举地解决难题。

——小马（桑科这样称呼老师）可以很巧妙地控制住时机。我只是认为时来运转时是运气太好，徒劳无益时则是被魔鬼附身。和小马搭档，我总觉得风水轮流转。

桑科太过分相信自己的运气，有时大胜而归，也有时损失惨重。一方面，老师坚信自己是与幸运无缘的人，从一开始就净想着失败。因此，他下定决心不能失败。并且，他总觉得时来运转的人感觉灵敏。如果将这家伙带去，绝对会有所收获，不管遭遇多大的困难都可以克服。老师利用了桑科的运气，桑科请老师决定引退的最佳时机。转动轮盘押注红黑、奇偶以使成本翻倍是老师的任务，一眼识破伎俩大获全胜是桑科的任务。如果玩黑杰克，老师会站在桑科的后面，以使他不会焦虑。

结果，老师在美国呆了两年，在这期间写了一些短篇小说，寄给了日本国内的出版社，虽然能够得到一些稿费，却不足以维持生计。当时，他也在坚持写一部长篇小说，虽说如此，连他自己也不知道何时可以完成。

"当时，我就是桑科和米海勒小姐养的狗，但本质上是个吃喝嫖赌的懒汉。我住在纽约东部村庄一间古老的公寓里，整日在思索和散步当中度过时日。"

老师在《狗的生活》这一短篇小说中这样写道。登场人物是实际存在的，小说中发生的事情也是狗所见到的实事。主人公"狗"坚定地拥有作为小说家的自尊心。

"我比饲养我的主人更聪明，更有教养，也更懂礼仪。音乐的话，喜欢瓦格纳和施特劳斯，不想听使想象力麻木的音乐；电视的话，只爱看料理节目和电影，对所有报道出来的新闻都持有疑问；读物的话，只会看一些与自己实际生活有关的，并对问题提供启发的书，我是卡夫卡、乔伊斯、博尔赫斯、昆德拉、品钦等人的热心读者。

我讨厌肮脏的床单，喝吉尼斯黑啤酒而不是百威啤酒，不舔食任何狗粮。

我对将我视为狗的人感到愤恨，为了证明自己的清白，不知不觉写着小说。我的主人充分地理解我高尚的志向，即使贫穷，也义无反顾地帮助我！"

6

——我并没有要尝试成为运动员。只是不能够和有暴力倾向的家伙和谐相处，运动员们在相互斗殴之后，马上就会坦然示好吧，真是喜欢莫名地感动。一看到足球或是拳击，我就会觉得运动员是非常善于社交和外交的，能彼此心领神会真是高明呀。对无法理解自己的人，我认为只有毕恭毕敬。并不是想像运动员那样与人接触。运动对健康不利，你也是运动员吧，经常做一些有害精神健康的事啊。

——运动作为过剩体力的发泄是很必要的，不是吗？

——嗯，为了让只有体力的家伙变老实，或许是很必要的，过了不久，就会锻炼出肌肉，于是有了更多过剩的体力。运动只会产生精神的恶性循环。

老师穿着前段时间买的新睡衣，横躺在长沙发上，手脚放松，慢慢吞吞地说着一些不得要领的话。老师毫不掩饰地让我看到了他放松的状态，相同花纹的睡衣让我感到一种不可思议的亲近感。加之，从那晚以来，我就自信地认为老师很喜欢我，所以我也深坐在沙发上，支起胳膊肘，时而提出源自内心好奇的问题。

——总之经常步行，散步是唯一的运动，不乘出租车。没有钱，但时间还是有的，淡定地步行了两个小时。步行不用花钱，可是运动鞋很快就磨透了。

老师在滞留纽约这段时日里，大约步行度过了十年的光阴。黎明时分，离开公寓，顺风而行，漫无目的地行走。通过乡村的广播，一旦知道什么地方有免费的音乐会或是演奏会，老师就会兴致勃勃地去参加，可走在半路那天的原定计划就变更了。途中散发强烈的性信息素，如果与风姿飒爽的女性擦肩而过，便会突然调转方向，尾随而行。跟踪得正起劲时，与携狗散步的有钱贵妇人偶然对视，便会停下脚步，对狗百般套近乎。如果贵妇人对老师举止的反应冷淡，老师就纵身跳上驶过来的公交车，坐在新中意的女性旁边，然后在同一车站下车，继续进行十分钟左右的尾随。附近有公园的话，就呆呆地站在像节日里欢闹的人群旁边，等待他人上前同自己搭讪。

就这样东耽搁西延误，时间不知不觉已到晚间五点。酒吧的廉价服务时间从此时开始。用一美元一杯的啤酒消解散步的疲劳，接着就去超市买晚餐的食材。

被从远处传来的嘈杂声吸引，晚饭后又外出了。有时桑科和米海勒小姐也会一起同行。酒吧热舞刚刚开始。预算二十美元，可以连续喝上七杯。怎么喝也喝不够的晚上，留下三美元，再在酒馆买一瓶拉菲红酒。当然，他们不会喝得烂醉如泥。不管喝多少，伸直背肌，集中力量于两拇指，即使巨大的阴影从黑暗的对面逼近，也毫不畏惧，挺直腰板，深信自己是位功夫达人，可以于夜间独自行走。

——不用害怕。全身的肌肉和皮肤变得像勃起的龟头。黑暗中，被手枪要挟时的心情，与其说是恐怖，不如说毫无感觉。不，因为那时我正好有钱，所以很幸运。如果身无分文，可能会被恼羞成怒的家伙一枪给毙了。幸运的是，我将口袋里的数张一美元纸币皱巴巴地揉成团后强硬地塞给了他，他说了声谢谢就收下了。我一边观望着那家伙逃去的身影，心想着："我还活着呀！"摆脱恐怖后，发痒似的麻痹慢慢地向全身蔓延开来。或许是从长时间的正襟危坐中解放出来吧，又如同知觉返回脚底板时的感觉，也似激情做爱之后的快慰。不知道是自己的身体还是他人的身体，总觉得自己正在恢复原状，嗯，就是那种感觉。

——还活着的实感吗？

——对，有时还很怀念那种危险的感觉呢。果然，"生是在死的恐怖中熠熠生辉的"这一说法有其道理。在东京的话，我不太有活着的感觉。这是为什么呢，我完全不记得在这一个月里自己做了些什么，我担心恍惚状态能否永远地持续下去。因此，我必须主动地在生活中掀起风波。在纽约时候的我是真正地接近狗的状态。回到东京后，我虽恢复为人的身体，却是近乎植物的人，而不是与动物相近的人。作为植物的人类，永远处于恍惚状态。可以说话，可以吃东西；可以走路，可以做爱。就是这样的植物人存在于东京。一副恍惚状态，一心等着什么的植物人类究竟在等待着什么呢？蜜蜂来了，会将花粉运往何处呢，像是在等待这一令人销魂的时刻，像枯死一样等待死亡。一切任其自然，什么也不做，只是在坚守着不死的最底限。

我感觉自己仿佛正在倾听一场美妙的诗朗诵。

——我真是一只优雅的野狗。虽然很贫穷，却没有比那种生活更奢侈的了。因为有很多闲暇，如果被邀请去墨西哥，就能毫不犹豫动身。因为横竖而言，我都是在想着怎样可以快乐地消遣。

有些小钱的时候，在东京的特普赖斯酒吧小饮一杯，呆呆地看着每日更换的舞女；没钱的时候就去看看每回二十五美分的窥视秀，或是在开往史坦顿岛的渡船上做个白日梦。也常常在路上信手涂鸦，在摆摊销售所有物的家伙中间占据一席之地，悠闲度过半天，有时忽然想起贩卖自己气息的生意，也曾一天挣过五美元。

流浪汉通过各自的杂技和游说打动过往人群以求被施舍钱财，可是老师对"获得施舍"有抵触情绪。就算只是一种形式，也想将其变为生意。对着从超市拿来的空塑料袋吹气，自称那是西藏活佛的灵气，一个卖二十五美分，如果呼吸这个灵气，接下来的当天就会逢凶化吉安然无恙。

天气好的日子，为了消磨时间，他们开始了空气的贩卖生意。过了一周，就会有家伙仿效在同样地带出没。可能女演员是舞女的雏形。适当可爱的女子贩卖着自己毫无巫术的气息。老师观察了一段时间之后，发现销路也是相当好的，即使没有进行得如火如荼。我买了一个试着吸了一下，上面留有女性阴部的微香。

我真是服了。

如此想着的老师却再也没有做贩卖空气的生意。

——五点吗，小酒馆开门了吧。

老师宛如从沙发上撕下深沉的身体，站起身来，开始在里屋换衣。

——真是个典型的"五点开始的男子"啊。

我一说完，老师就轻蔑一笑回答道：

——睡觉也是五点。

瞬间变身为穿着轻便的懒汉像轰赶我似的走出房间。接着，说了句"走吧"，立刻跑进电梯，拖着运动不足的身体，迅速赶往酒馆。

我那晚也喝到很晚，十点左右给砂糖子打电话，却听到了听上去不愉快的电话留言。为了确认她何时回家，我每隔一小时打一次电话，过了三个小时，电话还是打不通。

凌晨三点半的时候，我与老师道别，独自一人坐上了出租车。老师说是今晚还要去其他地方，朝着与家相反的方向走了。可能是去恋人的公寓吧。

那天晚上出现了像镰刀一样锋利的一弯月牙。

7

从这天下午开始的俄语课是放暑假前的最后一堂课，不管怎样我都必须出席。可是午餐吃着比萨饼，不知不觉意识却跑向反方向，变得不能动弹。一看时钟，知道必须得赶紧出门，却觉得时间的逝去只是时钟的行为，结果最后还是旷课了。

姑且在大学露面了，当然是为了找到砂糖子。她可能在的地方只有三处：图书馆、意大利文化研究室或是举重训练室。对啦，有时，她如愿以偿地通过屈膝运动、卧推等使腹肌出汗。暴饮暴食的第二天，为了减少过剩的脂肪，就在生理期的低潮期或是乳房变小的时候以锻炼胸肌为消遣。我经常半开玩笑地说道：

——你的知性和肌肉达到了很好的平衡呢。

总觉得砂糖子在图书馆和举重训练室没什么事，就决定去拜访意大利文化研究室。这里是冒牌意大利女性的聚会聊天场所：怎样做可以掌握意大利风格的高雅呢？怎样做可以吸引、玩弄、优雅地拒绝男性呢？她们一边喝着咖啡，一边高谈阔论。这就是这个社团主要的活动。社团成员都有各自理想的男性。"我喜欢头脑聪明的意大利风格美男子，同时还拥有年轻时候马斯楚安尼的容貌和卡尔维诺的智慧。"砂糖子曾这样说过。

并非开玩笑，懒惰的冒牌俄国人怎么可能仿效那种男性呢。

一名女子低声说道："请进！"房间里三名女子围成圈坐着，六只眼睛同时朝我看来。啊，我讨厌那样的眼神儿，不管我是否喜欢，反正是那种评头论足的眼神儿。其中一人的视线宛如升降机一样，将我从脚尖到头顶、从头顶到脚尖仔仔细细地扫视了一遍。更加难堪的是，我害羞的表情正好映在了镜子里。

——哎哟，砂糖子呀今天正好还没来，说是去买点东西。

眼皮涂成粉红的女子说道。

——像是擦肩而过呢，她还去俄语课教室找过你哟。说要去涩谷或是青山一带买点东西。

眼皮蓝绿的女子说。另外一个女子一边点头赞同，一边凝视着我的嘴角。我不禁发出了这样的提问：

——暑假要去意大利吗？

三人相对而视，回答稍微不同，但都说道："是的。"原来如此，砂糖子要和这三人一同去意大利呀，怎么回事呢，难道是在竞争谁最受欢迎吗？

砂糖子的心绪肯定在飞向意大利。为了使意大利之旅的情绪高涨，我不禁认为她是在有意避开我。不，听说中午还去找过我呢，可是，这三天都没打过电话。

总之，先去涩谷吧。虽说不准，或许可以和她意外相遇呢，试试运气也不错。

在一号馆的布告牌处被一名同班男同学叫住了，他邀请我去联谊，我说有约拒绝了他。我想他可能会觉得我是个不好交往的人吧。

一到涩谷，我就给砂糖子打了个电话，她没有接。我感觉自己已经听到数百回电话留言了。如果可以在涩谷逮到她，那真是再好不过了。我擅作主张，开始暗中监视。就算我穿梭于百货店的柜台也是白费功夫，即使一直站在新玉川新干线的检票口，也不能逮到。因为检票口不止一个，也有可能在附近车站上车。

她一定会去东急文化会馆的一楼吃蛋糕卷吧。晚饭前的零食是甜食,在涩谷的时候,她一定会选择蛋糕卷。我以为我会在一小时之内见到砂糖子,因为如果她听到了未接来电的留言,一定会以我和蛋糕卷为目标直接来这里。

过了四十五分钟后,我有点不安。可能她选择了东急广场咖啡厅的蛋糕套餐,或者是意大利冰淇淋。正好过了一个小时,我又打电话给她,还是打不通。我没有再给她留言,今天是见不到了。这是寂寞夏日的开始,我一边买单,一边打量着钱包。只剩下一万日元,就算喝酒,也会被周围人群或是夫妻的气势压倒,在家看电视又忧郁。想打电话给老师,可是今天是星期五,不能打扰他的工作。

一人能做的便是看电影、玩弹子机或是玩电子游戏……只能想到这些。这种时候,老师会发明什么游戏吧? 我怨恨沉迷于玩耍的自己缺乏创造力。我只剩下体力,结果,我玩了弹子机,输了五千日元。于是,我下定决心老实地回到家里看书。

不知将定期券放入了哪个口袋,我一边找着,一边向检票口走去,突然发现后面口袋里有一张餐巾纸。笔迹陌生,这样写道:

03—37**—67** 诹访响子

肯定是夜晚的志同道合者们喝醉那晚,她塞给我的,或者是我强行让她告诉我的。可以给她打电话吧,反正打不通。可是,如果可以和她一起吃饭,我忧郁的心情会烟消云散吧。我想至少听听她电话留言的声音。

电话里传来她本人的声音,我有点不知所措,如实告诉她我是为了留言才给她打的。"我是菊人,前些天喝醉了,多有冒犯,想知道您最近过得怎么样,特地打来电话!"

——哎哟,真体贴呀! 托你的福,我过得很好。上次很愉快哟,现在在哪里? 和老师一起吗?

——不是,我一个人,现在在涩谷。

为什么我必须要和老师在一起呢,感觉她用失落的语调说道:"因为今天是星期五嘛。"

——女朋友怎么样啦?

——啊,今天不在一起,最近不怎么见面。

——那很寂寞呀!

——不,因为习惯了一个人玩耍。

明明刚才还痛感没有习惯。

——在做什么?

——迷迷糊糊,你在做什么?

——在散步,大学今天结课。

——哦,很悠闲吗?

——是的。

接下来的一句话,我无法说出口:一起去吃饭吗?不凑巧,话题慢慢偏离,关于日常生活和最近阅读的书,进行了为时三分钟的简短对话。我有点在意排队给她打电话的人。

——在老师的作品中,你最喜欢哪部小说呢?

我像一口气撕掉堵住嘴的让人感到犹豫不决的胶带一般这样说道。

——可不可以边吃饭边聊呢?

可以呀,反正我有时间,一个人吃饭对消化不好。这样的回答如我所愿。

8

她想去青山吃意大利料理,我同意了。一入席,就四处张望,没有碰到砂糖子,于是我放心了。响子穿着白色的连衣裙,肩上披着印有美国地图的围巾，隐约散发出铃兰草肥皂的香味。两人之间的空气还是时好时坏，她选择了呼吸我从未呼吸过的空气，为了不影响她的呼吸，我想尽量不呼吸两人之间的空气。我眼看着就变得呼吸困难，我想两人的气息能尽快地变成大蒜味就好了。

在喝得酩酊大醉之前，我的视线像苍蝇一样不能安分，要像之前那样将眼睛固定在她的乳沟，需要一瓶葡萄酒。

——紧张吗？

被猜中了。我难以决定该对响子采取什么态度。我甚至想过她那从容不迫的态度来自哪里。我并不是想追求她，仅仅是因为想设法掩饰像落选一样的心情，才没有考虑将来的事。如果是老师的话，这个时候肯定会准备惯用伎俩。常规而言，他会用愉悦话题的语调突然开始追求，一认识到不行，马上变为原来的语调。像倒向哪边都可以似的，他的态度暧昧，佯装糊涂，使对方领会其心意。我不知为何明白老师的做法。

一边吃饭，一边以老师为主人公进行谈话，我问他们是如何相识的。她对我说道："之前没有问过我吗？"

——唉，好啦，我也是老师一百多个日本粉丝中的一人。给他写信，送给他生日礼物和领带别针，去听他的演讲，请他在书上签名等等。不久，他记住了我的样子和名字，也可以和他打电话了。

——好像经过了很多的程序呢。

——嗯，经过一年才可以和他私下见面，因为暂时想遵守作为一名粉丝的礼仪，绝对不会贸然闯进他的住处。

我贸然拜访，得到了老师的知遇，这是恋人弟弟的特权。响子没有在某处嫉妒我和姐姐聊以治愈伤痛吗，如果说那是担心，便是担心。因为那样就等于姐姐和响子是情敌关系。

——作为粉丝是非常辛苦的呢！对方对自己毫不了解，一厢情愿地暗恋，想被对方看到，需要相当努力。小说家想被世人认可而初出茅庐，粉丝想被小说家的他认可，也算是出道了哟！

——那你是什么时候出道的？

——三年前。在某个酒吧（已经不复存在了）与他见面，那时，我的身份比他高一格，从粉丝变成了朋友。

——现在也是朋友吗？

——是的，我希望升级为恋人，渐渐地变得厚脸皮了。

我准备了一些问题，以确认她和老师的关系到了哪种程度。

——响子，你最近有没有从老师那里收到睡衣？

一瞬间，她眼神一愣，说道：

——你为什么知道睡衣的事？

——老师去买的时候，我也一起，他说要分发给夜晚的志同道合者们。

——哦，是这样啊。那件睡衣在家里，他来我家的时候会穿。

原来如此，这么一回事啊，前些日子，两人喝酒，分别之后，老师肯定去了响子那里。

——老师经常去响子你那里过夜吗？

——不是经常来，忽然想起我时才会来哟。为什么问这些呢？

——不是，我以为响子是老师的恋人呢……

如果让响子觉得情敌的弟弟为了姐姐在调查，会很为难。我不应该对老师的恋人进行笨拙的干涉。

——可以问你一个问题吗？老师买了多少件睡衣？

不好，切中要害的问题。我必须守住老师的隐私，不可以伤害响子。

——恩……三件，其中一件给了我，另外一件前段时间老师在自己家里穿着。

我为什么要说那样的谎话呢？老师买了十件，在夸张地进行睡衣外交。我怎么也说不出那样的话，如果说了，这种时候会下不了台的。

——不是四件吗？

她纠缠着不肯罢休。

——不是的，是三件，为什么这么问呢？

——算了。不好意思，应该是三件吧！

响子饮完了葡萄酒，长叹一口气，苦笑着说道：

——因为老师将睡衣拿来了，本以为老师会和我一起睡觉，可是……他是个睡不着的人，虽然会和我睡，却绝对睡不着，一个人的时候才能睡着吧。好像旁边有人，就不能安心地做梦。虽然睡衣是做梦时穿的衣服。和什么人一起才能睡着呢，难道是他夫人吗？

我知道老师和他夫人是分开睡的，却默不作声，让响子继续说着。

——男人一做完爱，就想一人独处吗，你怎么看呢，菊人君？一起睡觉有什么不好的吗？

——不，我想要个人和我一起睡，可是总觉得有些古怪。

——虽然我也知道男人一做完爱就会恢复意识。

我点点头。我曾一边在射精结束后，剥开重叠的身体，伸手去拿纸巾，一边想着：必须早点回家。

对方是高中时代的同级生，和谁都会睡，因此众所周知。我一直后悔在那时丢弃了处男之身，她利用我的阴茎，我利用她的阴道，做些像自慰之类的事情。因为害羞自己是个处男，所以像履行义务一样和不喜欢的女性交往。这对她很不好，我想像倒带一样抹掉那段记忆。"过了不久，就会得心应手哦！"响子笑着说道。说我时，我并没有生气，随后，便想报一箭之仇。因此，我坚持说至今为止我还是个童男。

——你做完爱之后也不回家吗？和恋人一起睡吗？

——我的恋人很忙，所以一般结束后就回去，从没有一起睡过。

——那你应该理解我的心情吧。

——老师是很爱响子你的哟!

——是怎么评价我的呢?

——说是一拍即响的女性……

响子的嘴唇变得鲜艳,眼睛变得明亮。那时,我知道她是双眼皮。

可是,虽说我现在编织的谎话可以让她暂时高兴,却可能使老师为难。出乎意料地,我的立场很微妙。响子也非常明白这一点,不仅如此,她还想下意识地利用我的立场。

9

总觉得响子已经喜欢上我。在意大利餐厅她为我买单,作为回礼,我邀请她说饭后去哪里喝点酒,于是,她因喝了一点葡萄酒醉了,想让我用车送她回家。我原本打算用出租车送完响子就乘电车回家,但在下车时,她若无其事地邀请我说:"喜欢科涅克酒吗?"她告别的背影像在说:你来不来我都无所谓。我急忙付了钱,追上了正要走进公寓门口的响子。

在五楼的时候出了电梯,走了十七步。走进房间,脊背像被门推了一下。好香,我闻到了像刚刚淋浴完的裸体女性残留的香味。

铺有复合地板的卧室有一台豪华的钢琴,旁边房间铺有毛毡的地毯,并排放着十个大的缓冲垫。里面还有另一个房间,那里应该放着一张老师绝对不会陷入沉睡的床。

本想像被招待的那样,适当地堆几个缓冲垫,安稳地坐着,结果却盘腿坐下了。响子在卧室换完衣服,哼着歌曲,端来一个放有玻璃酒杯和酒瓶的托盘。她的T恤衫上印有黑格尔的肖像画,乳房比刚才摇晃的更加明显,因为脱下了胸罩。胸的顶部处于黑格尔太阳穴附近……故事似乎尚未结束。我害怕会勃起,将视线从她身上移到别处。

当然,我一直在思考:自己为什么会在这里呢?盘腿坐在身穿睡衣的老师横躺过的地方,不觉得奇怪吗?响子依旧哼着歌,将手里的玻璃杯递给我,说道:"给不能沉睡和会沉睡的男子。"紧接着她举起酒杯。我一边回应,一边却在内心向处在乳房处的脸型有些歪斜的黑格尔敬酒。

我对电影话题聊得如痴如醉,我想如果不尽快喝醉,我就只有马上回家以保持与她的距离。幸好,她也对电影话题感兴趣,对斯科塞斯导演的《最后的诱惑》中的笑点,持有相同的看法。我认为电影中所刻画的犹大最了解耶稣,响子这样说道。暗杀罗马人的犹太人刺客犹大只是将耶稣看做一个怪人。但是他镇静干脆地下结论:正是在所有人都盼望救世主的时候,像耶稣那样想直接与神对话的不逊男儿非常重要,能够有所作为。他从头到尾功利性地思考创立钉死犹太人十字架的犹太人耶稣的精神纠葛。犹大推测,如果出卖耶稣,将其钉死在十字架上,就可以将他捏造为不复存在的救世主。

——犹大脑子很聪明哟。与犹大相比,彼得和保罗像是纯真的孩子。就因为自己的老师耶稣死了,觉得很可怜,就将他看做救世主。犹大就不同啦,他什么都懂,正是他让耶稣体会神的考验的哟!

我不禁佩服道:"响子真聪明呀!"她马上又说:

——不,我只是喜欢像耶稣那样的男子,而犹大那种善于观察的人多的数不胜数。

——老师是哪种类型呢?

——嗯,大概是想成为犹大的耶稣吧!

老师已经三十七岁了。如果是耶稣的话,正是放下十字架,放弃救世主梦想,结婚生子,经营普通家庭生活的年纪。至少,希望他像怪人耶稣那样,生活轨迹与常人不同。想将他当成救世主的伙伴们是那么想的。我正好也希望老师能够那样，虽说不上救世主，做一个比普通人奇怪五倍的男子是老师的使命。

10

不知不觉间，如果不赶快走的话，就赶不上末班电车了。话题从电影变成彼此的日常生活，时间一晃而过。响子一眼就看穿我要回去的动机，于是对我说道："可以过夜哟！"我正苦恼该如何回答，她又继续说道：

——虽然说人生不能重来，但是，我想如果不能重来，那就只有一死。难道你不这样认为吗？既然要活下去，就会迷茫、重蹈覆辙哟。老师就是数百次地想着要重度人生，因此，实际的年龄对他来说毫无意义。三十七年是九十年代至今所流逝的时间，我想他还度过了另外的时间。他常常死了之后又急忙转世。我也想这样，最近的我生于成为老师恋人之时，所以刚刚两岁。人并不是直线变老的，在二十二三岁之前，我也觉得时间像日历日期所示直接流逝。在家沉迷于书本或是影像，闭门不出，过了两三日，在第三天，时间就会在原地打转。仿佛就像在十二小时之后，六十分钟之后，六十秒之后，时钟的三根时针在同样的地方转动一样。如果这样的话，说明人的机能开始老化了。如果停止成长，就会像时间旋转。因此，人必须转世。

她面带微笑嘟囔道。那种批判性的话到底源于何处，我感到不可思议。

——有没有听老师说在纽约时候的故事？

"听说过一点。"我回答道，响子立刻冷笑着说："那么，是什么呢？"我百思不得其解。

——老师才八岁哟，现在的老师是在纽约诞生的。他和一位名叫帕特的同性恋结识，重新生成了自我。不知道的话，应该直接问老师。耶稣向内心形成的神学会了"爱"，老师向同性恋学会了"爱"哟。于是，我被那种老师剥夺了"爱"，好残忍的男人！但是很有趣。我中了老师的毒，他不来的话，我就会出现脱瘾症状。

响子又将第五杯科涅克酒放到嘴边。

——我留宿的话，老师会不会生气呢？

——不会生气的，或许会高兴吧！

——为什么呢？

——因为菊人君代替自己照顾我。

我的眼睛一直盯着她的胸。

——可以吗？老师会不会嫉妒呢？

——我想让他嫉妒。可是没用的，你，想和我做爱吗？

面向一侧的阴茎顶端，从根部开始向上，从腹部一点点往上蠢蠢欲动。

——我、想、做！

——但是，我讨厌成为你那未曾谋面的恋人的敌人。所以，只是一起睡吧，这样可以吗？

说讨厌，到底是怎么一回事呢，我一边想着，一边点点头。响子拿来了她自己的睡衣，"换了吧。"她说道。我抑制住兴奋，沐浴以洗去体臭。

响子已经上床了，下意识地等着我。小双人床的旁边放有一个细长书柜，有三分之一放着老师的书。

——可以睡在旁边吗？

"当然！"我一听，就钻进了被窝。响子赤裸着身体，收缩进包皮中的龟头又一次举了起来。我背向她，身体蜷缩着。响子想将我当做她的情夫，她假装不知道老师和砂糖子已经存在于我和她二人之间。

响子在想什么呢，狠狠地挑拨我之后，却硬要做毫无意义的忍耐。这是为什么呢，觉得我的善良很可笑吗？和老师做爱，却和我睡觉。她对于和男人交往真是得心应手啊！比较一下我和老师，是不是提高了老师的格调了呢？我也可以冒犯响子，她也理所当然地会把这考虑在内。不，或许这种场合被侵犯的是我这方。无视老师和砂糖子的存在，堂堂正正地抱起响子的话也是没有问题的。响子也在试探着我是否能那样做。

下定决心，把手伸向她的乳房，手掌紧紧地贴在她的肌肤上。她的喉咙深处发出嘤嘤的呻吟声。

——不可以哦。

我把这句话当成暗号，又压在她的上面。响子把双手抵在我的腰上，然后摸索着伸入到我的睡裤里。冰冷的五指猛地碰到了我的阴茎。

我下决心要和老师交换彼此的恋人，我和响子，砂糖子则和老师睡觉。嫉妒和梦一样在我的脑海中出现，脑海中也在努力让自己不再感到嫉妒。因为想着要和老师交换彼此的恋人，我一边嫉妒着，同时又下意识想要禁止嫉妒。我一边沉溺于响子的肉体，又深爱着现在不知在何处的砂糖子。

那一夜，响子的身体向我表明了正确的反应。做爱结束后，终于到了要沉睡的时候，她这样说道。

——心情真是好棒啊。但是我不能和你一起睡觉，抱歉啊。

我能理解她的心情，响子一边接受着我的肉体的侵入，一边又深爱着老师。而且我也明白，在一起睡觉的对象最好是她最深爱的男人。

——今夜的事情就当作秘密吧。

我在将要回去的时候这样说。她披上长衫，站在玄关前，像是嘟囔着说道。

——我们是一样的哦！

让人不可思议的是，我也认为我们两个同病相怜。

11

砂糖子满心欢喜地去了意大利。我虽然没有去送她，但在出发前夜，我花了大约两小时的时间和她见面聊天。令人觉得和平日不同的是两人之间竟然没有笑。她自己在笑着，而我却是想笑笑不出来。她好像说由于滞留费的增加，现在正在六本木做兼职。男人来的话要陪他们聊天喝酒，她就在这样的场所工作，她原本是打算掌握一些击退来套近乎的男人的方法的。我认为她不是为了击退而是迎合他们的吧。我一边这样想着一边又期待她保持自己的贞洁。我想：自己和响子的那一夜，仿佛就是当以后砂糖子贞洁不保之时，我事先为了原谅她而进行的一种代偿。如果砂糖子对我说这样的话："那不勒斯的帅哥真是让人着迷啊！我度过了一个完美的晚上。"我立即就会这样回答道："我也有过一个很棒的一夜情呢！"

我一直努力着心情大好地排遣对砂糖子的歉疚。对她一直期待的旅游进行诅咒也绝对不是出于我的本意。和响子的那一夜，反而让我意识到我真正爱的是砂糖子。为了能够继续深爱着她，我们必须要保持爱的势力均衡。所以呢，如此这般冒一次险似乎也未尝不可。如果只是一次玩玩而已的话，我的贞洁总算还是勉强保住。这样一想的话我的心情就舒畅多了。

——你想要什么礼物？

冰淇淋。我这样答道。第一次两个人都不约而同地笑了。

——实际我想要你不变的爱。

也不知她把这个答案当作真心还是开玩笑，隐约间脸上浮现出莫可名状的笑意。

——要不给你买些生火腿吧？

我点了大致五次头。她回来的时候甜瓜该上市了。我和砂糖子如果真的能在秋季重逢，我们会一起吃着生火腿和甜瓜吧？她会不会和我一起吃呢？

对于朋友很少的我来说，暑假只不过是温度炎热的两个月时间而已。我通过兼职来打发时间，时常和老师或者响子交往。像人样的生活的话也就只有这些了。

因为我是一人生活的懒汉，本来就没必要按时返回我的蜗居。一旦回到我的住所的话，全世界都被我的住所完全隔绝掉。租赁录像带和速成食品创造了天地，不久世界就收缩为小石头般大小，然后在悄无声息中无迹可寻。最后，就只剩下我的身体。

早上九点，起床后我出去买招聘杂志。披萨的外卖人员，制药公司的实验助手，加油站的工作人员，高尔夫课程的捡球人员，补习班的老师，警卫人员，这些无论是哪个，都是无法适合懒汉的职业。

过了中午，老师给我打来了电话。他问我要不要一起去动物园。

12

老师无论出现在任何地方我都不会感到惊讶。恐怕这个奇妙的运动神经还是在纽约锻炼出来的吧。尽管如此，为什么要去上野动物园呢？因为电话正是从上野打过来的。

一小时十五分钟之后，我在动物园的入口处见到了老师。他"嗨——"的一声，很欢快地拍了拍我的肩膀。那时和响子的一夜的记忆在我下半身猛然间复苏，又黏黏糊糊又内疚不安的心情。

——为什么又是在动物园这样的地方见面呢？

老师在电话里只说有一点小事情，总之就先把我喊了出来。

——来动物园的人们都是来见自己的。所以就叫你一起出来吧。因为我和你应该出现在相同的地方。

老师经过熊猫寮和猴山时并不进去，而是直接略过，快步走到目标场所。一边沿着不忍池往前走，我们二人进入了一个全新的建筑物的地下。这个地方正是夜行性动物们的高级公寓。

草原犬鼠、跳兔、眼镜猴、鼠兔……不管哪种动物都胆怯似的睁大眼睛看。或许有脸的三分之一的眼睛像钻孔机一样卷进漩涡，好像能在黑暗处打开一个洞穴一样。

——这些家伙可都是我的同伙哦，都是夜晚的志同道合者呢！你看，这个草原犬鼠在地下建立了自己的王国，建得可真不错哟！表面的世界仅仅在夜晚才会出现，对于地下夜晚生活所必需的东西它会抢过来的。这边有一个跳兔，看，这个附体在月亮之上的伙伴。把两手放在前面，两脚能像鹿一样跳跃。这些家伙从生至死一直生活在梦里，左右两腋间是附有能看到远方的眼睛的吧？如果有了这样的眼睛，能够360度全方位地一览无遗吧。

——老师是经常来这吗？

——上周我也来了呢。我现在一直还担心呢！这些伙伴明明是夜行性动物，却无端暴露在人类的眼皮子底下，它们会不会变得睡眠不足呢？如果只是单纯为了配合动物园的日常时间的话，它们白天和夜晚多少会有些颠倒。但是即便是这样，如果饮食能够得到保障，也不会遭受来自天敌的袭击。如果还能住在高级公寓，享受着美食，又有能做爱的对象的话，连我都想住在这里了。它们都和我一样是懒汉，我们都是高等游民哦！

看样子，老师思考了很多。不，何止这样，老师还思考着夜行性动物和自己都是同种动物。

——小伙伴们果然也有处世之道吧？

作为老师的夜晚志同道合的动物们，是不是已经在动物园里掌握了新的处世之道呢？我也想跟随老师学习这种处世之道。我的老师是在纽约学到这些的。响子告诉我说："老师是从同性恋那里学到爱这个词的意义的。"我认为爱是最优秀的处世之道。

　　——前段时间和响子见面时，我听她说，好像老师在纽约的时候就有和同性恋交往过。如果可以的话，您能跟我讲讲那时候的事情吗？

　　老师一边用手指擦着鼻子的下方，一边嘟囔着说："真是服了你了！"

　　——我是夜行性的懒汉。这件事的来龙去脉我已经告诉过你了。我也终于算讲了一些像人生导师一样像模像样的话。我绝对是没有隐瞒的意思的。如果你随时问我的话，我想，任何时候我都会如实回答的。

13

　　在上野公园旁边的咖啡馆里，我一边吃着豆酱杂煮菜，一边听着老师的话。

　　——你回想一下没有恋人时自己的生活吧，就像自己居无定所一样。虽然现在我有过很多的恋人，但体味完全孤独的时期也是很漫长的。谁都不知道我，也不想知道我。而且我也不能很好地引起对方的兴趣。正是因为在那样的场所，我觉得我才能磨炼爱别人和被人爱的技能。同时我也在不知不觉间发现了自己的这种特技呢。虽然最初是被拒绝的，但我不是真正的同性恋。

　　在东京的时候不受女性欢迎，这个事情一直让老师很是愁闷。独身者是一种无论什么时候都在物色自己能够安顿下来的场所和让对方凌乱的动物。如果是一个人的话，连确认自己的存在都会变得困难。爱在独身者的意识里很容易转化成偏狭。

每晚都聚集在同性恋酒吧，寻找同伴的人们对老师都很亲切。只要老师在那个同性恋酒吧里，都让人感觉到没有外人和多余者。不可思议的是让我觉得自己出现在那里也都是理所当然的。老师主要说的英语都是在同性恋酒吧里学会的。

老师和一个年龄差不多的人熟识，好几次都在他的公寓里过周末。他叫帕特，住在四十二丁目可以眺望哈得孙河的高层公寓里，经营着一家夜晚俱乐部。帕特带着老师去了健康体育馆，让老师出出汗，两人在谁都不在的游泳池里玩着摔跤和水球的模仿游戏。老师是没有打算和帕特做爱的。老师认为装作同性恋的样子是对帕特的侮辱。虽然这样说，但是自己是正常的性取向，没有和同性恋交往过的事情至今没能说出口。结果老师成了一只在同性恋和正常性取向之间来回游走的蝙蝠。

——总的来说，我因为对爱饥渴吧，就在我需要爱的那一瞬间，施与者无论是男是女，我都无所谓。帕特对日本人有特别的情结。他说过自己期待像小津的电影里出现的日本人一样安安静静地生活。或是纯粹的游玩的人或是高等游民，正是磨炼自己生存方式和举止的怀旧的日本人才是未来的人类。我觉得在如此难得的美国人面前，我这边也成为了感到自卑感的日本人。

纽约的散步者们经常寻找着好玩的东西。在马路上找到的任何事物都通过各自的行为深深地刻在了他们的心里。因为他们当中，无论哪一位都是诗人、小说家、音乐家、画家、演员，还有舞者。他们中的任何一位都是缪斯，是艺术的源泉。同性恋者偶尔成为了向缪斯介绍艺术家的媒介。如果接受他们的庇佑的话，自己也能和缪斯变得亲密，作为小说家也一定能够得到大家的认可。如果能成为他们的志同道合者的话，每个人不明确的立场或许就能够安定下来。老师和帕特度过的最初的周末并不是同性恋常见的情形，而是努力一起成为同性恋。

——帕特对我小说家的身份十分尊敬，平日里待我也很亲切。自从意识到自己是古怪的日本人之后，我也想成为未来的人类。我也想为帕特做些什么。我是不是也喜欢上了帕特呢？从这种自然的感情开始，成为同性恋的课程也开始了噢。我就是我，是因为我认为只有同性恋才是最现代的人类。

和帕特的交往、在桑科的公寓过合租寄食生活、捉襟见肘的日常生活……这三件事使得老师的才能得以开花结果。为了能够合理熟练地处理日常家务事，老师创作了独居生活的手册指南。他甚至可以修理空调和厕所的冲水箱。尤其特别的是，在做菜方面的才能老师不逊色于任何人。

为了收集杂志和报纸上出现的打折联票券，为了买牛奶和果汁、罐头和薯片，洗涤剂和蜡。买东西时老师总是骑着带前筐的自行车出门。在唐人街能买到又便宜又新鲜的海鲜，老师自己一口气买下三人份，然后制作法式黄油烤鱼和油炸类食物。

热衷于研究的老师经常看电视上的料理节目，会在食谱的基础上添加自己的创意，从而制作出更加美味的食物。为了照顾偏爱辣食的帕特的口味，老师特意烹饪了家乡菜中的秋葵汤。帕特喝过一次之后就十分喜爱。不仅如此，它对感冒也很有效果。帕特称老师是自己的家庭医生兼厨师长。除了对感冒很有效果的秋葵汤之外，为了改善食欲不振和胃肠疼痛，老师放入了药草的意大利沙司，很有效果。老师还专门为容易便秘的人烹制菜肉烩饭、四种高汤，无论什么方面老师都能一展身手。

帕特想把公寓的食堂改成会员制的餐厅，只可惜没能实现愿望。老师想着光吃自己做得饭菜会变胖，所以养成了一个偶尔在外面吃难吃食物的奇怪习惯。而且，老师还思考着怎么样才能做出难吃的饭菜呢？这一定是发自厨师的恶意吧，不，这是老师为了不让客人吃过多的一种关心。

老师只为自己爱的人做料理。至少在纽约期间，是通过做料理来表达他的爱情的。老师一直笃信，料理能够比英语更容易向对方传达自己的心意。

帕特带老师去夜晚俱乐部，向小说家和编剧介绍他。但其中没人能成为老师夜晚的伙伴。老师脸上经常会浮现出为了隐藏无聊的谄笑，对他人的自我介绍只是点点头。能够称得上自己夜晚伙伴的只有在同一个床上睡觉的帕特。

——他经常盗汗，是个经常有不正经梦的男人。帕特经常做噩梦，破产了，自己变成崩塌的天花板的垫板，被全身湿漉漉的女人用刀刺杀，下半身麻痹……我经常梦见一些好梦，煮石头做美味的汤，和许多性爱指导教练在床上睡觉，金鸡独立的时候像鸟一样在天空翱翔……我的梦全是一些好事。

早上起床后，老师会和帕特相互诉说彼此昨夜的梦。在纽约说的英语，有的时候在派对上，有的则在劝说和推销的场合，有在商业和吵架的场合，也有像自我介绍的场合。在自己的主张与别人发生冲突的时候，人际关系就会柳暗花明。老师一直苦于不具备在当地生存所必需的自我营销。但是，一说起昨晚的梦，老师就能发挥小说家的本领。只有在床上的一对一的谈话，而且是最隐私的梦的谈话，老师才能心情愉悦地揭露自己的秘密。只有能做到此事的帕特才能成为老师的夜晚的伙伴。

料理和梦的话题……我总觉得这是老师杜撰出来的两个人际交往的道具。

——然后老师成为同性恋了吗？

——不……我只是成了女佣吧。就是所谓的主夫。帕特把周末的家务事交给了我，作为代价，夜晚生活和旅行的费用全是他负责。如今回过头来再看，我只是免费的家政主夫吧？

——心灵之间的交流没有吗？

——能在一起就很高兴了。这对我以后的生活方式有了很大的借鉴作用。本来我对爱别人和为别人尽心尽力都不是很擅长，多亏了帕特，这种情况变得稍微好了些。因为从同性恋那里学到了女人的爱的方式，而不是去照顾，这让我很是吃惊。虽然很奇怪，但是正因为和帕特的交往，随后我也变得受女人欢迎了。

听说现在还从帕特那收到了信，老师也给帕特邮寄去了前段时间刚买的睡衣。

14

老师和我从公园的咖啡馆出来，百无聊赖地去了台东区的饴屋横丁小街。在我还是小孩子的时候，经常见到手握鲑鱼片和叫卖干鱼片的商贩用沙哑的嗓门叫喊着"一千日元大减价"的情景。老师说他在孩子的时候，也经常和祖父一起来这一带逛街。

——从前的卖东西的商贩真是好生动啊！而今一切都被整理得井井有条。叫卖着"一千日元大减价"的商贩就像是超市的店员一样。不，就在我童心未泯地东想西想的节骨眼，我自己仿佛也被商贩给卖掉了呢！在以前的饴屋横丁小街上，即使将那些贪吃的小孩子一起卖掉，那种气氛也似乎毫无违和感。真是让人怀念啊！记得我刚从纽约回来的时候也来过这里呢。虽然不知道为什么，但我总感觉饴屋横丁小街就是我的心的故乡。如果现在自己在这里也被卖掉的话也无妨。而且呢，饴屋横丁小街上没有书店，这一点我觉得很好。

老师每次去图书馆和书店都会变得很愁闷。如果看到没有陈列自己书的书架，他会觉得自己的书被焚烧掉更好。书是会在燃灰中复活的东西。但是，不存在的书的作者只能对不存在的读者寄托情感。"我是小说家。"如此这番自我介绍是毫无可信度可言的。在派对中，老师经常会被问到是写怎样的书，刚开始还会说明一点，从某一次开始他决定放弃一切的解释，老师当时只说了一句话：

——我的书只能在那个世界和梦里才能读。

那个世界指的是东京，梦里指的是日语。老师曾经认真想过用英语来写小说，虽然没有写完但也写了一个小短篇。但是，他不能用英语来思考，做梦是用日语，回忆也只能是用日语。接受学校教育也是日语。虽然确实可以很好地运用英语，但说英语的自己总感觉像他人一样。更甚者，用英语写作的自己像排版工作人员一样让他不自然。

——自己究竟为什么要住在纽约呢？……仔细思考后觉得这是很不自然的事情。我并没有被禁止使用日语写作，也没有什么回不了东京的理由。只是我觉得在这里比回东京更好吧。我也没有想过在纽约创业。现在想起来那个时候的纽约生活是自己能不能成为移民的一种挑战。答案是确定的，我成为不了移民。现在这样没有紧张感地生活着是因为过于习惯东京的安逸生活。刚回国时有一种自己依赖日语生活的奇妙的负罪感。真是好奇怪啊，结果自己还是不想承认只有日语才是依赖。我是日本的小说家，除此之外别无其他。或许我应该努力向上更进一步。但因为我是懒汉，慢慢地变成了更不合格的人。丢掉了小说家无聊的自尊心罢了。

——更不合格是指什么？

对于我鲁莽的提问，老师稍微倾了一下身体，像是要从别的角度看我一样，然后说道：

——满嘴谎言的色鬼。我写小说的时候甚至会感到有种负罪感。把小说本身当作生活方式或许更好吧。仅仅是满嘴谎言的色鬼流浪在东京就可以成为小说家的。实际上能够感受到痛苦和快感的小说才是好的吧。这是一种活下去的虚妄。

——难道小说天生不是被写出来的吗？

——我对那样的东西没有兴趣。我的小说的读者只有我一人就足够了。由我来完成我的小说，由我来评判我的小说。

——我不是很明白。如果那样的话，在这个世界上，那不是谁都能成为小说家了吗？

我一副若无其事的样子，老师却表现得异常兴奋。

——我正是把自己的生活当作一种虚妄。我觉得在这个世界上真实的东西已经不复存在了，或许是已经全部灭绝了吧。

老师叹了一口气，平定兴奋后，像鲇鱼的眼神一样目光一转，一丝清朗出现在他的瞳孔中。

——比起用笔写小说，用身体来写小说那该是多么高兴啊！写满嘴谎言的色鬼小说一点都没有乐趣。我应该成为那样的人。你不觉得这很对吗？要分清真正的小说家和假冒的小说家是很简单的。通过他们是不是拼命地在撒谎就能分清了。

鼻翼间飘来干货的香味。“一千日元大减价”的叫卖声。老师究竟是为哪个所动呢？吃完荞麦面后，我们路过了饴屋横丁小街。在前往上野站的途中，我如是想到：老师会以多少钱的价格来出售他自己的谎言呢？

三 女人之都

1

和响子的一夜情令人陶醉,那种快感徘徊在我的下半身久久无法散去。虽然有着内疚,我的意识也很不安定,但相反我觉得快感就是从此处泄露出来的。

每当我一人躺在沙发上,触摸响子皮肤时候的感觉就传到了我的脚上。她的乳房在我的胸膛来回翻滚着,她的气息掠过我的后颈。我紧闭的眼在她的无色无味的身体上反复摩挲,我就是这样来进行自慰。不久,在产生三立方厘米的黏液后那种酥痒的快感就逐渐消失了,徒自留下莫名的罪恶感。我很想对响子补偿些什么,我强烈意识到应该告诉老师那一夜的事情,我希望让砂糖子责备我。如果把些色情女当作自慰对象的话,就不会为那种不自然的罪恶感而感到什么烦恼。我的罪恶就是把响子当作色情女优,然后通过自慰的方式射出自己的精液。我明白如果这样的话自己将会越来越悲惨。我非常想把她从我色情的想象力中解放出来。我要怎样才能做到呢?

我于是邀请她去约会:"接下来我们去水族馆看金枪鱼吧?"她用比往日更加明朗的声音这样答道。

——我刚好很想见你了。金枪鱼之类的不去看也无所谓。你不来我家看看吗?

上午十一点半,我依旧沉醉在色情的妄想中。想象中,我和她一起吃过中饭,听起了音乐。播放的或许是普契尼的名剧《图兰朵》。响子说这是她最喜欢的歌剧。之后一边喝着白葡萄酒一边相互开着玩笑。傍晚时我对她说："今天玩得真愉快啊！"这样思忖着，我就打道回府了。

2

站在玄关的响子没有化妆。这让人不禁联想到做爱之后的情形。相反看起来她也更加娇媚。刚脱掉鞋子，我不由自主"啊"地叫了一声。有男人的靴子朝向这边摆着，是仿佛见过的蒂罗尔皮鞋。我觉得响子背叛了我，穿上了刚刚脱下的鞋子。之后我重新思考后觉得自己认为被背叛了是很奇怪的感觉。我似乎并没有把她当作自己的恋人，不管她有怎样的男人都与我毫无关系。

看到没有脱鞋子站立的我，响子说道："老师也来了呢！哎呀，快点进来吧。"

我的直觉就是那一夜的事情暴露了。我的眼前掠过几分眩晕，心脏仿佛从内侧殴打着我一样怦怦跳动着。我应该以怎样的面目来应对老师才好呢？我觉得自己甚至无法流畅地来进行对话了。脸上显示出像行动派绘画的油漆一样的迷惑。

——你在紧张什么呢？

我憎恨着响子一贯的残酷，我做好了思想准备走进了屋子。老师穿着前段时间买的睡衣，正平静地躺在沙发上。

——看起来很累的样子啊，今早是五点多起的吗？明明刚刚才起就又睡着了。

——那为什么要喊我来呢？你们两个人独处不是挺好的吗？

——因为老师想见你了。

老师蜷曲着后背，两手放在大腿处一声不吭地睡着。我看到他这不怎么雅观的样子，曾有一瞬间还以为是具死尸。

——再让他睡一会吧。

响子在厨房招待了我。她一边喝着咖啡一边向我诉说今早的事情。老师醉得很厉害，一个劲地跟响子道歉。刚开始是说因为长时间没有看望响子而给她道歉，随后又因自己烂醉如泥而道歉，之后，又对自己的妻子道歉，还说了一些响子都未曾听说过的名字。一直说着都怪我是我不好之类的话，到了最后，老师还向自己也道起歉来。

期间老师换上了睡衣，一度和她躺在床上。但老师紧接着说："我必须要睡在沙发上。"一边道歉一边离开了床。老师一躺在沙发上立刻就睡着了。过了不久，响子眼皮往下沉，刚一进入迷迷糊糊的状态，又被老师说话的声音吵醒了。原来是老师在说梦话呢。在梦里好像正和谁谈话。她陪在老师的枕边记录下了他的呓语——

• 我总觉得自己变成了幽灵呢！

• 你正和死者相爱。

我觉得梦话也和写小说是一样的。老师是在梦中和谁见面吗？

——等老师起来后，问一下他还记不记得自己的梦话吧。或许这个梦话是老师无意识中嘟囔出来的真理呢！

我反复看了那个记录，心里暗自觉得不妙。

——老师还活着吧？

我一边望着老师结实的后背，一边很正经地问着响子。响子说我是傻瓜。我一边笑着，又望了一眼老师的背影，感觉得到他还在呼吸。

我决定在老师起床之前，问一下响子几个重要的问题。

——那一夜的事情你说了吗？

响子点点头。然后握着我的手说道："你担心什么呢，老师是很高兴的哦！"

——为什么？为什么老师会高兴？

——不知道啊，你问老师不就知道了。

——那我回去了，我没有脸面面对老师了。

——你没必要对老师感到愧疚。因为我既不是老师的也不是你的附属品。至少在争夺我的方面，你和老师之间不会开始男人之间的战争，你就放一百个心吧！如果因为和我在一起睡觉，让你产生负罪感的话，我可要生气了啊。即使是你的老师也没关系呢。你是因为总是下意识提示自己，和我睡觉应该负责任。其实大可不必！

响子的声音在我耳边回荡着，声音越来越大。

——你好像完全不明白老师是怎样的人呢！

我陷入了完全回答不了的状态。即使是有那么一会儿想从那里逃离出来。我完全失去想象力的心理在老师和响子之间来回交错着。我们两个人都是心知肚明的，我只不过是在比较低级的阶段一直纠结着。

——好吵啊！

耳畔传来了老师沙哑的声音。看来我大劫难逃。

——现在几点了？

——一点半了。要起床吗？你盼望的菊人君已经来了。

老师一副晕眩的表情出现在了厨房里。我说了声早上好，然后低下头极力避开老师的视线。老师很自然地打开冰箱，从货架上拿出果汁瓶子喝将起来。

——我都要把自己变成酒桶了。响子有吃的东西没？

3

老师在意大利面中放上一个荷包蛋，然后大快朵颐地吃了起来。吃完一口后，又向响子要来一些梅干来提味，老师随即把梅干放到面汤中去。

——梦里见到谁了吗？

响子一边向我使眼色一边这样说道。对于这个问题，老师歪着头向我询问着到底是什么情况。好像怎么也回忆不起那些不可思议的梦话。但是一看到那个记录的笔记就好像回忆起什么似的说了一句："这样说起来的话——"

——今天早上三点时，由于大雾路况很差，因为还要拜访一些人，到哪里都是乘坐出租车来回奔忙。我先后见了三个熟人，到三点时已经相当醉了。平日里三点过后很容易打的，但可能是因为雾天的缘故吧，连个出租车的影子都看不见。就这样，大约左转右转过了一个小时，最后连自己所在何处都搞不清楚了。我真的是遇到了很大的困难啊。后来我放弃了打的，开始寻找休息的地方。如果有二十四小时营业的餐馆或者咖啡店就好了。不管怎样我还是找到了能休息一下的地方，是一个小的儿童乐园。我坐在被孤零零搁置在沙场的小兔子的上面，一边抽着烟，就像是一个人待在东京啃食木雕的那种感觉。实际上今早我住在了一个幽灵城市里。

歇了一会，老师想向我说些什么，但又陷入了沉默，脸上浮现出让人捉摸不透的微笑，过了许久，又开始说起了话。

——将近有一个小时了吧。被大雾覆盖的深夜里总让人十分怀念。就好像自己的过去被沉淀的地方包围的感觉一样。让我想起了很多事情。

——比如呢？

响子用手托着腮，嘴角浮现出源自于好奇心的微笑。当老师说到很多事情时，把话说得很模糊时，她就开始追问道。

——是自己抛弃的女人的事情吧。老师还记得吗？今天早上在屋子里不是一直在道歉吗？是不是在对迄今为止所抛弃的女人道歉呢？深夜里在大雾笼罩的公园里忏悔可是很怂的举动哦！

老师歪着头，在响子沉默一会儿后嘟囔着说了一句。

——我没有抛弃过谁，也没被谁抛弃过。很久之前我不善于与人交往,相应地与自己的影子相处得十分亲密。影子负责自己思考的形而上学的部分,肉体承担着世俗交往的部分,这样的分工非常明确。虽然现在还在吹嘘自己是性器官的哲学者或者是专业的撒谎家,但有时也会是一本正经的身心二元论者。

——影子这方面才是真正的老师自己吧?

响子好像有一点生气了。她所期待已久的与老师关于"爱"的对谈怎么变成"影子"了呢?

老师好像是为了打消响子的疑虑,开玩笑地说道:

——不,影子这个东西的一生都是孤独的啊!它不善于爱别人,别人也不爱它。明明这样却还自尊心很强,有些偏执。虽然存在着理性,但别人只称它为傻瓜。你知道影子的工作是什么吗?是发牢骚和散步啊。一边发着牢骚想成为有肉体的人类,一边在街上溜达着寻找欢迎自己的地方。总之,影子的工作就是成为影子之外的东西。影子的幸福是从接受现实的压抑中开始的。总觉得像人生的导师一样啊,菊人君。

我窥探着响子的脸色。那一夜,所有的一切的时机都登然崩塌,接纳了无处安置的我的响子,在两个年龄迥异的男人面前又会做何感想?我羞愧得无地自容。表面上老师是在为自己的话找借口,暗地里不也是在揶揄我吗?不,我还是放弃这些莫须有的揣测吧!

——能接待我真的很感谢,当我看到你的脸庞时,我就为很容易成为影子的我的软弱而萌生羞愧。我如果一个劲地道歉的话,一定会被认为是在为自己的软弱乞求原谅。

老师虽然比不上那些对于自己的语言面色不改的演员,但是专业的撒谎者也不过如此。老师这样做还是有其精明之处的。把我喊出来一定是在利用我这个盾牌来避开响子的攻击。这时的老师已经不是影子了。

——经常来这个地方啊!

——真的是这样。

——一点也想不起来了吗？

——是因为当时的雾很大啊。不，等一下，这样说起来那时是骑着自行车的。是放在公园的入口处的。我还记得在那下了坡的。是的是的。多亏那里有个护栏，把我手表的玻璃都挤碎了。因为车胎变形，自行车不能再骑了。我把自行车扔在那里然后走了一段路，打的到这里的。实际上是因为和影子对话期间想做爱了，所以非常想见响子。在沉入无底的孤独深渊时做爱是最好的。

响子说了声："你真是语不惊人死不休啊！"然后就把头扭向了一边。老师静静地离开了桌子，玩弄起挂在衣架上的夹克衫，说道："昨天被我忘记了。"随后拿出了带有蕾丝花边的绿色手帕，上面很工整地绣着谦访响子名字的拼写的首字母——K.S.。

就在这个绝佳的时机递给了她。看到响子的笑脸我很是宽慰。从前的孤独的梦想家被现实沉重地压抑着，同时又在磨炼着处世之道。丰富的现场经历创造出相应的智慧。

——三点半时澡堂开了。去浮世澡堂泡澡怎么样？醉到第二天，泡在热乎乎的洗澡水和甘甜的水质当中。除此之外，沐浴后的美人也很诱人的哦。

就在这稍微有些诡异的气氛中，太阳露出了脑袋。响子说她也要去。在高级公寓鳞次栉比的这附近根本没有什么澡堂。但是澡堂并不一定是走着马上就到的地方。于是我们乘坐出租车通过山手村去了一个叫做池尻的地方。

4

虽说老师常年过着毫无节制的生活，却有着精壮的体格。只有肚子两边和后背的脂肪是我和老师年龄不同的证明，我和老师的肌肉的肥胖程度是一样的。原本因为我并没有仔细看,就没有分清肩的宽度和两个胳膊的肥胖。我觉得这比什么都让自己感到羞耻。但老师却似乎分外享受这份羞耻。响子在女性澡堂那边玩味着两个人的身体。现在的两个人并列泡在一个浴池里。老师在澡堂里的皮肤是不是今早刚和她做爱结束后的皮肤呢?

老师唱着歌剧《阿依达》中的拉达梅斯的咏叹调唱词。

Celeste Aida forma divina(圣洁的阿依达看起来如此神圣)。

我和老师并肩坐着,一直忍耐着内心的忐忑。我绝对不可以去看老师的阴茎,虽然在相同的地方,但是绝对不可以比较尺寸的大小。即使有这种想法的念头也是万万不行的。

——今天格外地安静啊。

老师停止了唱歌。我回答道是啊,就装作思考的样子(我也只能装装样子)。

——总觉得自己很卑鄙……

——是和响子的那一件事吧?

——嗯。

——我已经觉察到了,你对响子有好感。

——我该怎么办才好?

非常诚实的问题,我近乎变成了要开始悔悟的语气。

——那就按照你想做的去做吧。

——老师今天为什么要把我喊出来呢?

——因为有事拜托你。

——如果我能做到的话什么事都可以。

无论什么都可以有一些补偿的方法,我这么想道。我觉得这是最省事,又可以修复和老师关系的方法。

——你喜欢响子吧,请诚实告诉我。

——喜欢。

——这样的话你就一直和她交往，成为她的恋人。

——可是，她是爱着老师的……

——我想改写和她之间的关系。为此你能助我一臂之力吗？正是因为我觉得我们的利害关系一致才拜托你的。

——响子会怎样想呢？

——她好像也很喜欢你。

——不，那是和老师之间的关系。

老师无视我的问题，又一次唱起了拉达梅斯的唱词。

Celeste Aida forma divina。

5

在只有我们两个人的澡堂里，老师唱完了拉达梅斯的歌剧，从女性澡堂传来的响子的拍手声。老师双颊因此害羞通红，对我低声私语。

"《阿依达》和《图兰朵》这两部歌剧中般配的战士在这个世界上再也找不到了。即使中南美和阿拉伯假装成英雄的样子也会立刻原形毕露吧。战争这个东西正在慢慢从地面上消失，至少在东京没有出现一位战士。即使是从外国来的移民，刚成为战士就被打跑了。总觉得东京好像被女人给占领了，变成了一座暴力的城市。打败权威的那种无偿的喜悦感的战士的青春也打那宣告结束了。菊人君，你有一副和善的脸。这个脸没有见过暴力和战争。但是在没有暴力和战争的地方是没有历史的。你只能在女人的怀里一边听着波浪的声音一边做着太平的梦罢了。

——作为不受女人欢迎的人，该怎么办才好呢？

——这样啊……那就只能成为犯罪者了。为发泄自己过多的体力去强暴妇女、诱拐孩子、抢劫银行、杀人越货……但是，没有这样体力的人该怎么办才好呢？要成为奴隶之类的吗？不，在女人面前必须去恋爱。为此我一直在努力，菊人君你也要尽力呀！我觉得，对于在数学论证和古文献的研究方面无法出人头地的家伙们而言，就只有谈恋爱这条路可走了。在东京正是这种情况。不管怎样东京都是女人的都市。听好了，我并不是把响子让给你，你如果不是真心爱响子的话，就是对她的亵渎。

　　听了老师的能言善辩后，我的心情为什么突然变好了呢？

　　——老师，响子一定是一时冲动才和我睡觉的。

　　老师用食指按在我的嘴巴上这样说道：

　　——如果真是那样的话，就趁着一时兴起，慢慢地展开进攻吧。

　　老师的口气很不自然，看上去也不像是在开玩笑。我下决心问老师："老师是不是害怕响子啊？"老师苦笑着这样回答。

　　——的确害怕。她是个比你想象中要难对付、头脑十分聪明的女人。一个男人有了其他的女人，她能和那个女人成为朋友。她一点也不嫉妒我的妻子，也不觉得我妻子可怜。只把她当作朋友。我的妻子完全不了解她，她却好像对我妻子了如指掌。不仅是对我妻子，连其他的女人和我的过去她都全部调查过。她是不是打算写我的传记啊？总让人觉得很后怕。我没有被妻子所拥有，却有时觉得自己被掌握在响子的手中。

　　就我听到的响子对老师的批评，个个都是一语中的。她可以称得上是个地地道道的"彼岸先生评论家"。一般来说，如果有优秀的理解者的话，老师会觉得很幸福吧。但是对于老师甚至想利用我从响子身边逃走。对之，我怎么也无法理解。

　　——如果和响子成为朋友的话，事情能解决吗？

——谁知道呢。我只是觉得响子再继续爱着我的话就糟糕了。和她在一起的话,我有时会觉得不可思议。我会有种自己曾经交往过的女人在响子身上重现的错觉。响子无意中的行为和话语跟以前的女人一样,我好像觉得去了曾经去过的地方。

——去过的地方是哪里?

——无路可走的地方啊。她就像一个女人的死胡同一样。这样说的话你或许不明白,我觉得被她理解着很痛苦。总觉得自己的过去和自己的意识不停地面面相觑。她想要成为我的镜子。或许是让我成为被她的镜子所控制的东西。当然迄今为止这样的镜子很有必要,看到映在镜子里的自己很是安心。但是这样的我只不过活在响子的镜子里,只是响子创造出的虚构的登场人物罢了。最近我觉察到这件事情后,就开始惊慌失措。经常物色能够接受自己的女人的"阴茎哲学家",对于自己的居心不良,有时候也会觉得不安。

总的来说,是不能一直换女人的话心里总会觉得不得劲吗?我这样思忖着就继续盘问起老师来。

——但是,不会如此简单地就能和响子成为朋友吧?老师不是自己在某处也写过男女之间的友情不可信吗?

——我就是向不可能挑战。

我听到老师的这个话不由自主地笑了。这次是老师一本正经地向我进行反攻。

——你说过想从我的人生学些什么吧。如果这样的话就和响子交往吧。拜托你了。

老师这样说后,就慌慌张张地出去了。我追着老师质问道。

——老师是不是开始了别的恋情?

老师后背朝向我轻微地点了一下头。

——喝点咖啡或牛奶吧。

我们坐在藤椅上，一边乘凉一边继续谈话。

——昨天和新的恋人在一起，是第一次的约会。十点多分别后，我独自一人回味着约会后的余韵。听了后你会很吃惊的。她是一个女子职业摔跤选手。胳膊就像我的腿肚子一样。虽然还没有做爱，但只是想一下就会出一身的汗。

——我会对响子保密。

——说了也没关系。新的恋情一开始，总觉得身体都变轻了。我非常喜欢这种感觉。你懂的吧？你一直在寻找恋爱的对象，就是在发情。一旦放弃恋爱，世界就会再次回到自己意识的阴影中去。恋爱就是把自己与他人组合起来的奇妙的东西，不是自己与相似者的亲近。相恋者双方必须都是他人。

——响子不是这样的对象吗？

——刚开始是的。但现在不一样了。她说想和我要孩子，到死都想和我在一起。我成不了这样的对象。要说为什么的话，因为与其说我是一个男人，倒不如说是一个撒谎者。

总觉得我似乎理解了老师的话。心情焦灼的恋爱俨然成为自己生存的证明，不能呈现自己影子的恋人，我也一点不期待自己转换为其他状态的恋爱体验。恋爱总是伴随着期待、微热、害羞、活力而开始的。但是恋爱并不是永葆青春的。只要是不必用自己的性命去换取的永久的恋爱，一切终究还是会腐朽的。这样的事情众所周知，但是老师秉性难改，又匆忙开始了另一场恋爱。

老师所有的事情都在玩，曾说过玩是他的工作。恋爱也是主要的工作之一吧。

我和老师约定好了。老师紧握我的双手说："我成全你和响子的恋爱。"我还记得我对他裸露的肩感到很亲切。像平日里老师对我一样，我也想轻轻拍拍老师的肩。

6

我终于从和响子交往的内疚中解脱出来了。今后应该可以正大光明地渴求她的身体了吧。但我并没把响子与我的交往归结为对老师恋爱的支持。老师只是站在自己的角度上任性地将这段恋爱踢皮球踢给我。当然，我并没有告诉响子那天在澡堂里老师告诉我的心语。

我继续从"彼岸先生评论家"响子那里打听老师的事情，我努力间接地了解老师。因为那几乎变成了我的兴趣。

我有时好奇心爆棚，这样问响子道：

——老师迄今为止是不是和许多女性有过关系了呢？

因为她看着我会以怎样的表情来回答这个无聊的问题，我用开玩笑般的微笑搪塞了过去。

——老师恋爱的对象并不局限于别的女性。你不也是老师恋爱的对象吗。老师一看到你就觉得和自己年轻时一模一样。被老师宠爱着真好啊。

我觉察到了。响子说我和年轻时的老师一样。或许无论邂逅哪个男子，她都会下意识地同作为理想中的男人形象——老师——进行比较。这对于喜欢着她的我而言真是毫无趣味。但是，我也没有任何想呼吁她来爱凡夫俗子的我。我也知道，比起与第三者的老师暧昧不清的三角恋爱而言，两个人的一对一的男女恋爱关系更为稳妥。老师从与响子之间一对一的男女关系中急流勇退，在三角恋爱中纠缠不休的人们又怎么能保持恋爱其本身的纯洁性呢？

因为这样那样心猿意马的胡乱思考，我就更想知道老师的恋爱观所为何物了。这是我介入这个微妙关系之后的非常自然的好奇心。

老师两年前写了一篇《把心交给唐璜》的随笔。我在响子的书架上找到了它。

　　即使从厄洛斯那里收不到恋爱之箭，唐璜也总是在时刻发情的，能让对方觉察到这份心意。唐璜作为恋爱技巧师厄洛斯的弟子，实际上只有这种男人才显示出最纯粹的恋爱。单纯喜欢女人是有云泥之别的。的确地位和品味都很高，金钱、美貌、床笫的技能都悉数具备。只要是有女人的地方他都会现身，先不管自己的喜好，他都会温柔地与每种女人发生广泛关系，不时地讴歌恋爱。唐璜崇尚那种随遇而安的恋爱。与其说他是背弃了神灵的人，倒不如说他想成为恋爱之神。唐璜实际存在与否并不是什么大问题，所以不要去考虑唐璜的主体。如果不存在被他诱惑的两千女性的话，就不可能有唐璜。如果不存在翘首以待唐璜出现的女人和嫉妒唐璜的男人的话，也就无法流传下来这个传说。

　　成就了无数恋爱的人的头脑里一定有唐璜的影子。坚信恋爱时命运中一对一的邂逅的人的头脑中应该听不到唐璜的嘲笑。但是，在途中对擦肩而过的对方——发情的人则能听得到唐璜的窃窃私语。

　　恋爱是所有事物的创造主！

　　希腊罗马的神灵每天在做些什么呢？是的，他们在谈恋爱。是神仙们的恋爱创造了世界。唐璜也模仿神灵，于是成就了无数的恋爱，打乱了世界的顺序。不让世界安定在一元的秩序里，避开秩序，只有摇晃着的无数的运动本身才是世界。唐璜一定是这样想的。

　　一旦放弃了恋爱，世界就封闭在一枚巨大的岩石中，在那什么也产生不出来。

　　我内心的唐璜把恋爱当作更为自由的东西。唐璜恋爱的对象不限于女性。老实说来，唐璜已经玩腻了女性。因为对被交付了恋爱这样的简单运动的唐璜来说，对所有的东西都是在谈恋爱。

首先，唐璜爱着早上老早就苏醒的少年，是一个瘦弱肩膀刚刚挑起世界一端的美少年。唐璜从少年那里感应到虽然未成熟却很强大的能量。少年不知道那个能量的用处，只单纯是能量的集体。这是自取灭亡的能量，也是伤害他人的能量。和自己相似的少年突破虫蛹的壳会变成怎样的男人呢？我想在旁边守护着他，唐璜的心在摇晃，已经抑制不住好奇心了。他变化成被满含蜜的话所诱惑的蜜蜂一样，追逐着少年踪迹之所在。

唐璜也爱着老人。他穷尽毕生的能量，站在死亡的边缘。他深爱着对这个世界还抱有奇妙的迷恋的老人们。他追寻着枯竭记忆的褪色的、脆弱的踪迹。他想在沉默寡言的不抱有任何希望的嘟囔着的老人身旁守候。老人变得没有能力之后才知道恋爱为何物。孤独的老人把老鼠的尸体都当作恋人。唐璜深爱着天空、沙漠和大海。唐璜感觉，风和云的恋爱，波涛和波涛的恋爱，海豚和船的恋爱，砂子和蝎子的恋爱，骆驼和绿洲的恋爱……所有的一切都是恋爱的行为。但是，他恋爱的对象必须是经常离开他的事物。孤独是唐璜恋爱的能量。当孤独被治愈时，唐璜就陷入了恋爱的死胡同。恋爱时永久运动着的。自己模仿这个永久运动的人片刻也不能在恋人身边安心居住。唐璜一边看着大海、沙漠和天空，一边这样想着。

砂子一旦放弃恋爱就会变成沙漠。波浪厌腻恋爱后，海就会死。云如果拘泥在自己的意识里，天空就会消亡。我一旦放弃恋爱，就会失去存在本身。为了参加天地创造的工作我也要恋爱。

7

我总觉得恋爱是青春期的热病，因为老师我改变了这个意识。结婚是恋爱的终结是怎样的谣言，看一下老师的情况吧。心里有着唐璜的人却令人费解地走入婚姻。对我而言,老师妻子的存在就像是谜一样的存在。老师曾坚定地对我说过,他深爱着夫人,可这更加让我疑惑不解:难不成老师和夫人之间定下了什么特别的契约吗?类似于每周的后三天老老实实待在家工作,并且好好扮演一个丈夫的角色,前四天就可以随心所欲之类的?

老师曾在随笔中写道:"纯粹的恋爱只属于陌生人。一旦从陌生人的关系变成夫妇关系,结婚生子组成家庭的话,恋爱也将失去它的纯粹性,成为一项可悲的权力。"

当响子对老师倾诉着想为他生个孩子啊,想和他一起变老死去这样的愿望时,毫无疑问,老师也一定想把响子当成自己的第二夫人吧。可是,假如倾诉着这些爱意的不是响子,而是夫人的话,老师又会作何反应呢?

总而言之,我得出了这样的结论:老师和夫人的夫妻关系绝对不是司空见惯的那种。就这样,我被好奇心驱使着,周五约了响子一起去看歌剧——想顺便打听一下她对夫人的看法。

当晚的歌剧是莫扎特的《克里特王伊多梅纽斯》。其实响子本来想和老师一起来看的,结果因为刚好是周五,老师一直窝在家里不出来,这才和我一起来的。

在等待歌剧开场的间隙,我边喝着白兰地,边默默地把头转向响子。她竟然也在默默地注视着我,仿佛是一对恋人那样。我们能够这样不顾礼节,彼此坦诚相视,大概也是因为有老师这个第三人的存在吧。

我们坐在剧院的最前排。响子开始读起了节目单,我则有意无意地听着周围人们的谈话。想来看看剧团图个新鲜的观众不停地进场,现场一片嘈杂。

——其实我这还是第一次来看歌剧呢。

毫不隐瞒地说,其实刚才这句话是为了一会儿打瞌睡而找的借口。可偏不巧我们坐在最前排,我可不想惹那些歌手生气。

歌剧开始了。序曲响起,幕布随之上升,朴素得不能再朴素的舞台展示在我们眼前——三条细长的小桥像是建筑工地里安放的脚手架一样横在那里,下面是石砧板一样光秃秃的广场。我不禁想,故事什么的就不期待了,就当是花钱来听了个歌吧。

在中间休息的时候,我和响子一起去餐区喝了些白兰地。可能是因为一直没吃什么东西,到第二幕和第三幕中间的时候,我和响子都有些喝醉了。到了第三幕,我们边听着伊多梅纽斯王的独唱,互相牵起了对方的手。等到演出结束歌手们出来谢幕的时候,响子已经完全像恋人一样将头靠在了我的肩上。

从剧场出来,我们一边吃着台湾小吃,一边有说有笑地聊着各种各样关于音乐的话题:听说因为经常吹双簧管,许多有多年演奏经验的双簧管演奏家都有着一张上唇突出,像貘一样的脸;弹竖琴的人因为经常要用两只脚去控制六个踏板,导致把全身的重量都压在了屁股上,所以很多竖琴演奏家其实都被痔疮困扰着;曾经有个有名的指挥家因为动作幅度太大从指挥台上摔了下来,还头破血流地爬上指挥台继续指挥,装作什么都没有发生过一样。等最后演奏结束的时候赢得了观众雷鸣般的喝彩声……

就这样,我和响子共度了一个充实有趣的约会之夜。

等我们吃饱的时候,夜色也深了。一瞬间,我和响子都不再说话,而是默默地注视着对方。那时我们在心里达成了一致——不管是去哪里做都好,想要更进一步,将这美妙的约会之夜延续下去。这样想着,我和响子默契地挽着手走出店门,走下坡道,就这样并肩走了两三分钟后乘上了出租车。

然而正在这时,我们的约会被打断了。

——呦呵，这不是小说家的徒弟吗。啊，还带着我的学生啊。

来捣乱的人正是自称下里巴人的黑格尔学派的驼背胖子和桑科先生。我不禁心想：这下可完了，肯定要成他们绝好的助兴小丑了。

——哎，话说老师您今天没有和那女孩儿一起去看博览会吗？

——是啊，我不想去。人生苦短，我可不想白白浪费时间啊。

桑科先生微笑着回答了响子，又把目光投向我。

——我不会笑话你俩的。怎么样？一起去喝个酒吧？

响子一脸无奈地松开了一直挽着我的手，对他说道。

——那好吧，我们找个没有卡拉OK的店怎么样。

8

我们被带到了一家据说可以喝到日本各地的特色酒的店里。驼背和桑科先生好像是刚从法院回来，还在意犹未尽地聊着有关诉讼的话题。

这四年间，驼背曾在两个月内上了法庭三次。五年前的情人跟他索要分手费，他本来秉着划清界限坚决拒绝的态度，没想到最后竟然闹到了法庭上。除此之外，他也一直在跟自己的大学打着官司。他对因为情人事件而被大学解雇这个结果心怀不满，一直在提起诉讼。据说响子也曾在这件事上为他出庭作证。那天刚好是第七回公审日，桑科先生就坐在旁听席上默默给他加油鼓劲儿。

——打官司简直可以说是我的爱好了。你看，比起赌马更能调动脑瓜，又因为是自己的事情所以不得不认真对待。多有意思啊！你要是有机会一定也要试着打个官司玩玩！

驼背就像是在聊天气一样满不在乎地说着，而我则除了一句应付般的"是吗"以外，什么都说不出来。

——我都投了二十万进去了，这场官司不赢可不行啊。

——别担心。从今天的公审来看估计能赢。总之不会让你吃亏的。

看我一脸茫然的样子，响子开始向我说明情况。

——你看，打官司不是要花钱的吗。于是我们几个就合伙出钱让他去打，赢了的话就能拿到一笔精神损失费，刚好可以照着投资比例大家平分。我只出了五万日元，老师可是出了三十万呢！

——那要是输了呢？

桑科先生回答说：

——那就全完蛋了。那我的二十万就真是打了水漂了。不过想想这也是没办法的事，毕竟这本来就是游戏嘛。怎么样？你要不要也赌一把试试？只要是一万日元以上的投资都受理哦。

我嘴上说着"请容我考虑一下"，心里却觉得平分精神损失费这事儿实在是可笑。我举起酒杯说："来，我祝大家官司全胜，干一杯吧！"人家也都端起自己爱喝的酒回应了我。

然而驼背似乎并不想就此打住，还是滔滔不绝地说着有关诉讼的话题。据他自己讲，他以前也打过官司，而且还赢了。似乎是因为自己的作品被盗用而引发的诉讼问题。他还一脸自豪地说，哪怕是个事不关己的案子他也会经常去公审现场旁听的，这样就可以亲眼见证历史性判决了。

——就跟你的老师他的爱好是恋爱一样，我这人就喜欢打官司。其实你仔细想想，这两种爱好不都是跟打仗一样嘛。

驼背嘿嘿地笑着说。

——桑科老师，您的爱好是什么呢？

还没等桑科老师回答，驼背又替他回答了起来。

——这家伙的爱好很普通，他喜欢赌马。

——听着听着！最近我买到了个大冷门，赚了八十万呢！就在京都。虽然之前在先斗町也花了不少钱。我还用这笔钱给米海勒买了套皮尔卡丹的西服！

——真棒啊。

——你就不赌点什么吗？

——没有，我觉得自己没这个能力。

——不不，比起"能力"什么的，"相信"才更重要啊。一看你就是个经常把简单问题复杂化的人。唉，不过也对，你毕竟是那个小说家的徒弟嘛。要是总用复杂的想法考虑问题的话就会什么都不敢去赌了啊。

看我一脸似懂非懂的表情，驼背又继续说下去。

——就比如说计算机吧，它的运行全靠1和0，别的东西都不去考虑。

——就是就是，要是总是想太多的话结果一定会输掉的啊。要是在决定胜负的时刻产生了贵在参与的心理的话那肯定完蛋。只有在被逼进绝境，无路可退的时候，人才会分泌出大量的肾上腺素，从而获得制胜的第六感。你现在有这种感觉吗？无论如何都要赢的事情之类的？

我一边敷衍着说没什么太大的感觉，一边回想起老师对我容貌的评价"你还真是长了一张和暴力呀争斗呀什么的毫不相关的脸啊"。确实如此，我是一个既没有战斗意识也没有自卫意识的人，每次照镜子的时候，从镜子里的自己的脸上我感受不到任何杀气。

可这些人与我不同。不管是老师还是面前的这两位夜行性朋友，从他们的微笑中总是能感受到一种来历不明的敌意。这种敌意和在早晚电车中看到的那些商人充满贪欲的表情完全不同。正是因为这样的敌意，使得他们能够保持自由的灵魂，散发出年轻的气息。

在这场酒会中，我和响子的关系倒没被追究，反而是当晚没在场的老师的事情被驼背有意无意地提了起来。

——知道吗？你的老师他啊，是在模仿《伊势物语》里的在原业平呢。不光喜欢搭讪女人，连男的也不放过。你看，你也是被他搭讪的其中一个吧。连动物园里的兔子都想去勾搭勾搭，不搭讪就浑身不舒服。我一直都叫他"发情男"，这称呼听起来是不是有点儿政治味儿？对了，你知道那家伙还有个"aiueo"①政策吗？a是浅草，i是饭田桥，u是上野，e是惠比寿，o是大久保，那家伙在这五个区都有睡觉的地方。他自己家在多摩川，就相当于一个别墅了。一到周末他指定要跑到这五个地方的其中一个去。想在东京好好玩儿的话有这五个"旅馆"也就够了啊。

我只记得响子的家在惠比寿，至于其他四个地方分别住着些怎样的女人，我仍然一无所知。老师的生活对我来说仍然是一团迷雾。

正当这时，驼背说：

——你觉得你老师的夫人是个怎样的人啊？

他嘴角挂着一丝意义不明的微笑问道。

——是位不可思议的女性。

我回答说。

——是啊，根本猜不出她在想些什么。

桑科也点头表示认同。响子也附和着说"真是个不可思议的人啊"。

随后大家谁都没有再发表多余的意见。

---

① 日语五十音图，类似于汉语的拼音。

9

　　就这样到了周一。昨晚通宵翻译了两篇曼杰什塔姆的诗作,结果翻译出来的日语自己看着都觉得奇怪。到了八点多好不容易睡着了,街上的人流车流突然增多起来,整个人被铺天盖地的噪音包围了。

　　终于再一次成功入睡,结果还没睡多久就被姐姐从维也纳打来的国际长途给吵醒了。电话那头传来姐姐的声音,喋喋不休地说着一些毫无条理可循的话——什么在国立歌剧院听了理查·施特劳斯的《莎乐美》啊,还有她住的维也纳十一区的事啊,喜欢的咖啡厅,最近新买的裙子,甚至连德语老师的坏话和下周爸妈去看她的事儿也都一股脑地说给我听。我连个附和的时间都没有。

　　——话说你一个人在家都干些什么啊?估计又是懒懒散散地随心所欲吧。

　　姐姐终于给了我一个开口说话的机会,可我却不知道该说什么好。于是姐姐继续说道:

　　——你要是打工能攒些钱的话可以来找我,我带你去布达佩斯玩儿啊。

　　——我没在打工。

　　——那你成天都干吗啊。肯定闲得发慌吧。现在砂糖子应该也已经去意大利了吧。对了,你把我的地址告诉老师了吗?他现在怎么样?

　　——他挺好的。现在好像正在跟女子摔跤选手交往着。

　　——你说什么?他还真是恶趣味啊。对了,要不你去找找老师,让他给你介绍个兼职做吧。你看,连出来玩的钱都没了,你成天在家蹲着也不是个办法嘛。知道了吗？人就是要堂堂正正地厚着脸皮活下去。就这样吧，我还会再打电话过来的。

我在心里盘算着，把姐姐在那儿过得不错这件事儿跟老师汇报一下，顺便再请老师帮我介绍一份兼职。从今天开始老师就有了四天的假期，打个电话过去应该也不会打扰到他吧。

10

接电话的是夫人。也许是因为老师经常在家里提起我的事情，夫人很热情地又是"分手后你姐姐那里还好吧"又是"跟那家伙恋爱也是辛苦她了啊"地跟我寒暄了起来。可是我却因为太过紧张说话都变得结结巴巴的了。本来打算就这样什么都不说等着夫人把话筒递给老师，可夫人就跟个爱管闲事的主妇一样，自顾自地问着"一个人过日子杂事很多吧？""饭也是自己做吗？"之类的问题，没办法我只得接着她的话回答道："也没什么麻烦啦，楼下就是便利店，饿了可以随时下楼买着吃。""我本身没那么讨厌卫生，而且家里又有全自动洗衣机，也不觉得有什么不方便的。"可是无论我怎么解释，还是被强行戴上了"成天吃不上一顿好饭的单身大学生"的帽子，最后还被邀请到家里吃晚饭。

——那个人现在刚好在外面有事，他说大概晚饭的时候会回来，你要没事的话就来吃个饭一起等他吧。

今天明明是周一，老师为什么会回到自己家住呢？我抱着这样的疑惑，在电话里对夫人答道："那真是太好了，我一定去。"然后挂断了电话。想着晚上先去酒屋买瓶伏特加当礼品带过去，结果买了个酒的工夫，就把之前的疑惑忘得一干二净。

约定的时间是六点，我打算故意晚到个十五分钟，就徒步走上了大桥。桥上的车辆堵得动弹不得，仿佛一个巨大的停车场，当信号灯变成绿色时，排成排的车辆像履带一样蠕动起来，把大桥轧得有些颤抖。从桥下的河滩传来笑声，是一群孩子乐此不疲地骑着自行车在浅滩上转来转去。河岸边有两对情侣相互靠在一起，一边远远地看着孩子们的游戏，一边在彼此耳边轻声私语。夏天河槽里蚊子多得要命，要是不快点儿跟那个女孩儿表明心意的话，光是这些蚊子就能让这场本该浪漫的约会前功尽弃。当时就是在这里，多亏了这些蚊子，我才享受了一次和砂糖子的身体接触。

"你哪里痒吗？"

"这里，我都被叮了四个包了。"

"我被叮了六个呢。"

这片河槽也是摩托车越野赛的练习场。从远方传来摩托车的轰鸣声。不知为何，此时我脑中出现的却是老师坐在摩托车后座上，揉着前面骑车的长发女性的乳房的画面。

我为了摆脱这奇怪的想象而加快了前进的脚步，突然一位牵着斗牛犬散步的超短裙少女的腿映入了我的眼帘。看她走路的样子，应该是在十五岁以上不超过二十岁的年纪。我就这样与这位少女保持着不远不近的距离，如饥似渴地欣赏着她的背影。可马上又为自己这么无耻的视线而感到羞愧，脸红到了脖子根，赶紧在心里说服自己说"在性方面我不缺女人"。

穿着黑色超短裙和运动衫，发尾烫了大波浪的浅茶发色的少女静静地站在她的斗牛犬身旁，凝视着天上的云。斗牛犬仿佛是想要嗅出隐藏在地砖下的神秘香味一样，用鼻子擦着人行道的地面嗅来嗅去。迈着外八字步的斗牛犬和瘦过头了的内八字主人形成了鲜明对比。当我走过女孩身边的时候，偷偷地扫了一眼女孩的侧脸。"是响子赢了。"我在心里默默宣告。

从"河岸村庄"的六楼可以清楚地看到蜿蜒流淌的多摩川。老师公寓的客厅正面对着大片平坦空旷的河滩。要是打开窗户，不但可以朝着河滩扔回旋镖，还能拿个气枪打打鸟，对着河滩练练歌剧的发音什么的。我边将半个身子探出阳台边这样想着。

正在这时夫人说：

——当时租房子的时候，那个人就是相中了前面这片浅滩才决定租这里的。他说因为不喜欢像是要窒息一样的压抑感。

——是这样吗。住在这儿的话就绝对不会窒息了啊。

——其实只要往乡下跑一趟，新鲜空气还不是想要多少有多少。那个人是因为别的理由才会觉得窒息的吧。

我在夫人的热情招待下已经喝了不少啤酒了，可老师还是没有回来。就这样边喝酒边有意无意地环视着房间的布置，突然注意到了一件事——在这个房间里，除了老师夫妇二人，没有任何别的活物。别说猫啊狗啊金鱼啊什么的，连盆能看的植物都没养。这么干净的房间估计连蟑螂都不想住吧。非要说有什么的话，饭桌上倒是摆了盆满天星，只不过已经变成干花了。

这时从厨房飘来了番茄酱的香味，看来晚饭已经准备得差不多了。夫人解下围裙，从厨房端来一盘毛豆摆在桌上，然后在L形沙发的一头儿轻轻地坐了下来。"我也吃点儿吧。"夫人说着，端起了玻璃杯。没办法，我只得动作僵硬地给夫人倒上了啤酒。趁着主人不在跟一个已婚的人妻一起喝酒什么的……想想老师现在可能正在从小孔偷偷注视着我的窘境，不由得变得坐立不安起来。

——今天老师是去哪里了啊？

——同行的朋友因为糖尿病住院了，我想他再不精细也不至于去找一个病人喝酒吧，应该再过会儿就回来了。

挂钟的时针已经快指到七点了。哪怕是个电话也好啊，我光是听听老师的声音都会觉得好受一点的。

——说起来，老师还真是经常外出啊。

——可不是吗。到处跑着喝酒大概是他保持健康的唯一方法了吧。常常累到第二天连床都起不来呢。

——夫人您也常和老师一起外出吧。

——以前经常去。不过现在我也有工作了，跟那家伙作息时间都不一样了啊。

夫人所说的工作，就是为英文出版物做校对这样的普通工作而已。因为从周一到周四都要上班，休息的那三天还要去运动俱乐部呀、图书馆什么的，所以能陪老师一起外出的时间也就是到附近的寿司店或者烤肉店两个人吃个饭什么的。像一起听音乐会这种事情是去不了的。我想他们应该也不是从一结婚就变成这样的，试探着问了问夫人，结果夫人只是简单地回答道"也不知从何时开始就变成这样了啊"搪塞了过去。

——谁不都是这样嘛。刚结婚的时候觉得啥事儿都要一起行动，后来我才发现夫妻之间还是留点距离感的好。

我一边附和着夫人的话，一边暗中观察着夫人看似平静的表情，企图从这张脸上看出一丝破绽来。可夫人的脸上浮现出的只有恰到好处的微笑。

——那个人在家总爱念叨你的事，说什么多亏了你，让他整个人看起来都年轻了。我心里想着只要你别因为他看起来老了就行。

——没这回事，不管有没有我老师都很年轻啊。

——不是说这个，我是说那个人总是想跟外人炫耀他心理年龄只有二十岁，所以正需要你这样的朋友在身边啊。

——与其说是朋友，其实我更想被说成是老师的徒弟。

——你是想跟着他学什么呢？想学写小说吗？

——不不，没这个想法。我这个人除了那些不必要浪费笔墨写出来的东西以外，什么都想不出来，所以还没写成就已经黔驴技穷了啊。

——我倒觉得小说家这东西可不是光写写小说就行了的。倒不如说刚好相反，杀人也好盗窃也好吸毒也好，又或者是当上国家领导人也好，成为总理大臣也好，能把什么事情都想成是"小说家的工作"的人才能配称得上是小说家嘛。

我想夫人大概是想说：只有当禽兽和小说家合为一体的时候才能产生萨德这样的人。

但是我又不禁开始担心起来——照这样说，老师的外遇和冷淡的婚姻生活都可以用一句"这是小说家的工作"来敷衍过去了？那老师就算是自杀了，夫人大概也会把这看成是"小说家的工作"吧。想来想去，夫人刚才那样的玩笑话还是少说为好。毕竟老师不是像萨德那样坚强的人，夫人也永远都成不了萨德夫人。尽管觉得有些失礼，我还是问道：

——不管老师他做出什么事情来您都打算原谅他吗？

夫人犹豫了一会儿，一脸认真地回答：

——能够做到什么都能容忍的程度也不是一件简单的事吧。体力和知性一样都不能少。这种事可不是谁都能做到的。我觉得一边承受着怨恨、伤痛和鄙视，一边活下去的人才是小说家吧。

——您是在说老师吗？老师他可是人见人爱的类型啊。

——要是谁见谁喜欢的话那也太没意思了。你看那些一辈子都没被人讨厌过的人，到最后不都是个无聊透顶的人嘛。我倒希望那个人能多活出点儿自己的感觉。

不知道夫人知不知道老师的 a i u e o 政策。老师和姐姐的关系、和响子的关系，夫人是不是都察觉到了呢？还有最近老师勾搭到那个女摔跤手的事情？难道夫人真是在知道了这一切之后还若无其事地说出"希望那个人能多活出点儿自己的感觉"这样的话的吗？我不禁有种问错话的感觉。

——老师是真的爱着您的。

这确实是句真话。我想着要机灵点儿故意这样说道。

——我知道。我也相信我是被那个人爱着的。

——您也爱着老师吗？

——是啊。大概是有种不可思议的力量把我们拴在一起了吧。要是那个人离开我的话一定会遭遇不幸，只有待在我身边才能保持神智。这点儿自信我还是有的。所以说不管那个人是外遇还是染指犯罪，我都能够冷静下来。

——您的意思是说，就算老师他搞外遇您也可以视而不见吗？

——我并不是在虚张声势什么的，我就是想说，他要是真想搞外遇的话就给我堂堂正正地来好了。

这两人之间的裂痕已经扩大到了无法弥补的地步了，爱情已经完全冷却……我从夫人的话中只能听出这些。

——那还真是寂寞啊。

我又说了句没经大脑的话。夫人像是要打消之前紧张的谈话气氛一样，带着微笑轻轻说道：

——要是不寂寞的话，我或许早就和那个人离婚了吧。正是因为彼此都是寂寞的人，这段婚姻才能得以维持的啊。

12

和夫人这样坐着聊了近一个小时。我开始同情起眼前这个女人来。虽然我也知道像我这种人的同情一定会被夫人拒绝,可夫人的话确确实实使我的心产生了动摇。夫人似乎并不想从我口中套出老师的夜间活动踪迹,相反地,她似乎是想让我紧紧地闭上嘴不要提起这件事。

虽然大家都说当小说家的夫人是件要命的事儿,不过据夫人说,她并没有想要像照顾疯子一样照顾老师的打算。当然,为了让丈夫更好地工作,她也会好好扮演一个贤内助的角色,可是仅仅通过做这样的事是无法证明自己存在的意义的。夫人一直在否认"只要丈夫成功妻子也会获得好名声"的概念。既不偏执也不矫情,夫人就是这样一个在精神上相当独立的女人。夫人很高兴我能坦白地说出"寂寞"这样的评价。

——直到昨天老师都一直在书房忙着吧?

我突然对老师的周末生活产生了兴趣。

——要不要来书房看看?

夫人说道。

——这样不好吧,要是写到一半的小说被人看到了老师会不高兴的吧?

——不想被人看到的东西一般不会放在桌面上的吧。

夫人这么一说更加激起了我的好奇心。

书房就在白色大门的背后。大概有六叠榻榻米那么大的日式房间里放着四个滑动式书柜,厚厚的毯子上随意地摆着木桌子和椅子。在房间的角落里放着个带扶手的皮沙发和圆形的小桌子,桌上堆满了传真。在我的想象里,小说家的书房应该是更加杂乱的地方——房间里到处散乱着杂志和书,只能从书缝中看到榻榻米的颜色。书柜里硬是塞下了超出容量一倍的书。桌子上满是乌龙茶的空罐子和塞满烟头的烟灰缸,以及写错了的草稿和翻开的字典等等。但老师自己却知道什么东西放在什么位置,决不让夫人来打扫书房。

然而,眼前的书房却与我的想象截然相反,干净得像个家具店。所谓的死人的书房大概也就是这个样子了吧。不仅如此,这里根本没有什么小说家的感觉,叹息声和在打字机前打字的哒哒声似乎从来没在这里出现过。

——是个煞风景的房间吧。

我不禁嗯了一声表示认同。说实话,看到这样毫无小说家气质的书房我觉得有些失望。

桌上,空空如也的烟灰缸、便宜打火机、国语字典、英日字典和一个闹钟整整齐齐地摆放在打字机周围。简直就像特意整理好摆出来给人看的一样。但夫人却说,老师的书房一直都是这个样子。

——没想到老师是这么一丝不苟的性格啊,要不是今天看到书房还真不知道。

——大概是因为那个人脑袋里面经常乱成一团麻,就想着至少把书房整得干净一些吧。

——真想知道老师现在在用这台打字机写着什么样的作品啊。这段时间都没有出新作,好像是要写出个大部头的作品吧。身为老师的粉丝我很期待啊。

——是这样吗。那个人现在在写日记呢,似乎是想要毫不保留地记录下自己的一切行动。

——您看过吗?

——没有。不写到最后他是不会给人看的。

——"写到最后"是说直到老师不再写作为止吗?

——谁知道呢。他都写了五年了,也不知道什么时候能写完啊。或许是到死也写不完了吧……

听到夫人的话,我突然想起了老师经常挂在嘴边的"生如小说"这句话。原来老师是想把这由谎言编织成的人生用诚实的声音写进日记里吗？

正在这时，电话响了。夫人对我说了声"请随便看看书什么的吧"，便走出了书房。

我按照夫人的话浏览着老师的书柜。书柜上没有一本是他自己的作品，而且在本雅明著作集和司汤达全集中间还混杂着一些应招美女的写真集或是《性感推拿》之类的畅销书。这还真符合老师的作风啊！推开前面的书柜往里一看，里面那层摆满了写着"唐璜"二字的书，有种书柜的一片地方都被这种书籍占领了的感觉。看来老师不仅博学多识，还是个唐璜文学研究者啊。我从一堆情色小说中抽出克尔恺郭尔的《非此即彼》，坐在沙发上读了起来。我记得老师曾经说过：

——要是企图从克尔恺郭尔那里学习恋爱的话，整个人都会不由自主地变得阴暗起来的，就像我一样。

三天在家四天放纵，尽管我很清楚老师的心理巧妙地取得了平衡，可是对于不得不面对老师阴暗面的夫人不禁感到有些同情。无论是谁都想和轻松快活的，像唐璜一样的人交往。谁愿意和一个像克尔恺郭尔那样整天一个人在忧郁的深渊里嘟囔着这也不对那也不对的人交往啊。把自己的阴暗面这样留给妻子真的好吗？

——那个人也经常坐在那里一个人呆很久呢。

夫人倚在门边对我说道。看来刚才的电话不是老师的。

——老师是坐在这儿读读书打打电话什么的吗？

——不，就是单纯地坐在那里发呆。

——在传真机前发呆？

——是啊，那个人很喜欢传真。

夫人点点头回答道。

——他好像还大半夜一个劲儿地写信，然后再随机找个能收到传真的号码给人家传过去。并不是想要传给特定的谁，好像就是随便选个能收传真的号码而已。

——也就是老师是在给不认识的人发传真吗？

——嗯，虽然说传真是发给不认识的人的，不过那信的内容是写给他女儿的。

——女儿？老师还有个女儿吗？

——我也了解得不是很清楚。当然我也没见过他说的女儿。就是那个人一直坚持说自己有个女儿什么的……

——大概是很久以前和谁生下的孩子吧。

——就是这么回事吧。因为跟我结婚以来一直都没孩子，要是真有女儿的话那肯定是以前跟别人生下的。那个人就是这样给一个连是不是存在都成谜的"女儿"一个劲儿地寄着信。他连人家住哪儿都不知道。估计收到信的人也挺恼火的吧，莫名其妙地就成了谁的女儿。也肯定有人把这当成是心理变态者的恶作剧，虽然到目前为止还没被人抱怨过。对这事儿你怎么想？

夫人好像很喜欢老师的秘密，用像是要把这个秘密揭发出来一样的口吻说："怎么样？我家这位确实是个怪人吧？"接着像在模仿魔女一样笑了起来。正如老师的夜行性朋友们一致认定的那样，夫人是个不可思议的人。

可更让我难以理解的是，一直给一个下落不明的女儿写信的老师到底是怎么想的？写这种一辈子都到不了女儿手里的信真的有意义吗？老师这么做大概也是出于想停却停不下来的心情吧。

夫人还说，据老师他自己讲这是他二十二岁的时候有的女儿，名叫玛丽，现在大概已经十五岁了吧。还说老师虽然不知道玛丽身在何处、长什么样子、但一直在为了某一天能够再见面，默默地为她存着抚养费。

——但是说句真心话，要是现在那孩子出现了就麻烦了。

夫人苦笑着说道。我觉得不能这么轻易地就相信老师有女儿这件事。或许，玛丽只是老师的"人生小说"中的登场人物罢了。在老师眼中，小说将现实吞噬。玛丽只是老师在某个比以往要早的早晨醒来，突然想去疼爱的少女们的代表之一而已，充其量不过是个架空的虚构人物。这样想来，老师拼命地给女儿写信的行为也就变得可以理解了——这些信单纯只是老师对少女们爱的表达，并没有什么别的意思。老师一定是觉得，将玛丽的角色设定成自己的女儿更能够接近少女们隐藏起来的内心，所以在故意这样做的吧。然而夫人却似乎并不这么想。

——我也不愿意相信他有女儿这件事啊。可是从结婚前开始那个人就一直在念叨自己有个女儿什么的，还把那孩子母亲的事情也跟我说了。对方貌似比他大五岁，是个不想要丈夫只想要孩子的自我意识强烈的女人。那个人就像是给她帮了个忙一样地让她怀了孕。或许是能够以这种方式利用男性的女人，在男人眼里会格外迷人吧。因为对方也说了不需要丈夫，两个人就像是为了生孩子而组成的搭档一样，对两边都有好处。

——老师认领了这个女儿吗？

——貌似是认领过了。直到玛丽四岁他们好像还会见面，但是在那之后玛丽的母亲就单方面跟那个人断绝了关系，他就再也没见过玛丽了。好了好了，这个话题就到此为止吧。你肚子也饿了吧？我们先开始吃吧，我估计那个人再怎么慢也快该打着喷嚏回来了。请到客厅去吧。

我把书放回书架，又接着听夫人说了很多关于老师的事情，老师在我心中的形象一下子变得七零八落的。恐怕全部的谜团都能在老师正在写的那本日记里找到答案吧。夫人的话更加激起了我的好奇心。那本日记我无论如何都想看一看，看看老师那深藏的情欲究竟是从哪里涌出来的，看看老师究竟是如何做到能说会做滴水不漏的。

夫人煮着意大利面，我在一旁就着牛油果沙拉喝啤酒。我不禁想，夫人把一直憋在心里的，只有她一个人知道的有关老师的秘密告诉了我，这会儿大概是如释重负的感觉吧。第一次见到夫人的时候我就知道这一定是位内心强大的女性，看来我的第一印象并没有出错。除去老师平日的玩乐不说，两个人的夫妇关系还是比较和谐的。这大概也可以归功于夫人对夫妇关系的自信吧。夫人的这股自信，无疑是来自于她是唯一一位了解周末（面对真实的三天）老师状态的女性。

老师刚好在意大利面煮好的时候回来了。简直跟个东京版的奥德修斯一样。老师一看到我的脸就开玩笑地说："哦呀，还以为是强盗呢，这不是菊人吗？我夫人没事儿吧。"

老师看起来心情特别好，还提回了天津糖炒栗子当特产送给了夫人。

——还好你回来了，客人在这儿可快无聊死了。

夫人方才的忧郁已经消失得无影无踪。

——让你久等了。一不小心就跟病人聊得久了点儿，还顺便跟可爱的小护士搭了个讪，这才回来晚了。还麻烦你给我夫人当保安真是不好意思。

——我们一直都在聊有关您的话题。

听到这话老师突然把脸一沉，好在夫人及时补了句"也没聊什么大不了的"，这才糊弄过去。

在晚餐基本上结束，慢慢地开始喝白兰地的时候，我突然想起了姐姐交代我让老师帮忙介绍兼职的事。

——老师，我有件事情想拜托你。虽然挺不好意思的，如果有合适的兼职的话可以介绍给我吗？我这个暑假什么安排都没有，闲得很。

——像翻译这种死板的工作怎么样？

——什么都可以。我就是想赚点去旅游的钱。

老师说可以帮我问问朋友，突然又像想起了什么一样说："啊对了！就是你也认识的那个日本版黑格尔，他夏天要去别墅住，所以正在找帮他看事务所的人，你去试试怎么样？就是接接电话帮忙转发个快递什么的，当然也可以带着女孩子去那里玩。"

我接受了老师的建议，打算明天早上赶紧去见那个胖教授。一天能赚五六千日元，这样算下来工作个二十天的话就足够我去一趟维也纳了。

13

那天我一直在老师那里坐到十一点多才回来。我要走的时候，老师刚好要去买烟，于是就顺便送了我一程。那时老师带着有一丝不安的脸色问道：

——我妻子都跟你聊什么了？

我诚实地把刚才与夫人闲聊的内容都报告给了老师，比如说他正在写的日记的事情啦，还有他有一个十五岁女儿的事情啊什么的。老师听了之后突然将胳膊搭在我的肩上，像个纠缠不休的醉汉一样说：

——你是企图讨好我老婆吗？有话别问我老婆行吗，真想从我身上知道些什么的话就直接冲我来啊！

老师明显是生气了。然而我并不知道老师生气的原因，只得默不作声。

——你就算不问，早晚也都会知道我究竟是什么样的男人，何必去问这些多余的问题呢？

——不是这样的，我没这个意思。我只是给您的家里打了一个电话。刚好夫人接到了，就请我过去吃饭而已，真的没有别的意思。

老师把胳膊放下来,朝卖烟的自动贩卖机里投了几枚硬币。

——你是觉得被我这样绕开话题很有意思吗?想故意被我这个说谎达人骗一骗?

——没这样的事,我只是脑子比较迟钝罢了。

——没有比迟钝的偷窥狂更让人厌恶的家伙了,你们就总是毫不动摇地窥视着人们的动摇。

我很着急地想要辩解,可是到现在也不明白我到底是做了什么让老师生气的事。是因为我踏入了老师的圣域吗?那个书房是外人禁止入内的吗?还是说因为我问了他女儿的事?

——您太复杂了,我无法理解。

老师回过头丢给我这样一段话:

——你刚才这个口气,配上这张不谙世事的脸,看起来简直就像个刺儿头。话虽这么说,你也不是傻子吧?我所说的事情你都心知肚明,也很清楚该如何在我面前表现。毫无疑问你是个优等生啊,说不定以后还能当上外交官什么的。不过可千万别去当小说家啊,反正你这种自己一点儿创造性都没有的家伙,除了传记什么也写不出来吧!你只是刚好遇到了我这样的怪人,并且纯粹是因为觉得好玩儿才想去记录我所做的事情不是吗?

老师一边不停用食指指着我的鼻子一边这样骂道。面对这莫须有的罪名,我的表情僵在了脸上,除了沉默什么都做不到。老师又继续说道:

——这样看着我出丑你很开心吗?你自己也很清楚吧!你就站在那儿看着我做的那些丑事儿。我到处找女人的事也是,喝得宿醉第二天跟个傻子一样呆坐着的事也是,还有我随随便便说谎糊弄人的事也是,你全都知道吧!好玩吗?有意思吗?

我干脆一咬牙,答道:"有!"听到我的回答,老师更是毫不犹豫地说道：

——我可不是你小说里的登场人物。我是认真的。不管是响子还是我老婆，你都擅自把她们当成你小说的角色，还企图把我关在你的小说里。看来你是受了那些家伙的影响啊！你肯定也是说着——"原来老师是这样的人啊"，顺着我老婆的意思走的吧。开什么玩笑！我难道会把自己真正的灵魂给那种货色看吗?!

眼看老师就要回家，我想着都被说到这个份上了，要是再不好好地把自己自作主张地自称老师弟子的这份自豪感向老师表示出来的话可就来不及了，于是干脆上前一步直接拦在老师面前。

——确实，我和您是不同的人。对您来说可能是件麻烦事，不过这都是我的真心话，自从我第一眼见到您开始，就在您身上感受到了莫名的归属感。我也说不明白，反正就是一直都对您抱有期待。我之前也跟响子说过，想从您那里学习处世之道。至于想要彻底了解您的为人什么的，我从一开始就没有这样想过！因为我知道了解您的内心一定是件痛苦的事。老师，这一点请您无论如何也要相信我！我绝不是仅仅出于好奇心才想去知道更多关于您的事的，我只是…只是因为喜欢您才……

老师盯着我，仿佛是要在我的脸上盯出一个洞一般，我也毫不回避老师的视线，一直看着老师的嘴角。

——仅仅是出于喜欢，不行吗？

先把视线移开的老师。

——可以。如果是这样的话。

听到老师的回答我终于松了一口气。看来我最想要说的话已经好好地传达给老师了。

——你还不知道我的妻子到底是个怎样的人吧，你想知道吗？

——想。

——还有我女儿的事情也想知道吗？

——想。

——这样啊。要不最近就让你读一下我的日记吧。

听到这话，我不禁暗暗觉得老师最近要出事了。

四　老师·我·我的父母

1

其实我很在意老师把我说成是"迟钝的偷窥狂"这件事。

太过分的偷窥可不好，最好的方式是Peep and away——即看两眼就走。我想要是因为我的存在让老师觉得不踏实的话，那就暂时先不主动跟老师联系，等着他打电话给我比较好吧。在这期间，我接到了从维也纳打来的母亲的电话。母亲说给我订了去维也纳的往返飞机票，大概这两三天就寄到了，让我赶紧准备准备到成田机场等着看有没有退票的。这样一来，我不用打工也可以去维也纳，终于可以从地狱般的暑假打工生活中解脱出来了。在接到电话后的第四天，我成功坐上了经由莫斯科飞往维也纳的飞机。

我在飞机上边看导游手册边制定着旅行的日程。跟家人在一起团聚的时间大概五天就够了，这期间还可以去布达佩斯住一晚，再顺便要点儿零花钱享受一下独自旅行的乐趣。先在威尼斯下飞机，再依次环游热那亚、佛罗伦萨、锡耶纳和罗马，然后跟不知道在哪里搜寻着意大利恋人的砂糖子汇合，给她在维也纳的学习生活捣捣乱。

关于天上掉下个欧洲之旅这件事，我并没有对老师提起过。倒是给响子打了个电话说想和她在出发前再约会一次，结果却被冷冷地拒绝了。而且从她拒绝我的话里，我觉得自尊心受到了侮辱。

——我们的三角关系这段时间还是暂停一下为好。也有可能在你旅游的时候，这关系就永远结束了也说不定。

其实我本来可以无视响子的挑衅的，却忍不住反驳了她。

——前几天我去见了老师的夫人，好像有点明白他们为什么没离婚。我们知道的只是老师的表面，而真正了解老师的内心的人恐怕只有夫人一个了。

"是吗，那又怎么样？"我特意选了个最能激怒她的说法。正如我期待的那样，响子的声音变得激动起来。她大概也察觉到了我的嫉妒吧？最后我也没忘了再加上一句：

——所以我最终也不过是老师的替身吗？如果你只是想离开老师才利用我的话，那我不成了个卑鄙小人了？我不要这样。

响子只是冷漠地回答道："那你就加油扮演好这个角色吧。"然后似乎又觉得话说狠了，像是安慰我一样地说："你路上小心啊。回来了给我打电话。"

2

在飞机上与我邻座的是一位在维也纳历史博物馆工作的单身日本女性。她在博物馆负责亚洲展区的管理工作。她起初似乎并没有和我交谈的打算，不过当我不懂装懂地说："话说维也纳好像在成为移民城市啊！"她先接了一句："把维也纳看成艺术之都的也就只有日本游客了。"然后就开始了滔滔不绝的解说。

——明明就不是因为工作原因，匈牙利人呀，土耳其人这些斯拉夫人还是成群结队地跑来维也纳。那些表面上对移民也友好对游客也友好，实际上在心里把这两种人差别看待的净是些奥地利人。真是假情假意的。对了，你看过《第三个男人》这部电影吗？里面有一个镜头是奥逊·威尔斯坐在普拉特公园的摩天轮上俯视着地面说："人类真是跟蝼蚁一样渺小，就算死那么一两个人也不是什么大不了的事情。"就是因为这种想法，移民和犹太人才会被歧视的啊。不能像蝼蚁一样谦卑地思考的人根本就连蝼蚁都不如！不过那群奥地利人连佛教都不懂，估计也不会懂得这个道理吧？

听她像嘴巴里藏了刀片一样讽刺着奥地利人，我不禁猜想她是不是跟他们有过什么私人过节？

——维也纳是不是物价挺高的啊？

我试着转移话题。

——是啊，而且又难吃又没品位。

——话说面值五十的先令上还印着弗洛伊德的脸呢，那家伙可是个犹太人啊。

——大概是他们自己也开始反省歧视犹太人这件事儿了吧。在奥地利人看来弗洛伊德的理论简直就是在侮辱他们，因为这理论颠覆了他们信仰的天主教道德观。要是当初弗洛伊德这个犹太人能给身为奥地利人的希特勒做个心理分析就好了。

——就算是这样纳粹党也会出现的吧。

——说的也是。奥地利人个个精力过剩，最后免不了把这个力气用在欺负别的国家的人身上。你去了维也纳也要小心点儿新纳粹党那群人啊。

——我一直在想，佛教和纳粹是不是有什么联系呢？你看它们的标志简直一模一样啊，"卍"和"卐"。

她刚开始没笑，后来看着我辛辛苦苦用左半边脸憋出的笑容，勉强用右半边脸笑了一下应付了过去。

——要是能用佛教给那些新纳粹党洗洗脑就好了。

坐在我俩后面的奥地利人正鼾声大作。

3

来机场接我的是父亲和姐姐。姐姐对只带了一个小旅行包轻装赶来的我说："不错,总比背着大包小包的强。"

——在这样的大都市里还背着沙漠旅行一样的装备的人看起来简直像个傻子。连跟他一块儿的人都会觉得一身臭汗味儿的吧,一不小心还会被当成是流浪汉。

姐姐就这样口无遮拦地表达着她对负重旅行的种种不满。说起来,在飞机上跟我坐在一起的那位女性也是,是不是在外国住得久了就会自然而然地把憎恶写在脸上? 在外国住得比姐姐还久的父亲看起来是一脸无忧无虑的表情,只不过这段时间没见面,白头发似乎一下子多了一倍,貌似身高也缩水了。父亲走过来拍拍我的肩膀说:"最近还好吗? 你看起来又胖了一圈啊?"说着,用父亲才有的眼神扫视着我。

我们坐上了巴士向市里驶去,坐到西站再换乘电车到姐姐的公寓去。刚上大学的时候姐姐想着以后还要找室友合租,于是就租了可以放下双人床那种大小的公寓。不知道姐姐现在是不是偶尔把多出的房间租给旅行者赚点零花钱什么的。

母亲比起在东京的时候妆化得更浓了。看来母亲已经开始娴熟地从家庭主妇的角色脱离出来了。按照母亲的安排,我们马上开始了市内观光旅行。去布达佩斯的两日游安排在了后天。出发那天晚上父亲说想吃中国菜,我们就走进了一家中华料理店,有些惊奇地看着姐姐用流利的德语点好了餐。母亲开始像警察审讯一样地问我在日本的生活情况,还说就是因为太担心我在家每天都在干什么才特地把我叫来维也纳的。我说："没事的，我有一位人生的导师陪着。"

——我们家什么时候也成了七零八落的了。能像这样一家人坐在一起吃顿饭真是太好了。

我有些冷漠地听着父亲的话。大概是因为上了年纪吧，父亲开始感叹起一家团圆什么的了。

——以后可能要隔四年才能这样四人团聚一次啊，简直跟奥林匹克运动会一样。菊人毕业之后说不定也会去外国工作，所以下次再见面可能在东京，再下次就在莫斯科了啊。

——我这么懒，可做不到跟您一样一辈子都为了工作活。当然也没那么奢侈能过上为了玩儿才活的人生。

——你这孩子，从小就爱闹别扭。不是跟你说过了不要说这种风凉话吗？你呀，能好好活到现在真是个奇迹。

我并不是不喜欢父亲，可是因为在我眼中父亲只是一个平凡的好人，所以也并没有什么尊敬的感觉。在忍受平凡生活方面，父亲无疑是个战略家。也许是父亲温文尔雅的言谈，使得他意外地很受人尊重。就算是第一次见面的人也会愿意跟父亲聊他的经历。父亲则一句讽刺的话都不说，将那些故弄玄虚的牢骚话和自吹自擂都全盘接受。父亲这样做并不是出于什么高尚的原因，他只是单纯地想把这些人的庸俗当成乐子而已。当然，他也不得不故意装成不落庸俗的样子才行。也许比起我这种诚实地屏蔽掉无聊闲话的人，像父亲这种什么都能接受的人才可怕吧。母亲知道我不喜欢父亲广交朋友却跟谁都不交心的这一点，她是个喜欢就喜欢不喜欢就老死不相往来的类型。我觉得大概是受了母亲的影响，什么事儿都想用"这不是挺好的吗"凑合着过下去的父亲似乎也勉勉强强地能够胜任管理职务了。

对我来说想知道普通夫妻的相处模式的最好方法就是观察他

俩的生活了。他们俩不管走到哪儿都像是超市里卖的成套商品一样。要是有一方出了问题，另一方的生活肯定也会受到影响。最近父亲似乎突然老得比以前更快了，母亲就开始照顾他。可是母亲不管是食欲还是对旅行的热情都远远没有衰退。之前母亲还自己制订计划环游了维也纳和阿尔卑斯，父亲就像是头骆驼一样，在母亲的指责下勉勉强强去了一趟。因为父亲自己也很清楚，就算是骆驼也好，不满足母亲的心愿就会受到可怕的对待。母亲曾经半掺着玩笑话一般地威胁过父亲说"中年离婚的原因一般都是因为丈夫太娇气"。

4

布达佩斯城就像是停泊在烟雾缭绕的海洋中的一艘小船一样，这艘小船正穿过多瑙河向西行进。

我说想一个人去街上走走，就和家人分开了。把地图揣在兜里，渴了饿了就去酒吧里喝点苹果酒吃点炖牛肉来补充体力，想在一天之内看完两天的风景。步行环绕莫尔吉特岛然后乘坐电车从共和国路的树荫下驶过，朝广场前进。一个人在那里泡了个温泉，看了一场马戏团表演就赶去和家人汇合。晚上一起去了有名的老店——一家开在贡多拉上的饭店，在那里边听着吉卜赛乐团的演奏边享用晚餐。第二天上午八点左右，我一个人去美术馆和博物馆转了一圈，还在盖勒特山的朝阳升起处晒了会儿太阳，又跑到游乐场去坐了趟卡丁车，然后就和一大早出去买东西的家里人会合了。

在单独行动期间，我被地下金钱买卖的把戏给骗了，白白扔了一百福林。不知道什么时候，那个骗子把我的一百福林用颜色一样的二十福林掉了个包。生气也没办法，我只能找了间酒吧坐进去，谁知道喝酒的时候又被个醉汉缠上了。那个人说着匈牙利语，我这边儿则用日语和他对骂，还不时蹦出几句脏话。最后还是被酒吧的老板给劝开了。然后我又一个人跑去公园，在那里被一个名叫奥弗拉的女高中生搭讪了。我想着"这次又是什么倒霉事儿啊"，然后发现其实那女生只是想说说英语而已，就和她一起愉快地度过了两个小时的约会时间。她有时会用翠绿的眼睛突然闪过一个充满魅力的眼神。她说再过不久就要和哥哥一起去投靠芝加哥的婶婶了。不知为什么，我一边听着她的话，却不由得想起卡夫卡的小说《美国》中的情节：卡尔·罗斯曼那个遗忘在甲板上，不知被谁拿去了的旅行箱。于是我去买了个布制的小旅行箱作为此次布达佩斯之旅的回忆。

5

很不可思议的是，姐姐似乎并没有要向我询问老师现状的意思。就算我对她说"老师貌似还有个女儿啊"的话，她的反应也是稀松平常。恐怕在姐姐的脑海中，老师只不过是她恋情中的一块纪念碑而已。那块纪念碑上仅仅写着：

我和奇怪的小说家的恋情于此地长眠。

下面用浮雕轻描淡写地雕刻着头发乱成一颗花椰菜似的老师，带着一副像是还有好多事悬而未决一样疲惫的表情，用沙哑的声音努力想要唱出咏叹调的样子。

我想在老师心里，姐姐大概也是这样的存在吧。老师的话应该会写出一个像年表一样的东西：

一九××年三月三日～六月六日女高音歌手。做爱次数三。灵魂交流零。

从维也纳到东京，坐飞机需要十二个小时。灵魂这种东西，别说不能飞得比飞机还快了，还经常飞错方向，根本没法好好传达到对方那里去。老师和姐姐的关系就这样在不知不觉中开始，也在无意间结束了。

和家人在一起的话，我就会变得不能安下心来好好看沿途的风景。我的心早在旅行的第四天就已经飞到意大利去了。第二天就要离开维也纳，在出发的前一天晚上，母亲提出想要四个人再去假充有钱人挥霍一把，于是就一起去了一家四星级酒店享用晚餐。在餐桌上，父亲问了个很令我意外的问题。

——听说你在东京一直很敬仰一位奇怪的老师，那是个什么样的人啊？

父亲大概是从姐姐那里听说了老师是位小说家的事，但是又不知道老师的名字，所以就在心里认定老师是个可疑人物了吧。

——要是他真能给你的将来指指路就好了啊。

——他说了啊，他说我将来要成为外交官之类的人。

——是吗？虽然是个小说家，话说得还挺在理的。其实我也一直想让你将来去做外交官呢！

我想在父亲眼里，所谓的外交官肯定都是外务省的职员吧。可是在老师眼里大概他自己也是个外交官之类的角色。也就是说，恋爱中的人其实都是外交官的一种。当然，即使讲给父亲听也没什么用，话题不会有丝毫进展。要是我跟父亲详细地描述一下老师的日常生活的话，父亲一定会这样说：

——那么你将来一定会过得很好吧！

在这个世界上，单凭自己的常识，有许多无法理解的事情，以及有很多不应该存在的东西。如果能够颠覆自我的常识，哪怕是多一点也好，能做到这一点的人可以说是人生的享乐主义派。那样的人很少遭到迫害。经常对于自己的生活感到满足的普通人中的哪一个都在似懂非懂之间达到彻悟。常言道：则天去私①。又曰：发挥才智，则锋芒毕露；凭借感情，则流于世俗；坚持己见，则多方掣肘。总之，人世难居。②以泥泞的脚来践踏这种觉悟的人是人生的享乐主义者。认为世界应该为自己而做出牺牲的人是骄傲自大的家伙。那种人以年轻为后盾，凭借体力和智力将人生推向极致。于是乎，在某一天，这种联系突然中断。我们与这些人之间的纽带也如影遁形。

我很庆幸父亲和老师不是同类人。对于与洁身自好的父亲一直斗争不止的儿子我来说，能够避免一些繁文缛节是再好不过的事情。提到父亲是谁，有这么个人存在就好。至少这种程度的底线我还是需要的。俄狄浦斯的亡灵并没来拜访我，于我而言，父亲仅仅是位好心的叔叔而已。

关于老师，母亲虽然只字未提，但根据我推测，姐姐偷偷地将我和老师的危险关系告诉了母亲。饭后，不经意间一看手表，已经十点了。我轻碰父亲的手腕邀请道："咱爷俩去哪喝两杯怎么样？"

6

为了配合砂糖子在意大利逗留的日程，我计划好了旅程。但何时何地能与她再次碰面我并不能确定，唯一可能性高的方法就是去锡耶纳有语言学研修的大学，在某个教室里说不定能遇见她。在那之前，我要在萨尔茨堡留宿一晚，经由英斯布鲁克之后在威尼斯再逗留两晚。

---

① "则天去私"是漱石晚年提出的口号。照字面解释，即遵照天理，去掉私心。"天"，从哲学上说是绝对，从宗教上说是神，从观念上说是神圣。天与私的对立，即绝对与相对，神与罪，神圣与丑恶的对立。"则天去私"就是相信神的绝对的神圣的存在，并依靠它的力量净化人们内心利己的相对的丑恶的存在。
② 这里引用了夏目漱石1906年《新小说》杂志上的《草枕》的开篇文。

但是，我的单人旅行在从威尼斯去热那亚的那天却被迫中断了。在我打电话到姐姐公寓的时候，本该是在策尔马特的母亲的声音出现在电话声里。母亲告诉我父亲病倒了，医生说是患了糖尿病。

病情还没到危及性命的严重程度，即便是我守候身边也起不了什么作用，因此我打算继续我的旅程。但是，母亲告诉我住院的父亲变得严重地意志消沉，需要我的鼓励，于是我决定先回维也纳。对于意大利的短暂之行的印象和父亲的糖尿病有很大关联，大概也成为不了什么愉快的回忆吧！虽然意大利治愈了无数居住在北方的夜行性动物的忧郁症，但我最终还是没能蒙受它的恩惠。

第二天的下午到达了姐姐的公寓。途中转车并不顺利，在车站的座椅上苦等了四个小时，期间没能睡上一觉。回到居所，淋澡、剃须，然后就直奔医院。据姐姐说，在我出发离开维也纳的第二天傍晚，父亲由于跑步出了一身汗，在家里喝着啤酒时就失去了意识。加之又有糖尿病在身，医生诊断说有引发心绞痛的危险。为了接受检查，父亲要在医院待上一周。

——语言上能交流吗？

——我也算是勉强应付过来了，可以通过英语交流，所以大可放心。因为那个恐慌之事发生，母亲也够呛。

父亲看了一眼我的脸就说道："你还好吗？"母亲就发牢骚："有什么好不好的呀！不就是一直叫人牵肠挂肚的。"一副面容憔悴的表情。

——真糟糕，让你中断了旅行，况且也没必要那么担心，因为我这么健康。

——说什么呢！明明就差点命悬一线。不仅仅是菊人，连我的旅行也泡汤了。

陷入恐慌状态的母亲也就是发发牢骚，之后也仅仅在等待出院。这样我也就安心了。父亲的脸上清晰地显现出安定的神色。

——放心，我在国外死不了，要死的时候也会回家，死在榻榻米上。首先，活着的人需要办各种各样的手续，大概也很麻烦吧！死了的人只是躺着就好，而你们却要忙着葬礼和保险。

——是啊！父亲的病倒让我想到自己在生病之时，该怎样从容不迫地去应对。

父亲和姐姐开玩笑之时母亲一直苦笑着。我不经意间想起以前在我的梦中也出现过一家四口聚集在病房的场景。在梦中父亲也是来探望病人的，躺在病床上的既不是母亲也不是姐姐。四个人围着病床、看着濒临死亡的病人。为什么那个人也是家里的一个成员，我强烈地期盼他不要死去。

7

直到父亲出院为止，我都没有离开维也纳。大家轮流去医院照顾父亲，到第三天的时候我就厌倦了。空闲时主要都是看书、写信、学习俄语来消磨时间。虽然一直期待着砂糖子打电话给我，但是我再也没想过坐飞机去意大利见她。要和带有意大利气息的她谈话，大概是件极难的活儿吧！虽然期间我打过一次电话给她，但是她不在。

父亲出院那天、在日式料理店举办了一个小规模的派对。父亲说道："医院的饭菜难吃在世界各国都是一样的。""但也算是一次难得的旅行。"

我回来后，母亲就能够充分休息了。不过那晚稍稍有点吵闹。父亲一边喝着矿泉水，一边兴致勃勃地干着葡萄酒，念叨着"还是日本最好"之类的有一搭没一搭的文化比较言论。

第二天就要乘飞机回东京。夜里，我怎么也睡不着，几度做梦后醒来，每次都会打开厕所或是冰箱的门，唯有一个梦直到吃早饭时还清楚记得。——是这样的一个梦。

那里墙壁坍塌，房顶也陷落了，只剩石柱的废墟。到处都是水坑，放着焦黑的车子和混凝土雕成的大象。我去那里四处寻找老师。老师藏在石柱的后面，看着我。他头上戴着头盔，身上卷着草席，手上拿着锅。

——老师，您在干什么？

即便是我问了他也没有回答，仅仅是凝视着我。

——老师，我们回去吧！

老师摇摇头，然后走到身边最近的水坑边，用手中的锅舀水，接着开始咕噜咕噜地喝了起来。

——那不是泥水吗？不能喝的，老师！

我不由自主地跑到老师跟前，想要夺取他手中的锅。但是，老师将锅紧紧地贴在嘴上姿势像石头一样僵硬，虽然抓着他的手臂摇动，但丝毫没有动摇。我只好在他的耳边说道：

——你妻子和情人们都在等着你哦！

老师还是一动不动地凝视着我。他的眼睛里没有生机，与其说是看着我，还不如说是看着眼前的空气。不久他的眼睛变成了内斜视眼，黑眼珠好像是被眼白追逐着似的渐渐地变小了。我感觉到情况不对，向后倒退着。正在那时，出现了一只黑白斑点的狗，它走到老师的身边，开始舔着他的脸。老师任由狗舔着自己的脸一动不动。我不知怎的也接受了这一幕。我认为老师和狗之间是以信赖关系相连接着的，我把这个梦作为这样一个教训，即：应该更加自信地和老师接触。

——果然还是所谓的家人是最珍贵的。

父亲在分别时深有感触地说道。而我没能肯定也没能否定，想要说："哎呀，因为是想斩也斩不断的关系嘛！"却还是将这句话咽了回去。父亲认为自己的病加深了家庭成员之间的联系。母亲有时候还是会感觉到没有人能像儿女般值得自己依靠。不管姐姐是不是这种情况，我认为她都是孝顺父母的。我个人觉得于我而言，这次旅行并不是徒劳无益的。因为全家人来机场给我送行，就像是家庭成员重逢的总结，对之我甚至萌生羞赧。所以，我故意保持着冷淡的态度。难道是我的冷淡还不够吗？父亲搂着我的肩膀，不断拍着我的背，上演了一幕欧美式的离别。

8

信箱已是爆满的状态。稀里糊涂地忘掉停掉订阅的报纸。在堆积了两周的早报、晚报和邮寄广告之间，我发现了砂糖子寄来的信和老师寄来的未投递成功通知卡。日期是三天前。明早或是什么时候去邮局领取。

看样子砂糖子学到了很多意大利文化的精华。在流畅简短的信里面频频出现"有趣"、"好极了"之类的词语，唯独向我表达爱意的话语被省略掉了。想必她回来时该是比我健康许多吧！完全晒黑的皮肤上留着穿泳装的痕迹，仿佛像个熊猫。……哎呀！说不定她的乳房也被晒得恰到好处吧！在砂糖子的意识中的我大概完全瘦得干巴巴的，就像葡萄干一样吧！

那晚我什么也没做就睡下。实在是吃不消热带的夜晚，脚趾被蚊子叮咬，我怎么也睡不着。

第二天早上，十一点多的时候，我打了一个电话去老师家，想要带着维也纳的特产巧克力甜酒去。但是老师不在家，于是我留言说道："我昨日从维也纳回来了。"不久，师母拿起听筒，说道："是菊人吧？"

——好久不见，你还好吗？

——嗯！我还好！

听到从电话那头传来的师母冷静而爽朗的声音的时候，仿佛觉得像是又要邀请我吃饭。然而，她却以天气播报员的腔调继续说道：

——我爱人精神失常了。

我一下子没反应过来，对于这种奇怪的笑话，我笑不出来，因为想知道真相，就这么问道：

——老师是做过什么吗？

——现在，他正在T医院住院。

我焦虑地觉得这一切必须要弄清楚！但是，老师的精神失常是不知缘由突然发生的。首先，要确定师母是不是在开玩笑。

——您能把事情的具体情况告诉我吗？是什么时候的事情呢？

——刚好是一周前的事情，我自己也不太清楚，为什么会变成这样。到了周二，他还是窝在家里闭门不出，一句话也不说。我说什么他也完全没回应，我感觉不对劲，向公司请假待在家里照看他。果然不出所料，四天前他趁我去买东西的时候，企图割腕自杀，幸好我留在家照顾他，及时叫来了救护车。不然一直让他一个人待在家里，恐怕早已一命呜呼了。我向医院说明情况后，也去精神科做了检查。总之，如果不时时刻刻监视着他的话，恐怕他还会自杀。

——我原本以为他是绝对不会自杀的人。

我只说了这么一句可笑的话，师母连连叹气，接着说道：

——平常，虽说也会有自杀的动机，你老师他好像在隐瞒着什么也不说。

——一句也没说吗？

——假使，即便是说了，也是自言自语些莫名其妙的话，我不在的时候，他好像去了什么遥远的地方似的。

——我能见见老师吗？虽然师母说的都是毋庸置疑的，但我还是不能接受，两周前还是好好的能正常地交流，突然精神失常，真是难以置信！

　　虽说那样，但我还是做出了一种假设。老师并没有精神失常。我认为他只是装作发神经来自娱自乐而已！那只不过是无奈停笔写小说的老师拼命写出的科幻小说中的一章而已，是不是小说家有故作精神错乱的怪癖？他是不是注射了麦斯卡林（一种兴奋剂或是幻觉剂），在幻觉的世界中徘徊着，把毒品当作想象力的伴侣……老师是在凭借自己的意志力，来模拟体验精神病的世界。再过个三四天，他应该又会突然从错乱中觉醒，回到我身边。

　　师母告诉了我老师的医院地址和病房号，说道："应该还是你自己亲眼确认的好吧！"不知道为什么总是感到不安。明明是炎炎夏日的正午过后，却有一股寒流从脚趾开始吹入我的脑中。觉得自己很难做到一个人去见他，想要用更长一点时间来相信自己的这个假设，我觉得必须得见见——能够更加详细地告诉我老师是由于什么原因而引起精神失常的人。当然，这个人除了响子之外别无他人，我颤抖的手拨通了她的电话号码，草草寒暄后，马上就说起老师的事情。

　　——实际上，我昨天来看了老师。

　　——说了些什么吗？

　　——说是说了，但已经不是以前的他，眼神不太对劲。虽然好像能意识到我是你的恋人，但对于这种事情好像完全不关心。总觉得很莫名其妙，好像是见到了一个很像老师的其他人。

　　——喂，告诉我老师到底是怎么了？是喝了药物之类的东西吗？他不是那种头脑简单的会精神失常的人啊！就算是快要精神失常、他是个平衡性好的人，知道自我调整。

　　响子支支吾吾地要说什么，抽了一下鼻子，这么说道：

　　——我以为老师已经死了。

——怎么可能，和我一起再去看望他一次可以吗？拜托了！

响子说道："现在马上来我家。"我出门的时候，想起了不在家时投递卡的事情，就顺便先去邮局取了包裹，然后去她的公寓。我没有打开小包，先把它放进了书包里。

在去医院的出租车上，响子和我没怎么讲话，她低着头，也不是在思考什么，仅仅是沉浸在忧郁当中。随着离医院越来越近，渐渐放慢了步伐，响子走在前面带路。

在打开病房房门的瞬间，我迎面看到了老师的脸庞。老师将包着绷带的手腕贴在耳边，好像在听着什么。

——老师！

对于我的呼喊声，他完全没反应。我认识这样的老师，对，在梦中见到的老师刚好和眼前的老师有着同样的神情，那是应验梦。老师真的变成了石头。

9

这种场合除了笑别无他法，我俩笑着，笑容渐渐僵硬了起来。很快由笑转向沉默，不一会儿，响子就哭了出来。虽然我坚持说："那是演戏，老师并没有精神病。"她说道："同感。""对于老师而言，不管是情人还是徒弟，甚至连妻子都变得不重要了。"

真的是这样的吗？不管是真的精神失常了，还是装作精神失常，这种突然性和荒谬性都是一样的。像是在拒绝推测缘由一般。然而，我如今一直期盼的是，很快地，老师从错乱中觉醒、像什么都没发生一样变回以往那样的他。自己选择的孤独迟早是会遭到质疑的。原本就比普通人更容易感到寂寞的老师，或许某天会厌倦只和自己的呼吸和心跳打交道的生活，为了寻求他人的体温和呼吸而逃出医院吧！

对于谜一样的不明真相的事情，是随性地成为乐天派还是成为一个等待奇迹的消极派？只有这两种选择。我选择的是前者，而响子恐怕会选择后者吧！不管选择哪种，为什么还是会浮出马虎的笑容呢？

我说我害怕一个人待着，就不请自去地去了响子的公寓。坐在她的床边上，我们时而相互看看脸又各自低下头去，就这样过了很长一段时间。

——我们就算是要理解老师那也是徒劳。我们自身何不是如此，只是深深潜藏在自己的内心深处。因为语言难以表达，只能用心去感受。精神失常的人的意识也只有精神病人才能理解。但是，精神失常也不是想要患上就能患上的。

紧接着，我们相互又是那漫不经心的笑容。我什么也没说，响子倒像是想到什么都要说出来的样子。

——老师会不会是患上脑部疾病了。尼采曾因为脑梅毒而引起精神错乱……也没有喝过药物的迹象。尼采好像也是突然发作的吧。医生也尝试了很多治疗方法，像电击治疗、药物治疗之类的。极其不愿意想象老师也是那样的情况，那实在太惨了。

——别说那种话行吗？

——是啊！因为老师已经没救了，今后老师完全只属于师母一人的了。

——响子，那是什么意思？

——老师已经不会再搞外遇了，也不会逃去任何地方了。师母赢了，想要高兴也高兴不起来吧！老师把生杀予夺的权利交给了他妻子。

愤怒化为肌肉的紧张，一点点向全身蔓延。我见她并没有收回那些推断错误的牢骚话的样子，我的愤怒超越了极限，于是怒斥她说道："不要说混蛋话！"甚至用巴掌打了她一下。她叫喊道："你没有权利打我！"一边挥起手提包回击了我。金属扣的部分擦到我的太阳穴，擦破了皮。我压着她的双手将她按倒，我自己也分不清状况，扒下了她的衬衫、把手伸向她的裙子里,然后将她的长筒袜撕破了。我自己也不记得,我是怎么躲避她的挣扎回击来褪去自己的裤子。然而,我的下面确实勃起了。她的下面也确实湿润了,默默地容忍着来自因为愤怒而充血的硬物的入侵。她握拳乱捶我的下颌和胸膛,那之后留下了四处瘀青,我也再一次回扇了她一巴掌。中途时她停止了抵抗,两个人都进入高潮,继续做爱。虽然还是相互用充满憎恨的眼睛怒视着对方。

作为强奸而言,这手法并不算高明。响子哭诉道:"适可而止吧!"我没射就从她的身体里退了出来。我随意地仰卧着,下面还是拔出来时那样,我呆呆地看着天花板。自问道为什么会做出这样的事情。如若绞尽脑汁想出了答案,肯定会更加难为情。下面一时难以萎缩下去。想到为什么没有意识到做了那样的事情,最终会嘲笑猥琐的自己。"喂!"响子打破了关系尴尬的沉默。"杀了我吧?"

——为什么你要非死不可呢?

——因为已经没有存在的价值了,如果能够这样从这个世界消失的话应该更安乐吧!或许师母也是这么想的。

——没人会杀你,师母也不会死,因为还有等待老师复活的任务要我们完成。

——是啊!我只是忘了,对于内心已走近荒芜沙漠的人而言,是既没有回忆也没有恋人的。

响子好像是被转换了意识般地看着我的脸,抚摸着我的头发,关心着我太阳穴处的伤口。然后注意到我的勃起,说道:"我用嘴巴来帮你解决吧?"于是她缓缓开始了。时不时地一边用手擦着眼角的泪滴,一边抽吸着鼻子。我虽然被动地接受着,但暗自收缩着,并没有发出快感的呻吟,最终还是没有射。不知不觉中进行了好久,担心会觉得难为情,我趁她调整呼吸时,握住她的手示意道:"够了!"她并没有理会我,中途固执地进行着自己的动作。黄昏时开始的行为直到日落后才结束。两个人都筋疲力尽了，狼狈不堪地就那样睡着了。

我由于还没从时差中倒回来，贪图近乎昏睡的睡眠，快到深夜的时候最终还是醒了。将峯拉的那话儿放回短裤内，裸露的上身盖着毛巾被。太阳穴受伤的地方贴着创可贴，头下面垫着枕头。响子在卧室里。浴衣包着刚刚洗过澡的身体，正忙着往行李箱中塞行李。

——你这是要去哪里吗？

——打算去国外旅游一段时间。首先去香港，打算准备去一些能使眼前的自己焕然一新的地方旅行。不知道撒哈拉之类的地方怎么样。厌倦了半途而废的孤独，估计自己不会改变吧！因此，想体验一下绝对的孤独。

——你这该不会是认真的吧！

——我明天出发，说实话，自从老师变成那样后，至今为止我一直在思考着。所以，在你睡着的时候我下定决心了。暂时到国外生活一段时间。

——什么都没准备好，明天你怎么去？

——我手头上已经有去香港的票。还是会再见的吧！今天已经很晚了，就在这过夜吧。

——为什么急着结束我们的关系呢？

——你应该明白吧！

——是讨厌我了吗？

——不是的，你还是很有魅力哦！你年轻、又强壮，绝不会精神失常。不对，你一定会变得更强大。你能找到比我更好的女人，我保证！

——我才不需要你那样的保证呢！我喜欢你。

我抓起她的双手、来回摇摆着。

——我是不会改变决心的！

——你要我怎么做才好？

——对不起，我不知道。

——为什么要逃离东京？

——我并不是逃避，只是为了去沙漠见老师，如果要去使得自己能够亲身体验到老师现今意识的地方，除了沙漠别无他处。一不做二不休，老师如果精神失常的话，我也只能去只有砂子、天空还有我自己的地方。这是作为老师的粉丝的决心。

我放开了她的手，一口气将高涨的情绪释放了，不知何时，我奇妙地认为，事已至此无可奈何。因为我俩的关系是在老师这种流动基础上建立起来的，既然基础已经崩塌，我们就无法在那之上平衡地站着。

——刚才突然打你，真对不起！有没有受伤？

——没关系，互打着做过爱之后，不舒畅的心情也明朗了许多呢！

我也很理解那种心情，在砂糖子口中射的时候，记得脑中闪过这么一个念头：这将成为与众不同的射精体验。她用嘴巴来为我解决是第一次也会是最后一次。一边反复回想着在床上蜷缩着腿，在我的胯间蜷缩着身体的响子的姿态，一边觉得那是近乎祷告的东西。不仅如此，她是不是在利用我的身体，使得她和老师最后一次做爱时模糊的记忆再一次清晰地刻在记忆中。那次做爱中仍然闪现着老师的影子。

10

第二天早上，像是要去美容院一般轻松地坐上了出租车，响子开始了去往香港的旅途。她笑着拒绝了我要送她去机场的请求。分别的时候，她这么说道。

——记得要经常去看看老师，老师即便是精神失常，也还将继续是你的人生导师。

——那是当然的。

——记得给我写信哦!

——真的会去沙漠吗?

——在还没到香港之前,一切都说不准,可能大概会去摩洛哥或是阿尔及利亚一带吧!

——一个人会不会太危险了,说不定就回不来了。

——那似乎挺有意思的。

她装作乐观的样子,眨了眨眼睛就离开了。

我深深地觉得她是真的爱着老师的,她对老师的爱并不少于师母对老师的爱。

响子很快就要三十岁了,我认为她决心只身一人去沙漠,是企图慢慢去自杀。对,就是那样的,响子打算在不同的时间不同的地方,用不同的方式来慢慢地和老师殉情。这么做,想要自始至终保持和老师的关系。我完全败给她了。精神错乱变成石像的老师正是利用了我有时候对待他人那种执拗的大义凛然,将响子引诱向彻头彻尾的孤独。至此,我已从三角关系中被挤出。当然,虽说如此,叹气也无济于事。为了处理他二人慢性自杀的企图,我要好好活着。但是,成为生活支柱的三角关系崩溃后,我完全不知道自己该如何是好。遇见老师之前自己的生活是怎样的呢? 那时的回忆我居然一点也想不起来。如同往常一样,仅仅是空有体力。

我非常不想回家,如果家人在的话,我应该会就这样出去旅行。因为是一个人,所以可以光明正大地将沮丧表露在脸上。

我也想过再去医院看老师一次,见见师母,想和她说说话。然而走向车站的途中,清晰地回忆起了我出发去维也纳之前老师说过的话。

——就算我不说,你也总能明白我是怎样的一个男人,不需要多余的解释。

之后,我突然想起肩上的包中还有昨天从邮局取来的未开封的小包。我飞快地走入恰巧途经的咖啡店，查看包中到底是什么东西。日记的复印件上别着一封被封口的信。

　　敬启者　　菊人

　　我把这记录我七年来生活的日记一部分赠与你，读这个的时候，希望你能答应我几件事情：
　　第一、今后再也不要见我和我的妻子；
　　第二、不要把这个日记给任何其他人看；
　　第三、不要以这日记或是与我的约会的事情为基础来写故事。
　　你出于比任何人都强烈的好奇心亟不可待地读着这日记的时候，恐怕我已经改变了自己的生活方式。我决定选择既与历史无关也与故事无关的生活方式。因此我不得不清算我至今为止的生活。就像我时常告诉你的一样，我是个专业撒谎家。差不多我也厌倦了为了自圆其说而撒谎的生活。
　　我对于神灵一直采取的是适可而止的态度。今年，我若选择了像基督教或是伊斯兰教之类的一个神教来信奉的话，或许是件不错事情。总是不知道是选那个好还是这个好的我，结果最后也只能是不断地逃避生死。但是，我觉得那样也不错。
　　人决定了开始和结束而生活着（或说是"人的生死早已注定好"），活着的终将死去——因为这作为宿命被人们接受，所以才发明了神明。要理解出生死亡的事情，神明这个概念是必要的。这神明不管是取代宇宙还是取代自然，都是同样的，总而言之都是神话传说。
　　不知道是从几年前开始，我已经变得失去了自己生存着的实感，我深感自己的人生既没有开始也没结束。但是，最近我觉得那样也好。如果我觉得人生很苦，并不是因为我没有信仰。不信奉神灵的人不知道如何理解人生、如何谱写故事。或许只能自言自语说："人生空虚。"但是，并不是不曾拥有过人生。我仅仅是活着而已。对于只是活着的人而言，历史和故事都是没有意义的。不管是神灵、信仰，还是人的同情、爱和信任，都是不必要的。就连活着的实感也不需要。虽然你选择了我作为你人生的导师，但是在此我断绝和你的师徒关系。你已经不能再问我为什么、为何开始之类的问题了。只求你不要再打扰我所选择的仅仅是活着的新生活。而且，请不要考虑效仿我。

被你称为老师的男人　拜

七月十三日

　　我从开始到落款日期反复看了三遍，为什么这封信是写于一个月之前呢？也似乎在暗示着自杀和发疯一般。难道老师是在神志清醒的时候写的？不，这是计划性的自杀和发疯。我把老师的日记放入包中，回到了空无一人的家里。淋了个澡，使头脑清醒后，从第一页开始看了起来。

五　彼岸日记

纽约　秋天

星期天

　　小学的时候，我只写过四天日记。想来，那时并没有被任何人强迫，而是自愿写下最初的文章。那时候我只是想写写文章而已。即使如此，在那四天发生的净是些不吉利的事情。最初的第一行是以"奶奶死了"为开头。同一天里来了台风，地板下浸水了。第二天早上，养的狗不见了。第三天时父亲乘坐出租车时，发生交通事故，因为脖颈挫伤而住院。第四天，在学校里遭到诬陷，我背上了打破窗户的莫须有的罪名。

因为刚一开始写日记，就遇到这副惨状。我觉得很害怕就把日记本给烧毁了。今天开始写的日记里并没有写到昨天为止的那种司空见惯的日常生活。到停止写日记的那天，终于回归了平稳的日常生活。认为十一岁的我被日记诅咒着也并非是没有道理的。

自那以来二十年过去了，不知不觉中从事了靠卖文糊口的写作工作，我决定再次开始写从昨天到今天中断掉的日记。不吉利、不愉快、不幸、绝望、忧郁，我做好了思想准备接受一切。总而言之，不发生点什么，我反而会觉得困惑。为了要把它写在日记里，我倒是希望发生点什么。日记里写的是我，我也完全把那个"他"当作是我自己。

这样通过文字的形式写作，虽然终究还是会被他人看见，但我要劝告想要看我日记的人，日记里写的都是谎话，此处写的只是虚构的我。

说这些，都是出于良心作祟。《圣经》上是不会有类似这样的注意事项的。

星期一

在唐人街吃了馄饨面之后，又将几年前看过的李小龙的电影看了一遍。在西雅图度过少年时代的李小龙因为种族歧视，在满世界打斗正是他对种族歧视的一种反抗。由于奇妙的肾上腺素的刺激，我走出电影院后，立刻跑回了家。李小龙因为功夫使得东方男子名闻海外，汤川秀树和杨振宁则因为物理学使得亚洲男性扬眉吐气。每每与他们其中的任意一位相见，我都会变成更为神秘的男人。因此，我想要凭借这种神秘性来提升男人的地位。我想要被别人说成是——"你是一个捉摸不透的男人"——而引以为傲。

星期二

从明早开始，桑科三宅带着米海勒小姐回日本省亲两个月，在那期间我不得不和素不相识的房东在一起生活。今天，那个男人出现了。是从香港来的叫做约翰的华人摄影师，身高大约一米九左右，英语还算过得去。但是，如果吵架的话，我肯定会输给他。避开所有关于过去的那些话题，心里暂且充满欢迎的善意，我便与他干杯。他真是个毫不推辞且能喝酒的家伙。我们开始聊彼此的工作。在这个过程中，约翰的两眼渐渐发直，问起我这样的话：

——你应该经常能碰见中国人吧！那时你的心情是怎样的呢？

——很光荣啊！我也想成为以四千年文化为傲的中国人。

很明显，这是社交上的客套话。如果我的回答是这样的话——"但是，我还是成为不了中国人。我总会觉得，我自己不能够加入那种较真的生存竞争。"——那将是最诚实的回答。实际上，我认为中国人尤其是香港和广东省一带的中国人，今后在世界范围内都将会是赢家。不管怎样，在生存竞争中，胜出即是中国四千年来的传统。中国正是因为持续着各种谋略和变革，才得以成为世界中心。因此从先祖或是其他民族那里学习生存智慧的子孙在哪里都能生存。自称为小中华的韩国自然也是这样。

约翰直视着我的眼睛。

——我虽然时常被误认为是日本人，但终归还是中国籍嘛。

——也有被日本人误认为是生不逢时的中国人。这真是令人感到惋惜啊！

——日本是蔑视中国的一个近代化国家。

谈话的情势变得有点异常，所以我加了这么一句。

——我仅仅是把自己当作东方人而已。

我总算是把话题岔开了。我主动和约翰握了手，初次见面就这么顺利地应付过去了。

星期三

约翰会打呼噜。那呼噜声就像是在空荡荡的阁楼里回响着的低音风琴声。我之所以会在华人街保安的守卫之下还会做一个被狼围攻的梦，可能就是他的呼噜声的原因吧！

星期四

隔了四天没有剃胡须，脸上消瘦了许多。脸上瘦去的肉长到腹部两侧和背上了。半年前买了跑步机，最近为了能穿上西服裤开始使用跑步机。多亏了有跑步机，笔挺的西服裤子才能勉强穿上，但是腰部还是稍微显得紧绷。跑步机买到家里的时候，我计划好了要改变肥大的身躯，虽然计划目标是要达到胸围100厘米、腰围73厘米、臂围37厘米，但是才进行了一周，瘦身计划就中断了。当时的我愚蠢地想要在西海岸或是佛罗里达去显示下日本男子的气概。

父亲年过五十了仍然对自己的膂力自信满满，其实也并非因为单纯的膂力，而是父亲在相扑中赢了二十岁的我才如此的。在体力测试中，父亲得到的评价是"仍然有三十岁壮年的体力"、正值是意气风发的时候。想必父亲的精神年龄相对年轻吧！但有趣的是，父亲有爱照镜子的习惯。父亲在镜子前竭尽全力地使自己的肌肉结实起来，佯作"我还行"、"我雄风依旧"的样子。稍失自信的时候，父亲就会练习俯卧撑来展示腹肌。父亲真是个永不言弃的人啊！在父亲的忌辰这天我什么也没有做。今天我又思念起父亲来。我为了练腹肌去划船，我要像父亲珍重他自己那样，我也要珍爱我自己。

星期四

今天去了六号街第二十四巷的巨峰酒吧。虽然嘈杂的前排座位已被占满，但是外面的门卫灵机一动，支开了连一美元小费也不愿意打赏的伊朗人，而是让我坐到了正中间的位置。这是前几天返回时候给的五美元小费起到了意想不到的效果。今天新泽西州聚集了格外多的朴素的舞者，红色头发的那个女人有点像香奈儿的形象代言人，虽然乳房的形状也很好，但美中不足的是腿稍微有点粗。丰满胸部让人感觉她似乎是嗜好吸毒。但是，有丰乳肥臀的女人还是更好吧！她的乳晕大的一口都咬不住，但是我总觉得最满意的还是意大利系的小个子女人。跳起舞来活力四射，又性格温顺。我不由得多给了她一些小费。但是有一个拉美裔美国人把手伸向柜台变戏法似的接连抽出一张张一美元的纸币，因此我请客喝一杯的权利被他给夺走了。

事情是这样的。我跑去问经理之前看到过的日本女子下次什么时候登台，结果回答说她为了挣更多钱跑去了亚特兰大，暂时不会再回纽约。这么说来，在一段时间内我不能欣赏到日本女性的裸体了。细腰、小眼睛、美胸、翘臀、大脚，而且还有着褐色的三角丛林，这和中国或是韩国的女性有着微妙的区别。对于亨利·米勒①痴迷于这种女性我也不是不能理解，因为那家伙是个情欲旺盛的野牛般的男人。在遇见了误认为日本男人比美国男人更具兽性的这个家伙之后，我对他说了一句：

——米勒先生，请尝试一下日本男人，不过要先将你的屁股洗干净！

星期五

上个月，我接到了一通电话，是稍早前参加过桑科组织的晚宴的米海勒的朋友打来的。电话中说邀请我们去参加今晚十点开始的晚会，因为家里的房东不在，所以我回答说只有我一个人去参加。

在酒店买了杯伏特加酒，吃完两根热狗后，我去拜访了东十一巷的公寓。两间卧室里由于容纳了三十人左右而显得杂乱无章，于是我就离开了。我本打算喝个两三杯就回家的，之前打电话给我的雷利凑了过来，说要给我介绍一个女人。她名叫艾格尼丝，白白的皮肤，高高的个头，总觉得她眼神里透露出一种恐慌。蓝色的眼睛，乌黑的头发。

——她很害羞，不喜欢和生人搭话，因为看见你百无聊赖地靠着墙，就觉得你和她很气味相投。

我问道："你想靠着墙吗？"她回答道："我喜欢墙壁。"

——你是柏林人吗？

---

① 亨利·米勒 (Henry Miller, 1891—1980)，美国作家，是20世纪美国及世界重要的作家之一。阅历相当丰富，从事过多种职业，并潜心研究过禅宗、犹太教苦修派、星相学、浮世绘等稀奇古怪的学问，被公推为美国文坛"前无古人，后无来者"的一位怪杰。他的作品中存在着露骨的性描写，其写作风格形成了一种对传统观念的勇猛挑战与反叛，给欧洲文学先锋派带来了巨大的震动。代表作《北回归线》。

我对她很满意，虽说她不善于言谈，但于我而言那样更好。如果对方喋喋不休的话，那我肯定会应付不来。当然，我也不是故意的，虽然对方抛出各种话题，但都是些自我炫耀的话。我为了要表示自己由衷地被对方的话感染了，会琢磨出一些好听的附和的话。但对方反倒在那过程中，渐渐地不知道自己为什么会在东方人面前说这种话。如此一来，我们就停住了聊天，只好再去别的地方。以前，我曾经当面被人说过：

——你呀，有时候总会露出一些莫名其妙的笑，你那"那又怎样"似的态度，总会叫说话人感到抓狂。

我全然不知自己表露出的是哪样傲慢的态度。这可能是小说家的职业怪癖，我也无可奈何。总之，我心里想着的是要"把谎言说得更逼真一点"。对方如果是山鲁佐德王妃①的话，应该会很乐意吧！

然而艾格尼丝小姐却是只要我不说话便会一直沉默的那种人，她可是比我还要厉害的对手呢。不知何时我耐不住这沉寂，就试着问了她一些问题：

——你多大了？
——二十三。
——做什么的呢？
——哲学系的学生。
——平时都做些什么呢？
——看看书之类的，时而会去酒吧，或是去游泳。
——我经常去泳装酒吧。
——你是日本人？

---

① 山鲁佐德是阿拉伯民间故事集《天方夜谭》（又名《一千零一夜》）中宰相的女儿。她用讲述故事的方法吸引国王，每夜讲到最精彩处，恰好天明，着迷的国王渴望听完故事，便不忍杀她，允许她继续讲。没想到，她的故事一讲就是一千零一夜。

——是的，你呢？

——美国人。

——你的父母呢？

——父亲是波兰人，母亲是犹太人。

——下次一起去游泳怎么样？

我觉得还是先约好再见的机会为好，她答应了。分别的时候，我亲了她的脸颊一下。

艾格尼丝喷的是郁金香味道的香水，我虽然忘了问她有没有男朋友，但是单凭她的姿色，应该都不知道该怎样从三个男人里挑选出一个来交往的吧！即使是候补恋人增加到四个以上也是没有问题的。话说回来，我还是想要把一起游泳的约会定在两周以后，跑步机至少要两周之后才会显现效果吧！

星期六

艾格尼丝去了赛马场，输了一百美元。赌输了就会气急败坏。八点左右时，约翰提着购物袋刚到家，我就说道："你的呼噜声很吵。"被我果断地诉苦后的他感到为难地说道：

——你如果能供我吃喝，我就会暂且忍受着呢。

约翰做了蚝油酱炒牛肉西芹和麻婆茄子，这些比中式餐厅做的菜味道更细腻。因为世界各地都有华人街，我不管去哪吃的方面都没有问题，况且我已经习惯了中国口味。

星期四

我打了电话给艾格尼丝，她依然是沉默寡言。是不是要稍微刺激她身体的某个部位,她才会稍加松口呢? 我挂了电话之后马上开始给她写信。我想要把话题引向哲学。但是,为了琢磨措辞要查阅字典,煞费心思的过程中觉得自己像个傻瓜一样,于是我就去看电视了。电视剧是《贝都因人的生活》、然后是NBC新闻、洋基队和游侠棒球队对决的直播……

夜里,开始下起了雨,我头有点痒。

星期一

和艾格尼丝的第一次约会。十天前见面时约好了去游泳,今天她的瞳孔变成了绿色的。据说根据穿的衣服的颜色,瞳孔的颜色也会变化。我问她的头发原本是不是黑色的,她回答说是为了换换心情才染的。以前是红头发,最近渐渐变成金色头发了。据说孩童时期被波兰籍的祖父昵称为"红头发的新几内亚路人"。这个插曲不知是不是真的。

虽然按照约定去游泳了,但对于穿着泳装的她,我有点失望。胸部是够丰满,腿也长得无可挑剔,身上也没有伤痕。只是从泳装里露出了红色的阴毛。我看见那个就觉得很困惑。虽然想要提醒她,但是阴毛露出来的又不只是她一个人,难道是她为了要将浓浓的阴毛全部露给他人看才舍不得剃掉吗? 或许那里就聚集着这样的一群人。我自己也反省不该把视线集中在她的下半身,虽然一头扎进了泳池中,但阴毛在水中却像海藻一样柔柔飘曳,不断地呈现在我的眼前。是不安呢还是焦虑,总之,我就是不能保持一颗平常心。我最起码要保证艾格尼丝的阴毛不被其他的男人看见才好,于是我拼命地朝她的背影追游过去。特别是在她蹬腿游泳时,胯间的海藻像在招手似的,妖艳地不断摆动着。就在我凝视它们的过程中,觉得我和她二人之间似乎有了某种莫名的默契。

如同预想的那样,不习惯游泳的我先是气喘吁吁,横躺在泳池的旁边。没过多久，艾格尼丝窥见我的身影，担心地问我道："你还好吗？"我突然觉得肚子饿了，于是我问她要不要去吃点东西。艾格尼丝答道："我家旁边有一家好吃的泰国料理店。"我们就去了那家店。难道是运动过后的原因吗？酒很快就喝得差不多了。因为吃了辣椒，我浑身感到火辣辣的。虽然聊了许多，但内容大部分都记不清楚。总之不管怎样，我最终达到了去到她家里和她面对面喝茶的目的。

因为看过了艾格尼丝的阴毛，我产生了奇妙的自信。我大胆地把她抱了起来，吻她，她接受了我的吻。从一开始就做那个打算，她问道："你想和我睡吗？"一进去卧室，她就把裤子、T恤，还有长筒袜给脱了下来，然后顺势滚到床上。我吮吸着她稍稍显大的粉色乳头的过程中，我的下面发硬地疼痛。艾格尼丝的双腿缠住我的腰，引诱着我进入得更深入一点。很快地，她白白的脸庞变得通红，呼吸变得急促。热热的黏液粘在我的下体上，如同伸长了的舌头互相纠缠着。就这样相互摩擦着，肚子和胸上都渗出汗水。不久，觉得我全身被黏膜覆盖了一般，我射了。敏锐地感受到射了的艾格尼丝，用下面紧勒着我，像是要将我体内的最后一滴精液也都吸干一样。

我和艾格尼丝通过黏膜的这层关系，变得比朋友之间更亲密了。与此同时，我也将陷入一种痛苦之中。从今以后，我关心着她的身体，期盼着我们二人不要分开。就这样，我被她束缚住了。不记得是卡夫卡还是克尔恺郭尔曾经说过："所谓的恋爱，无非是将自己赶进死胡同，然后再绞尽脑汁从那里逃离。"如此痴迷于恋爱，难道好端端地睡在床上也会勃起吗？夜里一个人的时候，关于两个人的关系，我不想思考得太多。

星期一

从东京邮寄来的书籍包裹到了，是吉田猪首教授寄来的。包裹中放着这么一封信——

（前略）

　　常良①写的肤浅的书销量已逾百万，也只有在日本和俄国，这样的小说的销量才能过百万。总之你要读读这本书。大概是用一千五百个左右的术语写就的。这应该是了解日本读者水平的参考书。难道日本文学要输给这个男人写的庸俗诗歌吗？我期待着你的作品像是逆转形式的本垒打，将他一举打败。

　　这样真的好吗？觉得那与我无关，我也没兴趣看这本书。但从吉田老师的短评来看，作者描述的大概是在夏季的草丛中，窥视着智商为六十左右的男女虽然被周围人的误解和第三者的介入烦扰着，但仍然拼命地将命运的绳索拉向对方，就是这种温暖人心的浪漫吧！反正是要试试才知道的，决定索性先睡一觉再说。

　　我将这本平淡无奇的小说看到了最后，感觉自己像是阳痿了一般。故事接近尾声，反倒想回到最初的夏天的情景。当你体会到希望男主人公不要自杀时，你就会很快发现自己被作者给欺骗了。春天的情景中细致入微的描写着初恋时候的纯真浪漫，夏天的情节中只是取景于海边和高原的美丽风景。在那里，尽情地演绎着二人的爱恋，深秋时主人公怎么就患上了神经官能症呢？而且，苦于恋人的心病，男主人公竟然自杀了，作者也太不了解女人了吧！我想永远停留在夏天的场景中，通过自杀而结束恋爱之类的故事情节都是骗人的。年轻的夫妻直到中年为止都能一直停留在恋爱的夏天的话，那么这个小说该能成为一个杰作吧！要问为什么，是因为这世界上没有那样难得的人。难道不正

———————————

　　① 即鼓常良（1887—1981），日本作家，翻译家，德国文学研究者。

是因为写的是不可能存在的情侣的故事，这才得以成为一部优秀的小说吗？

我反对那种认为通过恋爱和青春戏剧性的结局来尘封永远的恋爱和青春的观点。换而言之，通过永远地撒谎使得恋爱和青春永不停止，这是小说家的使命。当然，那是需要很大的体力的。日本文学不景气的根本原因是作家们体力不足。

星期六

为什么每次给她打电话时我会踌躇呢？我自问今天不和她约会就完事了吗？或者电话提示她正在通话中，于是轻描淡写地跟自己推诿说还是明天再约吧。毫无疑问，我很担心的是接电话的是其他人。在格林尼治村散步时，我把那件事告诉了艾格尼丝，她说道："和你睡当然是喜欢你啊！和你睡了，就不可能再和其他人睡啊！"

——你为什么会喜欢我？

——你是个奇怪的人，所以被你吸引了，仅此而已。

——以前也和东方人交往过吗？

——曾经有过，那是十几岁时的事情。

——大概就是你自那以后为什么会被东方人吸引的原因吧？

艾格尼丝突然变得不高兴了，或许是因为发现我很介意肤色不同。如果要解释的话，反而会招来误解，我不愉快地忍受着这缄默。说实话，我想要说服自己要接受——"艾格尼丝另有别的恋人，我只不过是她的性伴侣而已"——这样奇妙的放弃理由。我甚至觉得艾格尼丝很清楚地知道，一般而言，东方人很向往蓝眼睛、金发美女，而她对我是不是在施舍多余的怜悯。实际上我遇到过这样的事情。"虽然不知道东方人在想着什么，但觉得很有趣"，有着这种态度的女人，以及毫不隐藏流露出那种污蔑笑容的野蛮男人。在这样的男女面前，我其实只不过是戴着朴实的东方人的假面具，我内心这么想着。

——因为我比你考虑得更深入，更细致。我了解你们，你们总是抱着动物般的自卑感。

我们一言未发，走在熟悉的街道上。我为了和解一直找话题，但是怎么也开不了口。没多久就到了我的公寓旁，艾格尼丝停下了脚步，对我说道：

——I love you（我爱你）！

我一边想着要抢占先机，立刻回答道：

——I realy love you, too（我也是真的爱你）！

正当这时候，一个骨瘦如柴的黑人流浪汉背朝夕阳向这边走来，一边咒骂着一边望着我：

——你就像还没断奶的婴儿，不过作为婴儿你个子也太高了吧？

我向流浪汉挥了挥握紧的拳头，喊道：FUCK YOU！那个混蛋丢下一句：撒泡尿照照自己吧。然后就飞奔逃开了。

那一瞬间，我的愤怒像血沸腾般地往外涌。我正要去追赶流浪汉的时候，艾格尼丝马上拉住了我的手腕，深深地吻了起来。

反应过来的我已经把她带进了房间，借口是请她吃我亲手做的菜。约翰也在，但是他很机灵地离开了两小时。我又欠了他一个人情。完事之后，我们围在电饭锅前高兴地涮牛肉。待艾格尼丝回去后，我对那个黑人流浪汉的憎恨又再一次往上翻涌，不知怎么就想用喝酒来忘记这件事。约翰很晚才回来。我意识到怪人和恋人很像，我们两个人都笑了。我和同在汉字文化圈的这个家伙开始攀谈起来。

听说他现在在苦口婆心地劝导一个叫理江的日本留学生，留学生因为不能降服住自己的女友而向他寻求意见，约翰就建议他说：请为你的女朋友做做饭吧。

桑科来信了，好像说下个礼拜要带着上好的日本酒回来。帕特打来电话，我们约好明天去听歌剧。

纽约　冬天

星期五

从上周开始，我一边反复试验一边开始写作长篇小说。已经决定了题目，叫《Pangea》①。那是发生在五大洲还是一整片的时候的众神的故事。雅赫维和宙斯以及佛陀都还没有诞生，众神们伴随着相爱、相骗、相杀、合体、分裂而进化。遵从于偶然这个唯一原则，很多种的异形神一出现就会灭亡。那样的众神与人类没有丝毫关联，反而岩石、暴风雨以及海浪这些东西与其相互关联，掌握着这个世界。不久，能用一个秩序支配一切，控制世界的神诞生了。这时，泛古陆进入了黄昏期。

以上的故事来自外星人科学家的口述。

星期三

无论谁写日记都是站在这个世界的中心。毋庸置疑，这个世界上有数不胜数的中心，所以即使别人占着世界中心我也不会有任何困扰。约翰每天拿着照相机在下町溜达，他也是通过镜头站在世界的中心；穿着泳装的衣着暴露的跳舞的女孩们在酒吧也是通过男人们紧跟的视线来站在世界中心；国家主义者通过增强对外国的劣等感来站在世界中心。正是劳动这一行为将人类置放在世界的中心。

----

① 中文译为泛古陆。

我把时间的消逝、旅行、和朋友的交往、病痛、灾难记录在笔记本上，我惊讶于所有的事情居然都是与自己相关的。我有时候是故事里的主人公，有时候是位英雄，有的时候是故事的讲述者，有的时候则是世界的创造者。

今天，我正要从自然史博物馆里走出来的时候，突然获得了非常重要的启示。博物馆是只能看到人生中极小的一部分，是个让人感到十分沉郁的地方。看到尼安德特人和剑龙骨头，我不由得开始思索自己的人生。我对人生到底抱着什么样的希冀呢？大多数的人都是一边享受人生的浮沉、事事必须遵守的规矩和精神层面的愉悦，一边打磨着自己的人生故事。但是，这些人在——"人生就是虚无的"——这样的话面前，是否还能大言不惭地改变自己的观念呢？

觉得自己站在世界的中心，这只是青春的特权而已。即使自己再三被这个世界所欺骗，那些没有被世界欺骗过的人也会通过某种权威来安慰自己，假想自己只被欺骗过一次。

——不，我还年轻。我还有站在世界中心的机会。

——不，那只不过是针对虚无的自我辩解而已。

——我喜闻乐见于我承认人生就是徒劳。无论什么，虚无——就是全部。

星期天

帕特来问我正月要不要去墨西哥。马上就是严寒彻骨的季节了，该是存钱购买暖和的皮大衣的时候了。如果为了躲避严寒出门的话，就用不着大衣了。听说帕特已经筹措了充足的住宿费。他是这样明确目标的。是时候做决定了。我真的也要弯了吗？

傍晚，我去哈勒姆吃了灵魂食物。如果能吃上十份甜沙拉与一份浓郁的猪排，就不用再吃第二次了。在放空状态下，两天一次进行能量补给就已然足矣。但是，到了大半夜，我却拉起肚子。这个时候我才后悔自己不应该那样做的。

星期五

我去西八丁目买了双鞋子，花了八十五美元。鞋身是深绿色的，是螺纹花样的松糕鞋底。我还在索霍区买了一件浅蓝色的T恤。在唱片塔用三十美元买了五张CD以及三张歌剧的录像带。回去的路上，我喝了两瓶啤酒，吃了一个汉堡。回到家之后就赶紧看起了录像带。剧名是《Valkyrie》[①]，既然是乱伦题材，为什么连图片中的云彩都看上去那么美？这是因为不久世界就要灭亡了吗？所以才把外人赶出自己的世界吗？我的女儿你还好吗？如果当初活下来了现在应该九岁了吧？突然想写封信给不知道在世界何处的女儿，我于是走向书桌。

小玛丽，你已经要忘记我了吧？不过对我来说，你是我永远的恋人。

我把这样开头的信揉碎扔了，考虑要怎么开头才好。考虑了很久后我还是放弃了写信的打算。我打算翌日早上去市图书馆看一下二十世纪的文豪们是怎么给他们的女儿写信的。想到这我就去睡觉。

已经是五点了。但是，即使把信写好了又要把它送到哪里去呢？因为我也不知道我的女儿住在哪呀！

[①] 《Valkyrie》翻译为《行动代号》或者《刺杀希特勒》，美国电影，公映于2008年，二战题材。

星期一

好冷，果然还是应该买一件皮大衣啊，我想早点去墨西哥。晚上和桑科夫妇一起吃了什锦火锅。十点左右，艾格尼丝打来电话，说因为要准备口试学习很辛苦，下周就能去玩了。我因为在写《泛古陆》看起来很忙，但都已经写了一个月也才写了九张稿纸。

要给玛丽写的信我也还没有动笔。

星期四

今天去大都市歌剧院看了《吟游诗人》。男高音歌手一般都是有恋母情结的肌肉男。帕瓦罗蒂是最厉害的肌肉男歌手，他是通过什么方式才发出那种具有穿透力的声音呢？《柴堆上火焰熊熊》的High C可是能让普通人窒息两次，我想知道能唱这歌的人会有恋母情结吗？

星期五

约翰回香港了。他真的是好人。他临走前直言不讳地告诉我，对于日本人来说，根本没有什么所谓的美好未来。

他有自己一套独特的生存哲学。他出生于马达加斯加，为了摆脱贫困而移居香港，有着无论在哪都能够好好生活下去的智慧。他曾经对我敞开心胸说过只要能保障个人生命与财产安全，其实不去中国倒也可以。12亿中国人如果都跟约翰一样能够获得自由移动的权利的话，日本等国家在一个月内就会被中国完全征服掉了吧。不仅是日本，整个亚洲，都会被中国的移民劳动者这种经济型群体所征服。

星期二

艾格尼丝带着忧郁的脸庞漫步在夕阳中，时不时地转头看向我，对我微微一笑。每隔一天我就用给她做饭的理由去她住的地方一次。她央求我讲讲我小时候的故事，为了应对这样的场合，我其实早有准备。

我从小就不喜欢自己的性格，也常常因为这个缘故没来由地憎恨我的父母，我绞尽脑汁地想要改变自己的性格，就这样有着上进心的优秀的少年出现了，我学高桥一样无论什么时候都笑眯眯的，懂礼貌，沉默寡言而又仪表堂堂；我学村上不害怕被人当做笨蛋，想说什么就说什么不隐瞒自己的心情；而且我学山田一样成为有幽默细胞的人，像小林一样做一个能体谅别人的人。我虽然受到了老师们的喜爱，但是因为我扮乖的行为让我在同班同学那里失去了信用。在我努力学习花田成为一个粗暴、具有反抗精神的少年的时候，我一下子失去了所有朋友。

——我也和你一样，所有人都讨厌我。

——那是因为没有人能理解你。

我也听了她少女时代的故事。小时候，父亲很花心。记忆中的父亲高大英俊，总能激发女人们的母性本能。母亲一气之下就带着我和哥哥开车离家出走。那是我第一次看到尼亚加拉大瀑布。我至今记忆犹新，我穿着塑料的大衣，乘着游览船绕着瀑布潭走了一圈，在饭店吃了薄煎饼。我们在汽车旅馆住了三天，差不多要回家的时候，父亲来了。那三天，父亲断绝了与情妇的关系。打那之后，父亲只要一出轨，母亲就会离家出走，这已经成为了固定下来的行为模式。直到我十二三岁时，我依然对母亲离家出走的事情感到快乐。上了高中后，我与父亲的情人见面也变得有趣。母亲离家出走的地方也越来越远，甚至去过欧洲和东南亚。就算是父亲不去接母亲，母亲的身份依旧是父亲的妻子。听说母亲好像也会在出走的地方临时找一个情夫来享受生活。

听过艾格尼丝的破处经验之后，我也开始讲述我的初次经历。

我十九岁那年，一个人去北海道旅游。在青函轮渡上认识了一个独自旅游的少妇，在我们视线相对的瞬间我就被她看穿了。虽然进行的谈话都是一些关于目的地之类的官方谈话，但是不知怎么就一起下榻在函馆的旅馆里了。甚至连对方的住址和名字都不清楚。

艾格尼丝感叹道：多么美好的初次体验啊！我高中时有一次差点被一个足球选手强暴了，他叫喊说：下个礼拜再来。跟他说的一样，我们又做了，不过那一次他很温柔。

艾格尼丝诱惑我说：强奸我吧！无论说了些什么，最后都是以做爱结束的。两人之间的空气也变得火辣起来，我们互相脱光对方的衣服。不一会儿，我们俩就亲密无间了。我用尽全力地抱紧她，不停地做着活塞运动。艾格尼丝不住地把我的宝贝放进她的小穴里。

经营一段缺少爱的感情需要强迫观念吗？毋庸置疑，一次的话强迫观念不够。艾格尼丝喊道："快点！宝贝！"我的下体胀得更厉害了。

星期五

十二点起床，腰疼，什么都不想做。下半身浪费了太多体力，导致脑袋供血不足。然而，一到傍晚，我的下半身又开始变得不老实，下流得让自己都目瞪口呆。我的阴茎仿佛想脱离我的身体去独立。恢复身体状态的平衡至少需要三天时间。如果精力在身体各处平均分配的话，我就会生病。但是肌肉总是会早一点恢复。最近，我又变穷了，再过一个礼拜，我活期存款里的余额都不够银行的最低消费标准了。

1. 不能使用私人支票。

2. 不参加绿卡的抽选。

3. 签证到期。

4. 被移民局驱赶。

5. 朋友变冷淡。

6. 成为种族主义者。

7. 祈祷。

以上，就是移民惨淡状况的全部指标。

星期三

G书店的寺本先生打来了电话，问了些我最近的生活状况，然后说他不久就要回东京了，问我要不要开始发表连载小说。

我只写了日记，而且还是十天一次那种。怎么写小说我都忘光了，就连写《泛古陆》的热情都消失不见了。

但是寺本先生执着地不肯罢休，来着哭腔对我说道：青春小说怎么样？因为这方面的读者越来越多，有足够的消费需求。如果不能连载你的日记，想想你的读者们该会有多失望啊！

但是，日记无论如何都不能公开发表。虽然说廉耻这种事死后被人提及屡见不鲜，但是在活着的时候把自己的生活状态展示出来还是不太好。本来这样活着就对健康不好，可是寺本先生除了写小说之外，就没有其他的工作能介绍给我去做吗？

寺本先生沉默了一会儿说道：一张稿纸6 000日元怎么样，自传体小说？

这次该轮到我沉默了。

只要每个月写30页的话，就是18万。税后就是16.2万日元，比1 000美元都多。

没有更好的工作了吗？一天能赚20万左右的那种？

这样你干脆不用回来了,没有,没有那种工作。寺本先生怒斥道。

我是真的需要大笔钱,我可以写一页1万的寓言。怎么样? 我这样毛遂自荐道。

——我一次能写20页左右的寓言。

——那样也可以的。

寺本先生回答道:如果你能写满一本书的数量的话,一页付你1万元。你是真的要写吗? 他再三叮问,预付款就有100万,如果说写的话,如无意外,就拜托你了。

就这样签订了协议。

我无可否认地感觉到了一帆风顺。好吧,那就放松去做吧,如果能有7 000美元的话,我也不用再过寄人篱下的生活了。

星期天

今天,我和帕特一起去美术馆看康定斯基的作品展览。他死死盯着我的脸,问道:你看上去很累,你怎么了呢? 我告诉他自己最近工作不顺利。我真的看起来很疲惫吗?

这两周我和艾格尼丝约会了10次,每次都进行了激烈的床上运动。帕特想知道我的长篇小说写得怎么样了,我告诉他,我想写到这个世界上所有的神出现之前为止。为了脱离人类意识,我必须附身于外星科学家身上。帕特搂着我的肩膀说道:这么离谱的话,那肯定很累,你赶紧戒掉毒品吧。可是我连买毒品的钱都没有呢!

星期一

艾格尼丝说想和我同居。我说为了避免最后的悲剧,我们还是不要住在一起为好。因为住在一起的人们相互之间都只会为自身考虑，两个人之间本来就有自然的隔阂，如果硬要弥补隔阂的话，反而只会加速两人的分手。我们两个甚至有可能在明天就会回到陌生人的关系，就不能一起做爱了，形同陌路。她虽然在理智上能理解我的话，但情感上好像不愿意离开。她一边叫着："好冷啊！"一边快速地扒掉我的衣裤。像平时一样，又到了我们的床上活动时间了。完事之后，我们都筋疲力尽地望着天花板发呆，她此时嘟嚷了一句：

——为什么会这么喜欢你呢，连我自己也都不知道。

——不知道就对了。

——好像伤害到你了。

——我就算被你杀了也不会生气啦！

——喂，不要骗我！

我骑在仰面朝天的她身上，挥起了拳头，艾格尼丝想都没想，用手臂挡住了脸。

——怎么了，怕了吗？

——要打的话，就快点打！

——挨打的人比打人的人更可怕啊！

艾格尼丝浮现出微笑喊道：JAP①（小日本）！冷不丁地她扇了我一巴掌，我呆住了，静静地盯着她的脸，她脸上浮现出一种我至今都没有见过的卑鄙的表情。

星期三

今天天气很好，下午去散步。在莫罗卡尼咖啡店吃了蒸粗麦粉和

---

① 日本人的英语缩写。

小牛肉。解决了早餐和中餐，在乡村电影院看了詹姆斯·繁田主演的《血色和服》以及《裸吻》。詹姆斯·繁田很适合演日裔警察阿乔。不能和白人女性克丽丝相爱，而苦于自己的种族感到自卑，他每次一想到自己的身份，就会默默流眼泪。当阿乔抛弃那些被污蔑的被害妄想时，两个人于是在一起了。真正的考验应该在电影情节结束之后来临。那个时候，阿乔该何去何从呢？

晚上，我又去了艾格尼丝的公寓，在她那里住了一晚。我全身酸痛，所以我们没有做爱。我好像是感冒了，特别是腰痛难忍。这样的话，即使是想做，也没什么用了。

桑科为我用特奎拉酒做了特效汤，没想到这对腰疼特别有效。我和桑科夫妇聊天到很晚。我提到说："我们很享受那种不靠肉体关系保持的三角关系啊！"桑科用日语开玩笑说道："下次我们就交换艾格尼丝和米海勒吧。"听他这么说，米海勒小姐立刻就生气了，虽然我不明白她生气的真正原因，但是她好像不喜欢被开这个玩笑。在夫妻俩吵架的声音中，我黯然退回到自己的房间。不知道过了多久。一个德国男生在派对上说了句："对朋友们来说，为了加深友情经常搞夫妻交换狂欢会。"这不是在开玩笑，但是，就个人而言，我对米海勒小姐并不感冒。

星期五

今天，我无意发现了一个超美的流浪女人。她大概三十岁左右，纤细而又匀称的身材被紧紧包裹住，推着超市的购物车溜达着走。她的头发乱蓬蓬的，凑近就能闻到一股恶臭，然而，衣衫褴褛和身上的恶臭都不能隐藏她美丽的脸庞和傲然的身材。我很好奇为什么会突然变成这样。不一会儿，我试着尾随其后。甚至推测她流浪者的装扮只不过是变装，估计她一定是要找些什么。或者说是刚从精神病医院逃出来的。在尾随过程中，我数次犹豫着要不要和她上前打个招呼。普通男性的话，无论谁都会这样想：要不把她带回家，然后把她打扮得更漂亮，这样就能让她在六番街二十四丁目的第一大酒吧赚钱。当然，万一她患有艾滋病的话，我还考虑着能让她做些什么呢，净是这类问题。或者认为她是对模仿流浪者有兴趣的女人，尾随和妄想从华盛顿广场开始，到东方城镇的低廉的宾馆为止，持续十五分钟后终于结束。知道了她是住在流浪者之家，不知道为什么放下了心。我给她取了个名字叫做流浪女王，不管怎么样总算有了结果。

星期六

帕特来电话了。说是预约好了去墨西哥的票。希望下周快点来临。打算在墨西哥待两周左右，不久就要和艾格尼丝分别了，我的阴茎很寂寞，而我的腰却很开心，因此，我保持中立。

傍晚我约了艾格尼丝。我跟她说了自己要去墨西哥的行程，她的心情突然变得很糟糕。她质问我：为什么今天才说？为什么要和你的基友一起去？你想离开我对吗？不能带我去吗？我不能笑着蛊惑她，只有一股脑儿地接受来自她的愤怒，我安静地等她发泄完。瞅着合适的时机，我紧紧地把她拥在怀里。

因为对你的爱的饥饿感越来越重，如果那么久不能见你的话，那就有必要在我体内留下些什么。用英语对我说了这些微妙的话，真是让人心动。不过随后就变得糟糕起来。

——我是如此如饥似渴地迷恋着你，于是我决定我们暂时分开一段时间。

她追问道："那你为什么不一个人去呢？"

——你知道我不是同性恋的，因为帕特会为我支付待在那边的费用，因为这一点，我们才会一起去的。

——那个男生一定是想把你也变成基佬！

——我也是这样想的。

一说完，艾格尼丝冷不丁地打了我一个嘴巴，然后她脱下我的裤子，然后褪去自己的衣服。接下来是歇斯底里的口交。虽然我一向假装我是无抵抗主义者，但是对这种直接得能咬断我下体的口交，我还是感到恐怖和颤栗。她强行分开我的双腿，用还未充分湿润的下面粗暴地裹上我的下体，我被动地忍受着相互摩擦的疼痛。艾格尼丝像往常的我一样，开始了激烈的抽插运动，艾格尼丝这是打算强奸我的节奏。

艾格尼丝代替我，我成了艾格尼丝那个角色。艾格尼丝好像自己长了阴茎一样，我则感觉自己和她共有一个阴茎，至今都没有感受过的最棒的做爱。腰也疼痛难忍，我最后留下一句："下次再来强奸我吧。"说完我就离开了。

艾格尼丝把我送出来的时候说句："电话联系！"她脸上的表情既令人瘆得慌，又有点让我感到爽快。

墨西哥　冬天

星期三

面朝圣米格尔殖民地风格的大华酒店，我办理好入住手续。最终还是变成了和帕特两个人共用一个套间的结果。像艾格尼丝说的一样，我可能会被帕特教坏。

这里空气稀薄，而且烟雾缭绕。多么让人呼吸困难！纽约的空气更加澄清。回去的时候估计鼻毛都会重新长出来。

然后我们就出去散步。一开始我们的打算是两三天的观光旅游，计划先去参观大圣堂，不一会儿，我们被这没有重点的都市外观所吸引。好像把从全世界被盗的塔和圆形屋顶组装起来一样。加之这里好像是古时候阿兹特克人的神殿所在之处，再往前应该是一个湖，让人总感到这里把噩梦的材料一下子都堆积到了一起。

酒店旁是一个国营的当铺，前面聚集了很多代笔店和印刷店的圣多明各广场。代笔店有一台打字机，文盲或者是懒得写字的人的恋情和争吵，代笔店是为了这些人的名誉助他们一臂之力的工作。我也是接受别人委托，写一些恋爱故事的身份，这样说来和代笔店算得上是同行了。

三点左右，我们返回酒店，稍作休息。六点前，走路前往玛利亚奇广场。中途道路旁的店铺，尽是一些卖新娘结婚礼服的，我不禁和帕特相视一笑。墨西哥城的人体模型为什么会这么美呢？要买一个穿着结婚礼服的人体模型回去吗？打算将来让真正的女友穿上。很多乐师聚集在玛利亚奇广场，帕特让三人组的乐师拉一首，他们一边走一边演奏着欢快的进行曲。帕特顺便思忖着让他们介绍一家好吃的饭店。

嘴里塞满玉米面馅饼和塔科司，大口大口地喝着特奎拉。接下来的每一天都会这样吃饭吧，不知道是不是空气稀薄的原因，今天一下子我就醉了。

星期四

清晨，五点。从广场传来大鼓的敲击声，我一跃而起。卫兵们在悬挂墨西哥的国旗。实在是受不了每天五点被敲击声吵起来。帕特也说：剩下的时间中好想换个酒店。

十一点左右，帕特去见学生时代的朋友了，我一个人去了民族学博物馆参观。一个人的时候，很奇妙地激起了我的求知欲，买了大量的资料，在咖啡馆里聚精会神地阅读。因为展览室会开放三周，所以那里有什么我大概都能一览无余地知悉。

在二百年前，被西班牙所灭种的阿兹特克族也是一群作为其他国家的雇佣兵勉强度日的野蛮人。还了解到其族人中也有这种基因，利用和强大的部族进行政治联姻，在部落的战争中巧妙地退兵，随后成为迅速勃兴的新生势力。

细数在墨西哥出现的种种文明（奥尔梅克文明、萨波特克文明、玛雅文明、特奥蒂瓦坎文明、托尔特克文明），无论哪一种文明都被视为宗教的权威，由神官们所支配。因为神官的一个错误，就是可能如此简单地遭受灭亡。文明只不过是神官们造出的故事罢了。阿兹特克人也像那代代口口相传的故事一样最终走向了灭亡。有这样一个传说，说是作为黑夜军神的特斯卡特利波卡，和忌避流血牺牲文化中的羽蛇神，同作为不同的守护神参加王位的角逐，最终羽蛇神战败，被流放至东海。这就是阳九之厄[①]，真是灾难连连！

阳九之厄在西班牙军队来的时候也发生过。族人煽动反阿兹特克的人与其他部族争斗，坐收渔翁之利，征服了墨西哥。土著居民的众神被长着胡子的白人之神所驱赶。阿兹特克人民曾四次灭亡，我想这是他们第五次生活在这个地球上。这次是被天主教文明所灭亡，后来物质文明思潮和社会主义思想也蜂拥而至。墨西哥这是第几次重生在这宇宙间了？

我想，自己的败北同被征服的众神相类似，直到失败，这些败北的众神依旧否定与自己相关的神话。这些神的追随者们也无所不惧了。

---

① 阳九：古代术数家的说法，四千六百一十七岁为元，初入元一百零六岁，外有灾岁九，称为"阳九"。指灾难之年或厄运。

他们到哪都能生存,因为失败是成功之母。

星期五

今天我们雇了个导游,去了特奥蒂瓦坎。中途顺道去了瓜达卢佩大教堂探望了基督教徒总本三。导游带游客去那里已不下百次,称之为瓜达卢佩的奇迹。简而言之,就是一个叫迭戈的男人在那看到了圣母马利亚。看到奇迹之后一定要在那建座教堂,迭戈就把这件事告诉给司教,劝其建教堂,但被要求拿出证据。于是他再见了一次圣母马利亚,拿了一束玫瑰花。用自己的斗篷把花包起来带了回来,在司教面前一打开斗篷就出现了圣母的图像。

但是,瓜达卢佩的奇迹在阿兹特克文明灭亡后十年才建成。无论圣母马利亚是否建立了教会,如果说修复了阿兹特克神殿,司教是绝不会承认这是奇迹的。

因为堵车,到特奥蒂瓦坎花了两个小时。在特产店看过爱喝可乐的驴之后,登上了太阳金字塔。楼梯很陡,往下看的话会头晕目眩,在特奥蒂瓦坎用阿兹特克人的话说:人间是成圣之地。在高处而双腿发抖的人是不能成为神的,因为神喜欢站在高处。帕特站在金字塔上对我提问。

——你想看一下文明灭亡的现场吗?

——现在我们站的地方就是啊。

——金字塔上,就很想与用地球上的常识无法解释的人相见。

——这么想和阿兹特克族的族人做爱吗?

——尽我所能。

——即使是对方因为爱而杀死你?

——爱不是这么没有意义。

——不是,神的爱不就是这样吗?

帕特用手搂着我的肩，亲了一下我的脸。我说："美国曾被侵略，瓦斯普人沦为奴隶，这也是神之爱，你懂吗？"虽然他把这个当玩笑话一笑置之，而我却是很认真地在说。

星期六

我梦见了自己变成了犰狳，从金字塔上摔了下来。一看时间，才四点四十五分。在大鼓响之前醒了。因为帕特没有床睡，一去客厅就不知为什么开始做俯卧撑。不由得捧腹大笑。外面下着雨，身体也很疲倦。一直到傍晚都没出去。帕特一个人去买东西了。

我不知道什么原因突然想写点什么，来到书桌前。帕特回来的时候，我用日语和他打招呼。我大概是太沉浸在自己的文字里了。

晚上，去了索娜露莎高级意料店。帕特的朋友也来了，一看就知道是个同性恋的青年。他好像想勾搭我。我一边漫不经心地听他们聊天，一边看看周围的桌子。悬挂着奢华看板一样衣着华丽的贵妇们正在津津有味地讨论一些八卦。而坐在后面的男人，戴着粗金项链，他的胸毛还时隐时现，正在对那些贵妇们品头论足。这时候突然有人唱起了歌，帕特的朋友完全不会喝酒。我一个人随性地喝着掺了可乐的朗姆酒。从餐馆里出来的时候，我醉得不行，甚至都不会笔直走路了。过了十二点，虽然有点冷，走在街上渴望得到伙伴的欲望却在不断增加。男人也好，女人也罢，都用十分热切的目光盯着对方。在今夜，又会有多少新的恋爱关系诞生呢？

星期天

腹泻不止，是不是因为在酒里放了冰的缘故？帕特给我买来药。

白天快过去的时候，我的腹泻稍微有些痊愈。因为星期日正好是这里的斗牛日，我于是提着腹，去了墨西哥公共广场。

不愧是世界上最大的斗牛场。乐曲一响，观众们的欢呼声就开始了。块状的黑色肌肉在巨大的擂钵底部出现，斗牛士在他周围像蝴蝶一样翩然起舞。挥动着粉色的斗篷，诱惑着公牛奔赴死亡。骑着马的长矛手也飞奔而来，公牛的颈部被长矛刺伤得像蜂窝一样。戴着血色围巾的公牛愤怒了，把头低下，自暴自弃地开始战斗。这次应战的是一个叫豪赛的明星斗牛士。观众的意识都集中在豪赛剑下，下一瞬间，剑就漂亮地刺入了牛的心脏，公牛踉跄地吐血，最后也如泥委地。

当然了，我没有忽略掉最后斗牛士和公牛用清澈的目光对视的一瞬间。剑和角相对的那一瞬间都还不知道是谁被杀了。公牛只想杀死斗牛士，当然，斗牛士和公牛一样也只想把对方杀死。因为三心二意能招致死亡。正是这一瞬间，战斗的人们用强烈的意念联结在一起，下一瞬间这份意念也沾满了鲜血，但我没有错过这一幕。倒下的牛的下半身稍微还有晃动，阴茎半勃未举。斗牛士用自己的剑飞快把公牛的阴茎切断，公牛自此就失去和女人的下半身接触的可能。这就是去追求永远也不能实现的爱的代价。

太兴奋了，晚上怎么也睡不着。虽然自己并不斗牛，但是依旧勃起了一晚上。

星期一

如同以往，被打鼓的声音吵醒。从床上爬起来，看了看外面。依旧勃起。吸了根烟，正打算回床上的时候，和帕特四目相对。他问我说："睡不着吗？"回答道："总有一种奇怪的心情睡不着。"

——能交给我吗？

在理解了这句话包含的意思之后我回答他："可以。"他来到了我的床上,把勃起的下体放到我的手里。我把自己的睡衣和内裤都脱了。他骑到了我的上面,把半勃起的下体压在我的胯骨之间。他厚实的胸膛很重。胸毛扎着我难受。已经来不及了,已经不能反抗了,这样和摔跤运动一样,我再三强迫自己享受这一切。但是,香奈儿的古龙香水味让我不安。这个是以前交往过的女朋友喜欢用的香水。不可以闭上双眼,我和帕特赤裸着做着摔跤运动。他开始用舌头攻击我了。我用食指用力地戳了一下帕特的肋骨,他不自觉地,身体一扭,就从我身上离开了。我立刻从床上跳起来,说道:"我们摔跤吧!"

——没事的,交给我。

——要和我做的话,就尽全力,来强奸我吧!

帕特冷笑了一声,算是应了我的挑拨。

——如果舔到了你的阴茎就算我胜。

他打算抱住我然后截住我。我灵巧地回避开来。摔跤台扩大到客厅和浴室。他虽然在笑,却很认真。我也和斗牛士一样是认真的。拿着枕头当做盾牌,一边打着从上下左右接近的他一边逃窜着。决定给抱着我的腰的帕特来个抱颈摔,打算把他弄到床上暴打一顿的时候,他一把握住了我的下体,伸出舌头来,就这样舔了舔。我输了。

我把身体交给帕特,在黎明时分接受了洗礼。

星期二

在附近随便对付了下晚饭,如果去酒店的酒吧的话,帕特一定想要和我做爱。对我来说昨天的洗礼是想在梦里解决干净的事。也有对艾格尼丝的罪恶感,也有想在夜总会和小姐制造一夜情回忆的欲求。被自己的无节操所惊呆,另一方面,也有改变自己想做什么就做什么的想法。洗礼是因为斗牛而兴奋的一时冲动，对于不知道为何对帕特的朋友总是抱着嫌弃态度的我来说，简直就是讽刺。就连自己也不明白为什么。只是，虽然接受了洗礼，但是确实是感觉一切都是被自己许可的。总之，我现在很混乱。

我说了句：我想一个人走走。就飞奔逃离了酒店，要去夜店。立刻，我就收到来自一个黑发混血美女的暗送秋波。就她了！付了一百美元，把她带出店外，来到她朋友公寓的一间房子。我胡乱地点头，因为对方不太懂英语，我强词夺理应付了事。一个人的话，我得心应手地说着各种各样花言巧语，却很难把自己现在的复杂的心情表达出来。我对她不断重复一句话。

强奸我吧！来强奸我吧！

星期三

黎明，变成一块破抹布的我一身倦怠地回到了酒店。如果明朗的变态的黑夜也会亮，那不是和幽灵一样了。我继续忍受着稀薄的空气。

洗掉一身的疲惫和小姐身上的香水味，泡在浴缸里就这样睡着了。一睁开眼，只穿着三角内裤的帕特正在凝视我。暴露了自己漫不经心、毫无防备的睡颜。害羞。看上去好像感到不好意思，但是帕特也跳入了浴缸。他露出一副好像知道了我的秘密的表情，静静地一直看着我。我装傻说道：你想干什么。即使是刁难他，帕特也只是和我微笑以对。

在我睡到午后的这一段时间，帕特和墨西哥的有钱人交际，忙到起飞。不光是在墨西哥，和所到城市的同性恋者结成了联盟。因为交往的人都是有钱人，所以穷人、流氓无赖、共产主义者一个也没有。这华丽的宫廷外交中，大概只有我是个异类吧。也不知道是为什么，一方面我甚至觉得接受了他的宽慰。我本身是拒绝这些所谓的善意的宽慰的，但是我心底里却不是这样想的，我一直自以为在这个世界上并没有能安慰我的人存在。

过了两点，帕特来电话问我，晚上要不要去朋友家的派对。我懒得去就拒绝了。他心领神会，挂了电话。跟平常不一样，他很冷淡。而我心里却很愉悦，就一个人出去散步。在犹如结婚礼服森林的华丽大道上，闲庭信步。远看着天真无邪的少女在说着"我以后要做漂亮的新娘子"。我只顾着看橱窗里的美女人体模特，走进了条小胡同。偶尔抬头的一瞬间，看到个头上夹满卷发棒，接下来好像要化妆的女孩站在那里。一只脚踩在椅子上，风一吹浓密的腿毛就微微摇动。我以为我正在少女的梦境当中，却被鲑鱼的体臭唤醒了。女孩粗着嗓音说借个火。刚递出打火机，女孩就指着前面的酒吧说请我喝一杯吧。我正打算无视走过去，这时，两个男人走过，我从他们俩中间走，把他们分开了，稍微碰到了其中一个的肩膀。这个男人叫住了我。看见男人回过头来的时候，我心想，这下可完了。因为看一眼就知道对方是个小混混，要打架吗？要抢劫吗？还是两个都是？不管是哪个，男人的表情都告诉我说他不会就这样善罢甘休的。

我竭尽全力地谄笑着，一边挥手，一边往后退。说道："朋友，怎么了？"祈祷着不要被这个女孩看破自己拙劣的演技。两个男人和女孩操着西班牙语在一起嘟囔着什么。只听到他们两个说根本不屑敲诈什么腿脚不好的男人。我看起来也不像他们的对手，我立刻解释说我腿脚不好，还走着示意给对方看。这样直到那两个人走远。我低头看脚下，鞋子上沾满了灰尘。

星期四

和帕特一起吃过客房服务的早餐之后，他突然说出这样的话：

——我总觉得你现在的生活方式，特别地不合理。

我不明白他的问题有什么意义。我只是看着帕特的脸。

——昨天，你在浴缸里睡着了对吧？我看见你的睡颜才想到的。你要勉强自己去做你不想做的事。对吧？

——我是什么样的睡颜你才会这样说呢？

——眉头紧皱难以入睡，好像忍受着什么痛苦。

帕特浮现出一种同情的表情。我说："没什么，只是太累了。"虽然笑着，却怒上心头。总而言之，我就是没想到帕特如此机灵能说出这些话。因为心情不舒畅，自己不喜欢在一个地方久居。无论在什么安全、舒适的地方，醒来的时候我总会感到不安。一想到被某人保护，就怎么也睡不着。不知道从什么时候开始，我时常觉得要把从床上被赶走的不安当做枕头才是自然的。我皱着眉头睡觉的时候，在我的意识里是有战争发生的。这是一场至今为止，一直一声不响地忍耐着厌倦的我和大胆地享受自由生活的我之间的战争。这是过去把我推向未来的力量和未来竭尽全力阻挡我的力量之间的抗衡，这也是把自己硬塞进里面的意志和硬要去外面的意志之间的扭夺；这也是追求他人的救赎的诱惑与拒绝他人的觉悟的格斗；这也是没有界限地重复着摔跤运动的沉重和轻快。我被夹在对立敌人与敌人中间，要立刻做出胜负的裁判，因此不得不眉头紧皱。于是，那一天就做胜方的同伴，如果一天结束，又回到中立，进行审判。我自己本身就处于这种极其不安定的位置。正因为心情不好才心情舒畅。

我没有看过自己的睡颜。我讨厌自己没有看过的东西被别人看见。帕特应该沉默的。他不该从我的眉头紧锁就看透我的人生苦恼。是想说我迷失了应有的自己吗？这种事情不就是想跟神认真交往的朋友老掉牙的模式吗？为了告诫自己，我不得不跟帕特说道：

——听好了，我为了自己正直地活着，没有生活的信仰和理想。时常做着自己不想做的事，当然，也做了自己想做的事。所以说，不是非要做什么不可。只要我一直处于迷茫，我就需要正直；只要我和不安、痛苦亲密，我就是幸福地被需要的男人。

星期五

终于和帕特吵架了。星期一的早上，那个洗礼之后，我们两人的关系一直很不自然。倒是帕特待我一如从前，我很奇怪地自动发动了防御本能，努力不再让他越过那道我的意识墙。大概是因为被看见了睡颜一直在生气吧。最开始的发端是在傍晚，我们俩一起去健身馆的蒸汽浴室时，浴室里没有一个人在，他抱着我对我说："好想给你保护啊！"我对帕特这种傲慢的优越感抱着敌对的口气，认真地回答道：

——很抱歉，我是招祸不来福的男人。你的爱却反而让我感到十分不安，我喜欢这种不安。但是如果你说要保护我的话，这让我很慌乱。我因你而慌乱，而痛苦。和你应该是我的友情啊。

我为了用英语表达得很流利，昨天晚上一直在想。帕特两手晃来晃去，想说什么嘴一直张开地看着我。我害怕沉默，已经开始了告白。早上回来的那天，和夜总会的小姐有了一夜情。在纽约和艾格尼丝也谈了恋爱，她预言了我会从帕特那接受同性恋的洗礼。然后就像和她说的一样，我变得不知所措等，她都说过。

——所以，你是在勉强自己做不想做的事吗？我绝对不想强迫你。

我脱下自己的大浴巾，全裸着回答道：

——我是想勉强自己，为了我们的友情而继续忍耐。

都已经说到这个份上了，只能言无不尽了。帕特的眼眶湿润了，他把他自己的大浴巾当做鞭子，不断地在鞭打我。我决心奉行无抵抗主义到底。

——你伤害自己或许很享受,我也受到了伤害,多么冷漠的家伙啊,你疯了吗?

如同帕特所说,我一边接受着洗礼,一边主张自己不是信徒。因为瞧不起同性恋就说说想和同性恋者保持友情。

帕特留下句:随便你吧。就从蒸汽浴室里飞奔离开了。在追他的半途中,我想着现在无论说什么也没有用了,于是把身子浸在气泡浴里。

星期六

快要天亮的时候,帕特回来了。我正在打理包裹。

——你在干什么?

帕特声音嘶哑,我没回答问题直接道歉,他问我为什么道歉,我说:"我看不起你。"

——你和别的女人睡觉,被恋人拜托不要变成同性恋,我不是都知道吗! 我也和除你之外的男人一起睡啊,我想问的是,你为什么想要和我分手?

我摇头拒绝回答。

——你是一个奇怪的家伙,考虑那么多,果然,你是个疯子,简直是个恶魔!

——我也是这样想的,但是,恶意不是给帕特你的,怎么解释才好呢?

——你不想成为同性恋,可以! 你对我没有恶意,这也行! 请问你还想说什么呢?

——即使老是误解我也是没办法的事。但是你相信我,我是信赖你的。

——我也是。简而言之,我们两个人一定要成为对方的其他人,可以,我放你走。这样子的怪人的确值得被尊敬。

帕特脸上布满微笑，看起来没有一点悲伤。

一旦我顺从他的爱的话，我就会突然焦躁不安。不久，在"我爱你"的解毒作用下，爱便会慢慢从体内流失。而且抱着这种不安的时候，两人的爱不会被风化。实际上，就是超越了相互之间的优秀和弱势的限度在膨胀的时候，爱会变化成冷酷的恶意。爱需要被小心周到地持续观察，如果不及时更新的话，马上便会发生混乱，中途受阻、走弯路、成为拉开两人距离的强大的反弹力。帕特在这之前就竭尽所能贪图爱。即便是他，应该也会对两人关系的未来充满不安。而他因为不停地行动忘了这点。我只是抱着一半的希望和他交往。但是，剩下的一半，全部困在自己的意识当中，对帕特来说，只是不能理解我为什么想玩弄他的感情。他认为爱就是要行动的话，我就想增加自省。观察了强奸的行为过程和被强奸的自己的心理的同时，对我来说也是一段肉感的体验。只是，观察、自省都是我一个人的世界，虽然说是恋人，但是不能深入内心。我是一个蠢货。一不留神，就迷失在那里，所以对帕特说了自己的想法。我真的变得真实的话，爱会被残忍地背叛吧！

晚上，和帕特和解的证据是在吃中餐的晚饭上。十一点左右，回了酒店，写了这个。睡之前想起了艾格尼丝。我对她，到底是抱着什么样的感情呢？我自己，直接说出来都害怕。如果这样做的话，她说不定会去死。我必须这样一直做个伪善者。我不是开玩笑的。

认真写日记的话，为什么会觉得自己的人生却是光辉灿烂的呢？

星期一

今天去了同性恋夜店。想要把自己的身体以稍微高的价钱卖出去的伙伴群里拥挤不堪。墙壁上的洞、天花板上，甚至紧贴在收银台的收银员的嘴里都充满了馊臭的味道。里面的桌子上，同性恋舞者穿着网洞紧身衣裤,舞动着他们的小翘臀,但并没有特别吸引到客人们的目光。灯光昏暗的酒吧下,无数的苍蝇飞来飞去。只要是这样的肉体交易市场,到处都是这样。有好男人一进来,所有的苍蝇全部都聚集到他的脸上,这些苍蝇好像也想发表意见,那个人好像是有钱的美国人之类。

——在这你能分辨出上等的客人吗?

帕特在我耳根边问我,我想这垃圾堆一样的地方,特意来这的好奇心旺盛的有钱人,除了帕特就没有别人了。快看那个人,跟普通人一样穿着普通的旧衣服。快看驱赶苍蝇的那个家伙的眼睛,充满着要摆脱贫困的意志。这才是挑选上等客人最重要的。

——你这样的人是上等客人吗?

——今天不是。但是,七年前和坐在那的那个人没有什么区别。

——原来是这样。你也发现了上等客人,你是这样发家的吗?

帕特微微一笑,入口处墙壁旁,看到一个头发稀少的低着头的中年男人,发出了信号。

——那个人是上等客人,金钱地位都有。

——你怎么知道的?

一眼看上去,那个人就像是地铁里的工作人员。

——大家都在不经意间被某人所吸引,对吧。希望会被那个人喜欢。

要说的话,苍蝇们却是以他为中心飞来飞去。只是在这条路上的男人的眼睛能看见灵气,才发现了那个中年男子吧?帕特在纽约的夜店发现我的时候,凭的就是这种直觉。我之所以认为这个小子有好的DNA。姑且不说他的睡颜,单从DNA就能看出来的话,那真是叫人甘拜下风。算了,来说一说帕特的直觉吧!概括说来,美国梦的第一步是看清楚成功之人;接下来就是巴结那个人,去接近更多这样的人。在好莱坞和百老汇飘荡的是，让愚蠢的人类沉醉的梦和憧憬的雾。从雾里面出现的只是写着美国梦的看板。真正的美国梦是成功人士和拉关系的处事方法这些东西本身。常常面临着肯定或否定，选哪个才好，这个对处事方法来说自然是必不可少的。只有这样才能保持恰到好处的状态，否则信念和目的也会跟着动摇。

　　我经常在肯定和否定两者之间彷徨无果，因此我会被当作是古怪的家伙。逢赌必输。一考虑多余的事，虽然知道自己胜负的直觉很差，还是要进行各种考虑。打猎的中途会想到昨天的做爱真是完美啊，结果一眨眼猎物就逃走了。在瞄准猎物的视线的战场上一边喝着啤酒，一边却想着不管怎么说自己都是农耕民族。帕特有时候好像恢复了做同性恋战士时候的战斗欲，就会像这样带着杀气走在夜店里。即便这样，我对他来说，也算不上是那么好的猎物。精神上并不是宽裕的人，像我这样古怪的男人只会叫他感到生气吧？

　　他是打算把自己喜欢的全部转移给我吗？

星期二

　　经由迈阿密回到了纽约。不知道为什么帕特写的故事框架很轻易地就能嵌入吻合，这种感觉一直到最后都有。因为自己蹩脚的英文水平，真正想的东西不能很好地传达，只能说谎、搞笑、敷衍。但是，一旦边查字典，边用英语传达自己真正的心情的话，会让他生气的。即使我想用语言进行灵魂对话，平均信息量也只会增加。即便用日语，情况可能也一样，能够找出暂时对付过去的解释。结果，颠倒黑白，能蒙骗对方的语言，才被大家称之为母语吧。

　　如果早点开始写日记就好了。那样日记就能变成那天所写的耻辱和所犯错误的逃避场所。没有比日记更方便于梳理自我言行逻辑和修饰体面的东西了。因此，日记里只能书写谎言。虽然是这样，写日记本身就是一种巧妙地学习如何撒谎的课程。

今天我尽可能地和帕特说一些关于气候和食物的话。我们一边在迈阿密的机场吃着大虾拼盘，一边谈论着关于棒球的事情。我的英雄是长岛茂雄，他的英雄却是彼得·罗斯①。如果涉及到电影的话题，我可以说是塞缪尔·富勒的铁杆粉丝，他却崇拜着小津安二郎。

纽约　冬天

星期四

雪。比平日更加冷清的街道。我闭门未出。桑科带着似乎是在唐人街买的关东煮回来了。

星期五

与艾格尼丝在曼哈顿东区连续光顾酒吧。畅聊着润色过后的在墨西哥的所见所闻，我竟说出了我的小说写得十分顺利这样蹩脚的谎话。面向吧台那个听着我说话的穿迷你裙的调酒师请我喝了第三杯酒，在被问到正在写怎样的小说的时候，我的心情又变好了。

不知道是什么驱使着我们，我俩一头扎进了蹦迪的队伍当中。又到表演的时间了。两个人穿着像在克里斯托弗大街卖的那种带点GAY气的皮衣，一边互相扭动着缠绕着身体，一边哼唱着《恋人》当中的一小节旋律。这首歌本身就是音乐当中的小黄曲儿，亲切地在

---

① 彼得·罗斯（1941—　），是前任美国职棒大联盟球员兼教练。

我们眼前展现出无比性感的同性恋间的爱恨情仇，因此那天晚上不做点什么就分开是不可能的了。表演结束，跳了三首歌后的我和艾格尼丝都非常兴奋，像被谁催赶着一样坐上了的士，目的地是她的公寓。她没进房间，把我带到了通向屋顶的楼梯处，什么都没说就开始脱我的裤子。我一边喘息着沉迷于仿佛回到从前的那种感慨中，一边任由她摆布。艾格尼丝变得像要强奸我一样疯狂，而我，也期待着被她强奸。

我横躺在铺着外套的楼梯上，她掀起裙子在上方包裹住我的脑袋，说道："撕开我的长筒袜吧。"她没有脱下内裤，我穿过她撕开来的袜洞，被她的下面一下子裹住了。我的阴茎好像变成了她的阴茎，她的阴道也变成了我的阴道。应着从远处传来的救护车的警报声的节奏，我俩的腰在夜色中剧烈抖动着。

星期六

脊背上呈现出一条横着的抓痕。我深深陷入楼梯的边缘。待猛然惊醒，我还在艾格尼丝的床上。空空如也的肚子让我有想呕吐的感觉，想吃山药泥拌荞麦面。我在洗脸池看到了两只牙刷，有一只是崭新的，尽管十分困惑，我并没有打开使用它。

对于一起睡觉的事情，我感到了一丝后悔，以后，外宿做爱怕会成为惯例吧。我虽说还有工作，但如果就这样走了，艾格尼丝怕是会说"能待在这就好了"这样的话吧。

——一个人是不行的呀！

——回家的话，是有朋友的吧，毕竟我这么老实。

——待在自己的房间不出门吗？

——总是这样啊，因为你没有可以回去的地方，待在这就可以了。

——我当然有了。

——在哪啊？日本吗？你一不舒服马上就回日本吗？

——并不是那样。

——是啊，回日本是你最后的底牌。

——我什么时候说要回去了。

——我听说了。虽然没有明确说什么时候，像这样你要回家的时候，我都是能感觉到的。感觉你是不是突然就会回日本了，还是在考虑和我分手呢？

——不要想这些事了！

——那么，给我看看证据呀。

——我爱你，不想和你分开的。

——真的吗？

——当然是真的。

——那么周末什么的一起过吧。我没说过这么困难的话吧，只是想一起再待久一点。

——我明白。但是……

我刚说到这，身体突然不能动弹了。这时候她问我："肚子饿了吗？"我就像定住了一样点了点头。

——不要勉强啦，如果真的不工作不行的话，就回去吧？

她完全读懂了我的言行举止。如果需要她的话，我就只不过是容易对付的闹别扭的人罢了。在我说完"我要订中餐外卖"之后，我的身体终于能动弹了。

星期日

听到咚的一声后我醒了。我想又是打鼓的声音吧，但这里不是墨西哥的酒店。我告诉自己我已经回到纽约了，想再一次进入睡眠的时候，突然闻到一阵郁金香的香水味，才发觉自己又在艾格尼丝的房间里迎来了一天的清晨。昨夜我俩也大汗淋漓地做爱了。艾格尼丝的手上还捆绑着绳子，是用来把她和床捆绑在一起的绳子。

今天我想在被她磨平决心之前离开，我一下子从床上起来出了门。外面还都是雪。取了现金，我去了超市，买了一个杯面、鸡蛋和贝果面包就回去了。

傍晚，收到从艾格尼丝那发来的信息：

——谢谢你，我度过了一个愉快的周末。

星期三

桑科在自己家开了个派对。说是自己想一个人待着的时候就故意这么玩。来的人都敞开肚子吃东西，粗鲁地发出很大的声响。我做的饭团竟然也到了哄抢一空的地步。这是只有在寿司店才会出现的场景，桑科不愧是桑科，他总能聚集到一群废物。美术家什么的最讨人厌了，特别是自称艺术家的日本人。你们倒是快赛马啊。说些什么——"我们生来就是杜尚的接班人"——之类的话，或者说出"把汉字从书法中解放出来是我们的斗争"这种话的家伙也不乏其人。只不过是在自夸能写汉字罢了。"纽约是地球的画室。"——所以说到底在说些什么啊。如果不把这些当做笑话的话，一不小心，所有的声音就会涌过来。

——艺术是管不了饭的哟！

——艺术和饥饿的人是没关系的。

——艺术和处世之道是相反的。

——总之做出别人理解不了的东西的人就胜利了。

——不，理论和轮奸不一样的话是卖不出去的。

——艺术是外星人的实用品。

——总之自称为艺术家的人考虑的都是些大同小异的东西。

——结局是虚无主义者的胜利。

——是有后门的虚无主义者吧！

——果然，艺术家不会喝酒不行啊！

——正确的是艺术，不正确的也是艺术啊！

对于伙伴们正在制作怎样的作品并不知道，也没有兴趣，只是想着——"只要有用就好了"——这样的家伙实在是太多了。走路也好，吃饭也好，只要能保全自身的地位就什么努力也不做了。

我沉默着，顾及着派对的场面，直到结束都像个傻瓜一样在角落里喝着在墨西哥买的加了蝎子的龙舌兰酒。这时发出比一般人大一倍声音的大阪腔男子靠了过来，一边说着"不要一个人独享啊"，一边不要脸地举起了玻璃杯。我这么说道：

——你再多说点什么，我就陪你喝！

星期五

昨天在十一街区的图书馆度过了五小时，已经可以编出一个精彩的寓言故事来了。今天在哥伦比亚大学的东亚学科图书馆读了有关日本的新闻、杂志。对面座位上一个纤细身材的瓜子脸亚洲人在读《源氏物语》的原文。我又看了一下她的脸，她真是一个美人啊。

星期六

一旦我向艾格尼丝透露我想要一间适合一个人住的屋子，就会听到"有好房子空着呢"这样的回答。说是因为朋友要外出三个月,在那期间想把房子租给来历可靠的人。好像在第七大道和第八巷的角落里。我反射性地意识到旁边就是脱衣酒吧。房间是一室的,房租是700美元。如果我规规矩矩写寓言的话,这个数目也不是负担不起的。平时总是优柔寡断犹豫不决的我在这个时候也变得积极了起来。我马上给艾格尼丝打了个电话,得知她的朋友也同意了。艾格尼丝似乎也显得很高兴,虽说只是"为了一个人生活的屋子",好像搬家第二天她就会来露宿似的。

晚上,我们举行了一个只有我俩的派对。我做了什锦摊饼,她搭配了好几个种类的鸡尾酒。然后我们一边看着有线电视上播的歌剧《梦游女》一边吃着饭。我内心充满着想要安静度过这段时光的期待。

但是,两个人一起一边沐浴一边做爱的时候,她好像有点欲求不满的样子对我说:"我们来做点刺激的事吧?"我想从前面挠她的痒痒来让她坠入地狱。很快,她变得全裸,手也被束缚地绑在床的栏杆上。那就从脚底开始吧。马上她就发出了低鸣声,严肃地仿佛在说"不要挠痒了,我会叫出声的"。我回答知道了,用毛巾堵住了她的嘴,这次该腋下了。她喘息着发出声音,仿佛被恶魔附体一样接近暴走的状态。我告诉她:"再忍耐一下吧?"她还是像痉挛了一样不停摇着头。我没有放过她继续挠痒。她的乳房一侧和脚心是敏感部位。在整个过程中,艾格尼丝全身不停在出汗,看着我的眼神也充满了杀气。这是以前从未看到过的表情啊——是的,她的表情就像一只掉入猎人陷阱的狐狸。看到她的手腕和脚腕都脱了皮,我把堵住她嘴巴的东西取了出来。艾格尼丝呼吸困难,一副精疲力竭的样子。嘴角的口水流下来拉出了丝,肌肤也被粉色晕染,眼角有些湿润,乳头也立了起来。看来,想要艾格尼丝变美,挠痒的确是个不错的办法。

纽约 春天

星期一

——我们在前世相遇过吗?

在曼哈顿东区的印度饭店吃了一顿较晚的午餐。对面餐桌上正在喝茶的男士用他那双像要从脸上飞出来的眼睛不停地打量着我,于是我想开个玩笑试试。对方的眼睛真的是再过几毫米就要飞出来了似的。若我是个孩子,看到这样一副厉害的表情估计会吓哭出来吧?但他的确没有敌意。男士用汽车鸣笛般的声音回答了我。

——相遇过的。

——但是我不记得了。

——可我却记着呢。我总觉得,会有哪天就能和你讲上话了。

密教瑜伽吗?外表很明朗内心却是个奇怪的家伙。好像不是印度人。稀稀疏疏地白了六成的头发被绑在了脑后,伸长的胡须中隐藏着突出的喉结。难道以前是个嬉皮客?年龄看起来六十了,穿着与季节不符的夏威夷衫。

——我的前世是什么呢?

我决定再继续聊一会。

——你是在中国皇宫里侍奉皇帝的太监,我也是。

我滴神——太监的话我马上就明白了。我把男人的表情和太监联系在一起,产生了一种很奇怪的感觉。男士继续说道:

——你现在应该在做些什么有创造力的事情吧?

好像引出了一条不错的话题。在聚会的时候,对于刚见面的人,出于礼貌我都会把这个作为自我介绍的开场白,然而男士并没有表示出想听我回答的样子继续说道：

——一些无趣的自我介绍不做也罢。在纽约，人们只说谎话。对于你在社会上如何勾画出一个虚拟人的生活，我一点兴趣也没有，我只对实际的你感兴趣。因此，没有用语言来说明的必要。在这之中即使互相隐瞒着身份沉默着，我也是明白的。

我端正了我的姿势，换了一种目光端详他。

——您真是冥想的高手啊！

看来他正是打着这个幌子骗人的家伙。

他似乎在胡须下面隐藏了微笑，想要跟我握手。那是一双布满了黑毛的手。他好一会儿还没有放开我的手，闭着双眼，像在默念着什么给我的双手注入了能量，我却什么也没感受到。

——冥想果然是好东西啊！

我故意提出一个简单的问题。冥想是能量的源头。通过冥想，人们就可以变成神，就连创天造地也是有可能的。其实宇宙并不是由基督教和伊斯兰教的神创造的，谁都有创造宇宙的能力和权利。信奉单一神教的人们把创造自己世界的权利都托付给了一个神，这其实是精神上的堕落。那些同伙为了守护自己的神而发动战争。美国人正统帅着这些在神灵前叩拜着的神教徒。以前世界上发生的所有战争都是因为对自己信奉的神采取不承认的态度导致的。

——我也这么认为的。其实我的工作本身就充满了妄想。虽然冥想与妄想完全是两回事。

——妄想是无法充分利用精神上的能量的。难道你在嗑药吗？

——不，比起依赖药物，我更依赖我的脑袋。

——那倒是还不错。如果你想要提高一下冥想术的话，请来找我吧？

男子交给我一张只留了电话号码的纸片就出了店门。后来，我向侍者询问这个男人的来历，被告知只是"一个来这里喝茶的客人"。除此之外的信息谁都不知道了。一旦向他人提出了不同寻常的话题，就连为了确认艺术家们共同性的那伙人也会感到厌恶吧。

星期二

可能是受了昨天见到的冥想家的坏影响，我做了一个跌宕起伏的梦。我出现在了已被冥想家看穿了的前世的世界里。

我站在横躺着的皇帝的床侧。房间十分明亮，用来堆砌的大理石会让人想起普契尼的歌剧《图兰朵》的舞台场面。我用阉伶那一贯尖锐的声音为皇帝即兴演唱，尖锐的声音还带点嘶哑的感觉，听起来一点也不美妙。这个声音让皇帝十分生气，他严刑拷打了我。我一边出着冷汗，一边勉强地想发出声音，声音也越发显得嘶哑了。皇帝用低沉的声音说道："够了！"他的脸与那个冥想家竟然一模一样。

——你出去旅行吧。把世界各地的美女带回来。

我刚一想到皇帝是否这样命令了我，就乘上了船。虽然想过就这样逃到哪里去了，但作为一个宦官，我还不曾在除皇宫以外的地方生活过。虽说是为了皇帝寻访各国，可到处猎艳这件事对于一个宦官来说，其实是不切实际的。我也想过去意大利教堂之类的想法，看看是否会找到一个让阉伶就职的地方，但我这样嘶哑的声音怕是没有用武之处了。

场景又变了。这次是石阶小镇。一走上坡道，来往的行人像看小丑一样看我的脸和胯间。我感到无地自容，赶快隐藏到小巷深处去了。我把手帕团成一个球形塞入胯裆处，这样多多少少会有一些凸起，也不会弄湿裤子了。被阉割的人，小便的时候就像密封圈松了的下水道一样总会漏出来。这时，有人拍了下我的肩膀。看起来像是一个毒贩子。

男的拿出一个黑色的小瓶子说道："这可是好药啊。每天涂上一点点，那个就会长出来哦。试试不？"

——长出来什么东西？

——你被割掉了的东西啊！

——还能再长出来？

——试试呗，一瓶一百。

我甩开拉扯住我的这个男人想要逃跑，瓶子却落在了石路上。像沥青一般的黑色黏稠物溢了出来。它转眼间就扩散到了整条路上，像海一样覆盖了整个长长的路面。我在这波涛汹涌的黑海中扭曲着身体，像被束缚住了一般。这时，我感受到下体好像有一股很强的力量不停地在翻滚。我听见"啪"的一声，我的下半身弹了起来，后来，海也没了，宦官也消失了，只剩下勃起着横躺在床上的我。

星期四

看到我搬家的行李只有两个纸板箱和一个行李箱的艾格尼丝嘟囔道：

——你活得可真轻松啊！出租车都能帮你搬家了。我需要的重力和你需要的简直是木星和月球的差别啊！

我十分明白她说的话。在我遇到艾格尼丝之前，我的确是像生活在月球表面一样一身轻松，现在已经像是在地球上的重力了。如果和她结婚的话，我可能就要苦于像木星一样的重力无法自拔。

忘记是什么时候了，我和桑科说过这样一段话。不论是白人还是黑人，只要他们在性上够激烈，这就足够了。性展示的不光是肌肉和体力上的胜负。因此，体位上的体力不足和性变态，只能用关系上的美学来遮蔽。在这一观念上，我们出乎意料地达成了一致。但是，和米海勒小姐结婚了的桑科比我更热衷于身体锻炼，特意自称为桑科，把自己比作精力绝伦的拉丁男子，想为之注入无穷的活力。而且他还和那些不正经的宗教家们有深交，想要学习能充实自己性能力的法术，并为此做出了催人泪下的努力。我曾经偷偷窥探过桑科和米海勒小姐之间像格斗一般的性爱，也是在那个时候，我才深刻地意识到桑科是一个特别疼爱妻子的男人。

我不认为那种互相吸干精力的行为是爱。如果那是爱的话，我岂不是变成了"色"？动物们不像美国的小黄书中写的那样激烈地进行性行为。不管是马是象还是狮子，交配方式都极其简单。蝉和蜻蜓会一边交配一边飞行。有时，多管闲事的孩子们会把它们分开，那该是多么地可怜！

房间位于四楼里屋。虽然日照不好，但也因此十分安静。家具、厨房用品、床都很齐全。难道他们不介意别人在自己的床上做爱吗？除去这个部分的话，在这个狭窄的曼哈顿生活倒也是可行的。

整理行李花了一个小时，衣橱里没有挂上衣服，桌子上只摆了字典和原稿纸还有几本书（剩下的送给了桑科）。我用自己的床单铺上床，这就是我的房间的大致容貌了。玄关旁的储藏处放了一个吸尘器，于是我缓缓地开始打扫卫生。在床底下，我发现了一个用过的避孕套。突然一下怒上心头，我冲出了家门。从十八号电车下来坐上一号地铁，驶向贝特利公园。虽然不是很想去，却自然而然迈开了步伐。接着，我乘上通往斯坦岛的渡船，在看到自由女神像的一瞬间，突然不明白自己为什么会在这里。路边擦鞋的人在喊叫着："Shine! Shine！越擦越光亮！"于是我一边让人擦着提洛尔人牌的皮鞋，一边同情着因为避孕套就冲出房屋的自己。

星期五

立刻，艾格尼丝就提着波士顿包来玩了。因为这是她朋友的公寓，她很早以前就有一把备用钥匙。

她带来了庆祝搬家的印有酒神狄厄尼索斯像的啤酒。据说是出身于密尔沃基的同学在自己家秘密制造后装进了依云水空瓶子里。真是超出想象的味道。

晚上我在有线电视上看歌剧。电视里在放万德的《假面舞会》。第二幕是雷纳托在唱"Eri tuChe Macchiavi（因为你我的心才受伤）"。我情不自禁和他一起唱了起来。以前是为了责备不贞的妻子,这可是他的保留曲目。

我确实是来了劲,喝过酒后,在床上耷拉了下来。我闭着眼睛,任大脑飞驰。我想象着艾格尼丝是我的妻子,我躲在衣橱里偷偷窥视她和韩国蔬菜商私通的画面。马上就勃起了。我难道不是个天才吗?

星期六

我一跟艾格尼丝讲了星期一那天遇见的冥想家还有第二天做的梦,她就马上抓着我的裤裆。她像要将我的蛋蛋捏碎一般用力,我不由得发出了阵阵悲鸣。艾格尼丝用一副像是被施了催眠术一样空洞的眼神望着我,一边解开我的裤子,一口含住我的下体。

——这不是你的东西,是我的。

——我们约定把它给我的。

——这个东西如果不在胯间的话什么也干不了。

——别担心,我不会割掉它的。

我的下体在她的口中也就意味着她掌握了生杀予夺的权利。为什么我一这么想,那个东西就紧张起来,硬得让她都吓了一跳。我仿佛只拥有这样的自我主张了。

星期二

我喜欢在哥伦比亚大学的肯特楼写我的寓言故事。我必须凑出我的房租来。感觉来到了这里,就自然而然地想说日语了。我的书也放在书架上,这里就像我的殖民地一样。上上周遇见的日本女子今天依然在读《源氏物语》。她好像是东亚文学系的学生,她的注意力十分集中。三个小时一次都没有离开过座位,一直沉浸在《源氏物语》的世界里。她这是打算写论文吗?我难以抑制我的好奇心,看见她好像要离开图书馆了,于是跟着她走了出去。她进了一家叫做"月宫酒家"的中国餐厅。我在外面停留了片刻,也跟了进去。我偷偷地对来引路的服务生说:"我想坐在刚刚进来的日本女孩旁边!"就这样我轻而易举地坐在了她的旁边。我要了一瓶葡萄酒和两个杯子,其中一个杯子递给她。她笑着接受了,接下来我们各自开始吃各自点好的食物。

她说除了在图书馆之外,好像还在哪儿见过我。我就像之前遇到过的冥想家那样回答道:"我一直在想着什么时候跟你搭话。"她问我:"你也在哥伦比亚大学读书吗?"于是我这样说道:

——这样的自我介绍还是省了吧。不然互相之间还有什么秘密。我知道你的头脑很好使的。

——但是不做自我介绍的话,聊天也很难进行吧,我也不能随便讨厌你了。

——那好吧,我住在商业区,每天做着充满妄想的工作。

她笑着说:"那挺优雅呀,我的兴趣是读中国和日本的古典书。"她做完自我介绍,又这样说道:

——我一直都在思考那些生活与科学无关的人们每天都在想

什么。

——其实什么也没改变是吗？

——是这样的，但是他们难道不是比普通人花费在妄想上的时间更多吗？

——因此，恋爱什么的也是可以的，因为他们可以磨炼提高关系的美学。像我这样，如果让我沉入妄想的世界，我还是很厉害的。创造天地什么的都不在话下了。

——你是文学家吧？

她就这样轻而易举地看穿了我的职业。接着我们的对话就像顺河漂流一样进行了下去。问了她年龄后我得知她二十二了。虽然比我小了七岁，却给了我不可思议的心安感觉。她用与我曾经在广播节目《孩子烦恼对策商谈室》里那个大姐姐相似的声音，从容应对着我这个形迹可疑的男人的谈话。这正好是我喜爱日本女孩的时候，难道这也是思乡病在作怪吗？

我们互相没有交换名字和电话号码就分开了。但是我们决定了再会的场所，那就是属于我的殖民地的那个图书馆。

星期四

我往银行账户上存了五千美金。我十分卖力地在写作寓言作品。这段时间中，生活费、寓言，还有"源氏物语姑娘"都成为了我殖民地的三角洲。这个三角洲是我从艾格尼丝的三角洲逃出来后的避难所。我是流入纽约的一条小河。

突然很想读读《源氏物语》。晚上就去了城区的高级书店买了《源氏物语》的英译本。

星期五

我邀请帕特来我的新房子。他好像心情不太好，嘟囔着"怎么有女人的味道"之类的话。因此喝了一杯啤酒后我就带他出了门。两个人都不愿意提及在墨西哥的一切。可能是因为这个的原因，想要两个人谈得来还需要点时间。我作为开头问道："你活得很刺激吧？"他只是无声地捏了下我的肩膀。我邀请他去吃烤肉，他马上说："我们还是吃寿司吧！"于是我们去了格林尼治路的寿司屋。帕特一边吃着康吉鳗鱼寿司卷，一边嘟囔道：

——因为和你交往，我连纽约是什么样的城市都知道了。

——这话怎么说？

——是一个让你迷失自我，只会展示自我的地方。

——是这样的，我也这么觉得呢！

——因此人们才不断寻求自我间的对话呀！

——大概进展得不怎么顺利吧？

——为什么这么想？

——因为无论是哪一个自我，被理解认同的，都是自我展示强的那一方。

帕特说了声"是吗"，然后就陷入了沉默。我拍了拍他的肩膀让他开心一点。这时，他就像要挽回意识一样转过身来，开始对着我忏悔。

——我是在对你进行精神上的侵略吗？

——不，多亏了你，我可以任性地思考，肆意地活着。你认认真真地把爱作为对话的道具呢！我觉得你并不是独裁者，而是一边进行着自我展示，一边丰富着自我。难道我们不是互相维持着自我，互相信赖着的吗？

帕特重重地点了点头，用与刚刚截然相反的明朗表情说道：

——最近，我交往了一个年轻的芭蕾舞舞者。你也经常来我家吧，下回我看能不能让你见见！

我一边回答："我很乐意呢！"一边把他把话题转移到新恋人上这个行为理解成想要继续和我做朋友。当然，对他来说一定觉得对方不错。和并不是同性恋却谎称同性恋的人相比，纯真的舞者更容易相处吧。我并非一丝寂寞感都没有，只不过，嫉妒本身就是一种奢侈的行为吧！

星期日

昨天我没有勃起。我认为是因为我把"源氏物语姑娘"的脸与香港版"花花公子"的中国人身体合并，沉浸在自慰中的原因。古罗马"恋爱法"教导我们不要轻易浪费精液。据说做三次爱就要花三天的时间来养精蓄锐。最近我的伙食也变成了带有人肉臭味的肉餐了。

今天在做爱前我用冷水浇了一下我的下体，艾格尼丝一边舔舐着一边说："怎么像冰棒一样呢？"

星期一

今天身体感觉十分疲软，一直在床上待到了傍晚。听到隔壁房间传出来《费加罗的婚礼》中的选曲《蝴蝶无法再飞》，我一个人笑了起来。我却想到了《阴茎无法再起来》。

星期三

我去了我的殖民地。但是"源氏物语姑娘"却不在那里。整整等了两个小时，我一边写着寓言故事一边等着她的到来。我写的正是之前梦到的那个梦。我把它润色了一下并给它取了一个名字叫《宦官的冒险》。直到天黑，姑娘还是没有来。我便去了月宫酒店，那里只有英语学校的日本人小团体，于是我点了一份上周她吃的锅巴汤，吃完就回去了。

星期四

万里无云的好天气，我散步到了哈德孙河岸边。竟然看到了不常见的垂钓老人，我问他在钓什么，他冷淡地回答我："鳗鱼。"我接着问："能吃吗？"他说："就算这条河钓的全是不能吃的鱼，它也是河。"我实在是很在意这个老人，便在他身边驻足了许久。

星期五

纽约四月的太阳给人一种直面地中海的错觉。在房檐下喝酒感觉十分可口。现在还有一些微寒，然而一些急不可耐的家伙已经穿上T恤开始卖弄他们在冬天锻炼出来的肌肉了。

——天气真好啊！

——是啊，真不错！

这样的对话不过重复了三次，艾格尼丝就兴奋了起来，邀请我上床。她的身体就像受到日月变迁的影响一般，一到春天就发情。敏感地跟随四季变换挺好的，但是下雪的时候难道她就不发情了吗？

我们做了一次后一起出门。太阳依然很精神地悬挂在天上，我并没有打算把太阳一般的能量应用在做爱方面，结果却变成了那样。

春天，一派欣欣向荣的景象。气温慢慢有点炽热，我的两腿间有点潮湿，一股热流汹涌而出。

性爱过后，我感觉有点想吐。最近我十分在意艾格尼丝的体臭。

星期日

昨晚我又过度消耗了自己的体力。我本想好好爱护我的"儿子"，可是艾格尼丝却对它施以酷刑。做了三次后，如果不是因为要演戏，我的"儿子"也不管用了。艾格尼丝光着屁股穿上皮革短裙，穿着及膝长靴，像哼哈二将一样叉开腿站在床上欺负我的"儿子"。作为父亲的我也兴奋了起来，鼓噪着"儿子"。"儿子"在艾格尼丝的虐待下并没有气馁，它直挺挺的，我带点破罐子破摔的气势投入到了新的战斗中。儿子啊，我要给你取一个符合你身份的名字。以后我就叫你"斯巴达克斯"了。我也是你的奴隶，我梦到有一天我们一起回故乡（不是东京，而是一处我从未见过的安居地），我们一起战斗吧。

今天也是好天气。这么好的时候艾格尼丝的月亮使者却来了消息。怪不得昨晚她似乎有点疲倦的样子，于是今天我们安静地去了古根海姆美术馆约会。我每遇到一个东方学者，都会确认一下是不是那个哥伦比亚的"紫式部"姑娘。

星期二

在殖民地和"紫式部"约会。可能是因为持续晴天的原因，她整个人都显得清爽明朗。她告诉我自己也十分期待与我的再会。

——今晚好好娱乐一下怎么样？一日之计在于晨，请跟我待到五点吧。

我的热情与她意识之轮的旋转很好地契合了，于是我得到了——"午前的曙光和烂醉的人都让我憎恶，那么就到十二点吧"——这样还不错的回答。

我们在伦敦西区咖啡馆内一张入口附近的桌子处面对面坐着。要了一壶啤酒碰了碰杯后，我开始询问她的名字。"难道我们不是一开始就决定不称呼对方吗？"她一边这样说着，一边突然冒出一句："东山智惠子"。虽然字不一样，却和小津的《东京物语》中一位演老太太的女演员同名同姓。但是一下子把一个稍稍弓着背，坐在八仙桌的角落里说着广岛话的老太太和眼前这位轻轻抱着胳膊，歪着头注视着我的眼睛说话的聪慧女人联系在一起。这本身就是一件很难得的事情。

——智惠子小姐，请和我结婚吧！

我开了这样的玩笑后，气氛好像有点变化了。

智惠子酒量很好，她不仅没有把我的玩笑当回事，反而聪明地用更有意思的段子和双关语转移了话题。在喝光了那壶两升的啤酒后两个人都来了劲。她缓缓地拿出纸和笔，写着类似于要把已逝的哲学家从那个世界呼唤出来的咒文。

叔本华，郭威尔斯

尼采，萨特，黑格尔

牛顿，马克思，孟德斯鸠

康德，笛卡儿，帕斯卡，亚里士多德

雅思贝斯，莱布尼茨

柏拉图，傅里叶，荷尔德林

按照约定，在十二点之前我将她送到了公寓门口。虽然没有喝很多，但是不停地想玩笑让我用脑过度，总觉得有点发热。分别的时候，她在我的脸颊上轻轻一吻，我竟然像未经世事的处男一样感受到了久违的春心萌动。

星期四

我窝在屋子里读卡夫卡。因为还回味在昨晚的约会中，内容完全没有读进去。每读一行，我就绞尽脑汁地想一个段子，以此来活动脑筋。我从没想过日语中的玩笑和段子能让我如此兴奋。我讲一个段子，她听过后再讲一个，我感觉这本身就是一种带点色情的交换。分别之吻——这给两人言语上的性交划上一个短暂的句号。那个时候，我闻到她身上类似于铃兰的香味，真的如同开在杂乱花园里的一朵铃兰花。

虽然这样，两个人还是没有谈到彼此的生活。这真是一次循规蹈矩的约会啊！

星期五

那个把日记称作《刻薄的伴侣》的人是叫埃利亚斯·卡内蒂吗？可能是吧。站在被写得真假难辨、乱七八糟的抱怨日记的角度来看，估计想说的是："你给我适可而止吧！""我虽喜欢你，但我可不会为你解决烦恼的！"但是，安妮·弗兰克却十分谨慎地对待着日记，和它说着话："日记啊，我是把你当成我的家人和你谈话的！"

——日记，你虽然一句话都不能附和我，但我也会忍受的。你是我人生的老师，你教我如何变得更自由，我学着呢。如果世界和我的关系像我和日记一样就好了，我会像日记一样沉默着，与时光的变迁融为一体，悄悄地靠近他人的生活。

星期日

　　和艾格尼丝一起过周末,我们热衷于性交这件事本身让我想到一个猥琐的玩笑。日本男人出演美国黄片,能发挥什么作用呢? 虽然好色,却像一个充满孩子气的没有体力的实业家。虽然没有想过变成能控制住接二连三的发情白种女人的"李小龙"那样,但在把艾格尼丝当做对手的个人黄片中,我还是想更有用一些。

　　今天我们一边吃着披萨,一边尝试着骑乘位。昨天我学狗的方式侵犯着像狗一样吃着烤松糕的艾格尼丝。一边吃饭一边做爱是我的主意。

　　过了十点离开她的公寓的时候,我突然这么想到:我们必须分手了。两个人在性上的关系早晚会被榨干的。她已经十分享受我变态的一面,期待着我们下周再度相见的时候会是怎样古怪的玩法。我也为了不辜负她的期待不断努力着,像普通的美国人那样响应着对方的要求,想要尽到斯巴达克斯的义务。我突然想到,萨德伯爵好像是个性无能。他竭尽自己的想象力想要勃起,尝试了所有的可能。从将手指插入自己屁股,到拷打对方,甚至到了使其死亡这种地步来让自己兴奋,但结果与其说是感受到了快感,不如说更多的是一种空虚吧! 我为其可悲又规律的行为而肃然起敬,我也试着要成为这样被爱着的变态。帕特看到这样的我,说道:"不要勉强了!"确实,如果勉强的话,就无法勃起了。因为萨德伯爵就是在勉强,才不能勃起。他彻彻底底地破坏了道德的约束,成为了性暴君。也是这个原因,他才性无能的吧。

　　话说回来,萨德伯爵在维持性无能贵族的矜持这一方面,无法做到一直都能够掩人耳目。作为一个撒谎者,或是偏执狂,或是专制君主,萨德伯爵的手法尽管都很娴熟。但是他偏偏无法回避掉一个欲盖弥彰和性无能贵族相结合的形象。明明不是犹太人，却执意要去冒充犹太人，并和沉溺于密教享乐中的扎赫尔马索克划清界限。我觉得我十分愿意像扎赫尔马索克这样表面上通过品德高尚的历史学家形象来维持自己的面子，其实他的内心是一个精明得容易得意忘形的人。

话说回来，想要勃起的话，比起持续着永久运动这样的狂暴行为来奉承对方服从对方，我的阴茎更容易反抗。阴茎虽然是坚持非暴力无抵抗原则的我身体的一部分，但是也会任性地成为斯巴达克斯。我手淫的时候，它就对我的非暴力无抵抗原则十分合作。但是，我现在一心想从和艾格尼丝的阴道的关系中解放出来，然后找到独自的生存方法，一切事与愿违。对此，我感到十分疲倦。

星期三

容颜姣好。身材火辣。帕特的新恋人好像才十六岁，身上一点也没有多余的肥肉。还有那流露着干净质朴和毫不屈服的精神的清澈眼神，我觉得我见到了十分珍贵的东西。帕特偷偷在我耳边说道："这个孩子什么都还不懂呐，太过放开的话，会让他精神紧张感到害怕的。反正，这都是因为他是从捷克的小村庄直接来到纽约的原因。"

帕特会在这张白纸上书写怎样的故事呢？能书写出美好篇章就好了。我也不知为何，开始想多管闲事了。

星期四

虽然一开始十分享受互相讲段子这一过程，智惠子却好像有点提不起精神，在月宫酒店吃饭的时候对我讲的笑话完全没有反应。她一边吃着平时点的锅巴汤，一边说："下个月我必须要回东京了。"

——好不容易能认识,这也太可惜了。

不能继续互相讲段子的确是件很可惜的事。她说她和父亲约定好,学习一结束,就离开这个危机四伏的城市,回东京结婚。这算是嫁人前的修行吗?我想都没想蹦出了这样一句话。

——是因为对方已经在准备了吗?

——并没有做什么准备。

——那为什么要回去呢?

——怎么说呢。我觉得纽约这座城市不太符合我的性子。就拿书来打比方吧。有一种书你就是感觉合不来,怎么样也无法读到结尾。

——人也有这样的。

——嗯,食物也是。我就和锅巴汤很合得来。今天已经是第二十一次吃了,总感觉像是为了吃锅巴汤才来纽约的。

——既不是反日主义者也不是女性解放论者,你却喜欢吃锅巴汤?

——就是这样呢。人好像不是那么容易改变的。

我从反日主义者变成了反美主义者,变成了神经质的得意忘形者,一个形迹可疑的好人。变成了这一段时间讨厌的东西。而她,一定是一个出乎意料的,比我更会优雅地隐藏自我,而用一个半开玩笑的虚拟形象来代替自己的人吧。喜欢开玩笑、《源氏物语》还有锅巴汤的日本女人……这可真是不合理。一个性取向正常的人着急想成为一个同性恋,一个明显有人种歧视论的少数派想成为民族主义者,一个生态学家想要抛开有关地球保护的一切从事恐怖组织活动,一个洗盘子的想要冒充艺术家……这所有的生活方式不都是固执己见的虚构假象吗?被无名的压力所困扰,在某种氛围中被迫对抗自己不喜欢的生活方式。我感受到了这样的不幸。

天皇什么都不用做,他就是天皇。成为了日本人,无论智惠子在哪里，她都不会忘记日本和日本人。这才是一种自然态度。一种不会改变的人的姿态。智惠子喜欢锅巴汤，天皇喜欢热狗。可喜啊可喜。

十点和她分开的时候，我拜托了她一件事。拜托她睡觉前给我打电话，对我说"不要想些奇怪的事了"。我就会按照她说的那样，想想我们清清白白地交往，抑制住我在性方面的幻想。这当然也是感受到性兴奋的原因了。

星期六

不光是性方面的问题，我和艾格尼丝在意识方面也有了不可跨越的鸿沟。已经不能凑合下去了，今天我下定了决心，在一个月之内要结束我们的关系。

星期一

桑科在约定的时间出现了。他一边对我说着："不要再这样从白天开始就一直无味地写小说了。"一边把我带出了门。坐在驶往唐人街的出租车中，桑科这样说道："你去出演好莱坞电影吧。"这好像是一部聘用了亚洲临时演员的硬汉类推理电影，桑科之前也把我的履历书交给了制作方。在面对着波利大街的中国餐厅里，工作人员正一脸不耐烦地忙碌着，而临时演员们都安静地站在一旁的角落里，等待着不知道何时开始的摄影。临时演员们时不时冒出一句像祭礼伴乐似的广东话。一个像是副导演的男人出现了，他开始讲一些注意事项。原来我们扮演的是横躺在餐厅里的众多尸体中的一个，是无差别的枪击导致的可悲的遇难者。虽然我没有什么兴致，但是因为能收到五十美元的酬劳，于是就老老实实地装死了。

拍摄一次就通过了。结束的时候才刚过九点。从椅子上摔下来的时候，我的小腿撞上了桌角，桌子上的玻璃碎片掉落下来，看来装死也并不轻松啊。之前我也曾想过打扮成中国人试试，现在看来这一切既没有感到开心也没什么讨厌的地方。那么扮演剧中被日本人冤枉的、遭到美国人杀害的中国工程师又能怎么样呢？或者是扮演被韩国人搞错的、最后被毁容的日本人又是怎么样呢？无论是杀人的一方还是被杀害的一方，他们不都是完整独立的个体吗？从这一点来看，我不想因为自己是日本人这一身份而扮演杀人者或者成为被杀害的人。

星期五

智惠子打电话来了。在下下周，她就要回东京了。我还一次都没有和她一起度过周末呢。我是应该轻易地忘记她，还是应该在她回国之前，想尽办法纠缠她，让她对于我的记忆更加深刻，回到日本也继续交往呢？

星期一

上周末没有见到艾格尼丝，她去了朋友住的别墅。我事隔多日又成为了手淫者。下午，我帮智惠子把她的行李搬送到邮政局。好像在这个星期三，她的教授要在家中为智惠子举办回国欢送会。

我没有去她的欢送会，而是在家读书。我和她的关系不是一对一的话可是说不明白的。就算我去了欢送会，我也只不过是众多人当中的一个罢了。虽然我对她感到很抱歉，但是今天晚上，我还是想在屋中一个人度过。

星期四

我在殖民地工作没多久，智惠子就来找我了。我从她担心的表情中似乎看到了她对我的好感。我为自己没去她的欢送会而道歉。我说作为补偿，愿意在商业区为她办一个个人的欢送会。她说："我很乐意参加。"

我带她去了四巷的意大利餐厅。在用白酒和小笑话作为开场调节了气氛过后，我给了旁边的钢琴演奏家一点小费，用我独特的方式为她演奏了一曲我最喜欢的《奥赛罗》当中的选段《没有人怕我》。奥赛罗，这首充满绝望和自残的独唱，可是我的拿手好戏。升到了F调之上我就变成了假声，虽然有点喘不过气来，但总算是坚持唱完了。隔壁桌的老夫妇虽然没有给我小费，但也毫不吝啬地为我拍手叫好。

如果一切都按我的计划进行的话，十点之前我就能将她带回我的公寓。不知为什么，我眼前仿佛已经浮现出她坐在我床上的样子了。

——你像这样追过好几个女人了吧？

——我在体力上可远不如唐璜。但我也不会嫉妒像光源氏这样多情的男人。

智惠子一边接受着我的吻，一边自言自语嘟囔道："光源氏真可怜啊。"我看着她的脸问她为什么，发现她不知是不是醉酒，眼睛竟有些湿润。

——光源氏不过是实际中绝对没有的幻影罢了。他是平安时代那些地位高的女人的欲望和憧憬中幻化出来的泡影，就像一艘在女人的欲望之海中永远漂泊的小船。虽然所有的男人都是由一个女人诞生的，但光源氏却是由无数女人诞生的，他不过是一个被施了咒语而不能辜负所有期待的男人罢了。

我解释说这是智惠子磨炼和幻影恋爱的绝技。一方面，难道不是和我一样都是像猪八戒似的怪物吗？这个家伙也是好女色，走到这里调戏一下女人，走到那里又握住其他女人的手，到最后自食恶果，走投无路不得不求助于一个叫做三藏法师的窝囊废。自以为很好地洗心革面了，但是事实上他的猪鼻子还是一如往昔的呢。

我不想把智惠子心中的幻影当做情敌，也不能停止我想要触碰她乳峰之间的手。我一边像一个医生一样告诉她："很快会结束的。"一边脱下了裤子。裤子像平时一样散发着古龙香水味。她也很香。她穿着染印有小绿叶标记的日本制造的内裤，在脱下她内裤的时候，我被一种奇妙的感觉所侵袭，顿时脑袋里一片空白。

星期五

我没有使用性工具。好像是彼此沉默着达成了这样的约定。比起这个，在我脱下她小绿叶图案的内裤和看着她裸体的时候那熟悉的眩晕感到底是什么呢？即使到了今天，我身体的某处还残留着这种不安定感，让我整天叹息不止。外面的天黑了，那种不合理的感觉，变成了一种愧疚感。我为这不该来的感觉而迷惑。我自身很清楚，这是一种让人舒适的禁断的感觉。我有着和艾格尼丝交往时从未感受过的忧郁感。可能是我经由智惠子的身体，回到了爱恨参半的日出之国的原因吧？

星期日

艾格尼丝对我态度的变化表现得极其敏感。我越是假装平日那种开朗的态度，反而越是暴露得越多。她用一副认真的表情看着我，问我是不是在烦恼着什么事情。我坚持说自己没什么烦恼的，她却坚持我一定有什么。"你一副悲伤的样子,到底瞒着我什么呢？"确实在昨晚做爱时我们不怎么合拍了。我没有想到什么好的借口或是玩笑,但也不能光是傻笑,我沉默了。

——你的沉默总是能惹怒我。

——那我给你唱歌吧？

虽然我并不想唱奥赛罗的歌剧。

——别这样了,老实说吧!

已经瞒不下去了,我已经做好了坦白的觉悟。我先一本正经地用日语说道:"我不想做得意忘形的人了。"然后我稍稍想了想,又用英语说:"我厌倦了见面!"我们之间出现了少许沉默。在她说话之前,我一直为接下来的语言组织而感到焦灼。

——我们两人之间的爱情故事已经无法展开了,我想清算一下现如今的生活。

——你有了新的女朋友？是你已经讨厌我了吗？

我已经没有选择语言来说明的余地了。我抱着破罐子破摔的想法将我想的一切都说了出来。

——在和你做爱之后,我不知为何总感到寂寞。我觉得做爱很无趣。我本打算尽我所能与这种无趣进行对抗。于是,我对你做搔痒如地狱的虐待,也让你用高跟鞋踩我的下体,我甚至还尝试了一边吃东西一边做爱……我把身体每一个部位都当作是做爱的工具努力着。我想如果能互相帮忙的话,也许能感到快乐吧。但是我真的已经不行了,已经是极限了。我再也忍受不下去了。请你原谅我! 我想退出了。我最近不会再来见你,求你了,让我一个人待一段时间安静下吧？

艾格尼丝的表情眼看着变得僵硬而苍白。

——你觉得你能摆脱我吗？什么叫做求求我？

突然,她一个巴掌甩了过来,我像犰狳一样将身体缩成一团,等待着艾格尼丝的愤怒平息下来。她一副怒不可遏的样子对着我的头和背就是一阵劈头盖脸的捶打，膝盖还顶了我的肚子。最后她揪着我的头发，拖着我把我的脸撞在墙上。我流出了热扑扑的鼻血，却完全还不了手。我并没有想把痛苦转换成快乐什么的，只是心里觉得恐怖。

她很大声地哭了出来。到了这一地步已经无法回头了。我把鼻血擦掉后说道：

"干脆我们用更决绝的方式告别吧，那时我们就会互相憎恨吧。我很害怕啊。"

——我不想听这种话，总之你就是想在我变成魔女前离开我就对了，你可真是狡猾的家伙，随便你怎么办吧！

我也没办法再找借口了。这真是糟糕的结局。"我以前不是这样的！"她含着泪，决绝地说道：

——如你所愿我变成魔女了。但是，你可别想着能轻易地就甩掉我。

她对我下了咒后冲出了公寓。糟糕，我忘记取回备用钥匙这回事了。现在已经起了纷争，我这样想着，就失眠了。

星期一

智惠子走了。我在肯尼迪国际机场目送她，真想跟她一起走。我察觉到自己把她当做我的专用避难所了。

星期二

我想在殖民地写童话故事，却怎么也集中不了注意力。于是我去了月宫酒店吃锅巴汤，顺便去了四街的脱衣酒吧。我怎么也提不起兴致，就回公寓了，我听到音乐在响，还以为自己进错了房间，可是明明是我的房间啊。房间里有一个喝醉的女人，我想着一场战争无可避免了。

——这是我的房间。

——我知道啊，我买了伏特加，你喝吗？

——把备用钥匙给我留下吧？

——我会给你的，不过在这之前你要先赔偿我。你伤害了我的自尊心，又背叛了我的身体。

——我没有背叛你。

我不知道自己在说什么，只是单纯地否认。

——不是这样的。你自从和我在聚会上相遇以来，就在一直背叛我。

难道只有我告诉她我想分手才是不背叛她么？

——你就是一个伪装者，一边做出一副深爱着我的样子，另一边却为了不伤害自己，在背地里偷偷地谋划着。我如此全身心投入地去爱你，但你却都像是置身事外一般。你这个畜生！

艾格尼丝就这样站着朝我投掷来了玻璃杯。但它只是擦过了我的耳边，随后落在了地板上——玻璃杯碎了。

——我已经做了能够为你做的所有事了！

——你这是骗我的吧？

——我会尽量补偿你的。

——你能够做些什么补偿呢？你倒是说说看！

再次陷入了沉默。我在想分手费用英语怎么说，但最终没等我说出口，艾格尼丝拿着伏特加酒瓶，开始用嘴对着瓶口喝酒。"你不要这样！"我一边说着一边夺下她手里的酒瓶。眼看她就会情绪大爆发，她的身体开始发抖。

——好热呀！

艾格尼丝突然开始脱衣服。她甩开了我想要制止她的手,脱得一丝不挂之后,一边流着泪一边笑,"来,请吧"——说着便仰面倒在床上。

——停下来!现在不是做这种事的时候。

——闭嘴!你不是说要补偿我吗?

为了不让她丢人,我才必须做这些恬不知耻的事。暧昧不清才是最糟糕的。如果不通过什么行动表示的话,一切就会变得令人焦虑。假如我在这里抱了她的话,她或许就会以此为武器更加责备我了。

——打我吧!让身体的痛来缓解我心中的痛吧?

我搂着她的肩,用唇拭去她的泪水,说道:

——你很坚强!而我无法变得像你一样坚强。我并不是讨厌你。我是讨厌我自己。通过和你的关系,我看到了懦弱的自己。这可真是羞愧啊。我完全对自己失望了。无法和你平等地相爱也是因为我自己动摇了。在这场爱的战争中我输给了你。但我却很感谢你。我也明白我是绝不可能在美国文学中出场的局外人。但是我这个不适合美国恋爱故事的日本男人,也只能在日本文学中出场。

艾格尼丝握着我的手,静静地伫立着。

——但是,你却是妄图改变我出场的日本男人,以至于事情发展到如今这般地步。你是背叛了日本吗?

我一边笨拙地说明着我是局外人这件事以及和艾格尼丝无法处于同一恋爱空间这个理由,一边祈祷着她快些回去。

艾格尼丝穿上衣服,对嘴喝着矿泉水慢慢地说道:

——你真是懦弱。你不曾对女人失望吧。你也不曾在意女人的感受吧。所以你也不会失恋什么的。正因为这样你才是懦弱的。我每次对男人失望就会变得更加强大。你本打算打败我赢得胜利,结果却输了。

她的话击中了我的要害。她看穿了我只是一个愚蠢的自慰者而已。她已经把我看得如此之透，我更加要与她分手了。她把备用钥匙放在了我这里，走出了公寓。对于我来说接下来还有另一件事要做，例如收拾刚才打碎的玻璃杯。

然而刚才打碎的真的只是一只玻璃杯吗？对此，我并不十分清楚。

星期四

去旅游代理那里让他帮忙查查去欧洲的特价票。就是三百美元就能去罗马的那种。同时也必须很快就能回来。

星期五

晚上十点，艾格尼丝打来电话。

——我现在要自杀，所以想和你道别，再见！

"别开玩笑！"我叫喊着，可她就这样决绝地挂断电话。我觉得她这是在戏弄我。但是又一想，万一她来真的可就糟糕透了。于是给她所住的公寓打去电话。电话接连响了十几下，她却没有接线。或许她正被死亡的诱惑所驱使，实行着自杀行为呢！虽然这种可能性很小，但是我心里一直有这个疙瘩存在的话，今夜自然是难以入眠的。我只好磨磨蹭蹭地出了公寓的门，然后打了个的士。

到达她的公寓是在十一点前。和门口已经熟识的门侍示意一下马上就进去。乘电梯上升时我心里突然萌生一种不祥的预感。

按了门铃，但她并没有出来。我发现门是被锁着的。于是我跑去叫那个门侍。可那人早已不见了踪影，我左顾右盼之后才发现桌上写着"请按门铃"。我按了好几次之后，门侍才终于现身。

——401的艾格尼丝打电话说她要自杀，因此我才飞奔而来。

"真是个美妙的夜晚！"门侍指着入口处说道。随即便消失了踪影。我面红耳赤，接下来陷入要面对微醺的艾格尼丝的窘况。

——你果然会来。

她抚摸着我的脸颊索吻。当然我并没有回应她。

——这下你心满意足了吧？

我说着便要离开。艾格尼丝挽留我说道：

——我和你还能做朋友吗？

——只要你愿意。

——你会回日本吧？

——会回去的。

——还能再见吧？

——总会再见的。别自杀就好。

——不会的啦。我很感谢你为我留下的快乐回忆。

——你原谅我了吗？

——什么都别再说了。

艾格尼丝痛苦得脸都扭曲了。我能看出来此刻她的瞳孔都在战栗。我怔怔地盯着她不住抽泣的脸。我必须忍住眼泪，决不能同她一起哭。"FUCK YOU！"她用鼻音嘟囔着。与此同时，从她的眼睛里溢出了两行泪水。她一边用微笑掩盖着泪水，一边乘电梯离去。虽然我有一种想去追她的冲动，但我还是强忍住了。但是，我却忍不住眼眶中的泪水。我想，今后每当听到"FUCK YOU"的时候，都会想到和艾格尼丝分别的这一幕吧！

星期一

我是难以实现从自慰者这样的面具下逃离出来的夙愿的。通过受虐狂的过滤器,似乎会再次变成自慰者吧。教教我吧,巡礼者。要怎样才能获得自由呢?我到底应该怎样做呢?我还是不要再写日记了。以后我就可以暂时入睡了,直到被新的梦所唤醒。新的梦是可以从忘却的雾中看见的吧?我希望这个梦比迄今为止的任何梦都要美丽,让人心情愉快。

六　此岸之家

某个晴朗之日

　　在整理储藏室里的书柜时,我找到了一本逗留美国时写的日记。这已是时隔三年之后的事情了。被怀念驱使再读到这本日记,但日记中的自己却让我羞愧,不住地苦笑和叹息,因为我无法接受的正是昔日的自己。无论所住的环境、人,还是风格,又或是政治、经济、社会都已经发生了变化。本应是几乎不变的天皇也被更替,在这个世界上发生了三十几次的政治交替,两次战争,而我也结婚了。就连通过房间的窗户所能看到的风景也悄然发生了变化,与此同时我的生活水平也在不断提高。如果在美国写日记的我看到如今的我们的生活状况会做何感想呢?是知道自己不久将会时来运转而得以安心,还是发现自己选错了道路从而努力改变生活方式呢?相反,对于现在的我来说,三年前的我除了会开一些低劣的玩笑之外一无是处。从周一到周五我都光想着自己的事。想通过蹊跷的神秘来提高男人的魅力么?这种想法只能说是不得要领。利用做家教的部分时间学到了一名同性恋的深沉,但我并没有做笔记。或许我是像常人一样迷失在青春中了吧,不该读以前的日记。因为这就犹如坐上时光机,和以前的自己相遇一样。

要是努力写寓言就好了,一年后在日本也能够畅销吧。这样就能住在向阳的屋子里,也可以过了中午再起床,在荞麦面馆喝点小酒,去情人那里过舒适生活的钱也有了吧。而且每周休息四天。但你所不知道的事,沉寂在这种安逸生活里的我是一个病态的我。一边依附于和自己的常识相悖的人,同时就算是租房也要主张自我生活的你也和我这样与美丽的日本不相称的下流之人成为朋友。以我现在的视角来看,你是健康的。是认真动了脑,用了身体的。在纽约也没有染上这样的恶习吧。这个心病是日本风土病的一种。什么痛苦也没有。倒不如说甚至洋溢着一点温馨的情感。那家伙就是个老狐狸。突然注意到的时候已经为时已晚了。已经有点恍惚了。

　　你不得而知的是,在日记的结尾处,我开玩笑时提到的让我尝到性兴奋的那位女性已为人妻了。我并不知道智惠子的丈夫是谁。但知道这个结果,还是挺让我惊讶的。这段时间,虽然说你在和艾格尼丝上演着争斗我却意外地每天过得很开心。我不想回忆起,但是你将来一定会为了智惠子和某个美国男人展开一场个人战争吧?

　　想停止这种厌烦的感觉,因为那是如同意大利歌剧一样的恋爱战争。我认为开战之初对我是非常有利的。之所以这样说,是因为在我回到日出之国日本之后,有好几次和她约会时,她都告诉我道:"每次和你相遇都会被你所吸引。"但是与此同时,追随她来到东京的一名叫威廉的男人自诩是智惠子的未婚夫,当然,她并没有与他有过婚约什么的,只是这个威廉任性的求婚而已。话虽如此,他依然自信满满。他似乎想要有骨气地打垮我,傲慢地这样介绍自己。不知他是否明白这样只会让智惠子困扰。总之,如果不扫除我这个挡住他达成目的的绊脚石,他似乎是不会心满意足的。

　　我确信智惠子更爱我,因而有点沾沾自喜,我并不把那个威廉当回事,我想不久他也会意识到自己已经被甩了,然后垂头丧气地回美国去吧。但是他比我想象中的难以应付。几乎每天晚上都会打电话来,用他自以为是的理论攻击我。

——你没有让她幸福的能力。所以你必须和她断绝交往。

——我比你更早与她交往,我有义务保护她不受你的诱惑。

——你这家伙是想破坏我和她的关系吧。你就是个侵略者。我必须和你这个侵略者战斗到底。

——把我当做敌人你会后悔的!如果不马上分手的话,你就做好我用暴力手段来了结这件事的觉悟吧。

最初,我是一边嘲笑他,一边让他把他想说的话说个够。而我则用与平常无异的口吻反复说道:

"我不喜欢无谓的战争,况且我并没有与你争斗的理由。问题在于她是选择你还是我,不是你这样说三道四就能解决问题的。"

像往常一样,我做好了把非暴力无抵抗主义贯彻到底的思想准备。这是和艾格尼丝恋爱时所用的战略,但是在威廉眼中,我想我只是个懦夫吧。被这种老实的家伙进行电话攻击之后,我非常生气,以至于做什么都心不在焉。我不能再让那家伙用命令的口吻对我指手画脚了,下次他打电话来,我虽然想用和那家伙一样的口吻来反击他,但可悲的是,我在这种因争风吃醋而引发的争吵上实战经验不足,所以除了挂掉电话别无他法。

威廉一方面执拗地对我进行着骚扰,另一方面强行逼迫智惠子与他结婚。好像他甚至还说出——"如果不和我结婚就去自杀"——这种话来。智惠子迫于这种恐吓有些动摇了。她说是不想给我添麻烦。我劝她不要屈服于这个恐吓,你这样不情不愿地结了婚,后悔的可是你自己。我也无法再态度暧昧,含糊不清地说下去了。为了对抗威廉的恐吓,我也使出了胁迫她的手段——你如果和威廉结婚我就自杀。

她已经被逼入如果哪一方不自杀就不能圆满解决的困境中了。三角关系的当事人是无法调解的。因为无论哪一方死了，都会很困扰。当然我并没有自杀的想法，只是不想让威廉如愿以偿而已。我也不满意这种生活在没有被外敌所占领过的国家中的家伙的强硬态度。断定自己是正义的就胡说我是个侵略者。

　　无论是自由平等的国家还是世界警察，总之别把这种强大美丽的幻想运用到超越国界的恋爱中来，失恋后你就会领悟到，这个世界是不会容忍你的任性的。我通过自身来增加对他的憎恶，从而振奋士气。我只能用气势和智慧来对付威廉的勇气。但是威廉认为和平是不能被战争诱骗的。我生活在一个放弃战争，背地里卖力储存着财富的同时又享受着和平的国度里，因此为了自卫，我必须奋战到底。

　　转而言之，说起智惠子和威廉的关系，我记得好像她和我在纽约相遇的时候恰好是她和威廉说分手的时候。就她看来，回国之前不能拖泥带水地和威廉分手，只是想回到朋友关系罢了。但是威廉却想发展成超越恋人的关系，并且求了婚。正因为她为了逃避这一切回了国，反而留下了许多后患。

　　难道我是如此幸运？和艾格尼丝分手得如此不顺利，在未来又再次陷入了爱情争夺战的窘境。幸运的是艾格尼丝个性冷淡。而威廉是个喜欢揭人短抑或是个在逆境中反而更能激发出能量的人，总之是个异常难缠的家伙。一旦确信自己会胜利，一步也不退让。我的自杀宣告是假的，但那家伙也许真的会自杀。

　　如果磨磨蹭蹭犹豫不决的话，智惠子就会妥协于威廉以爱为由的胁迫了。不能就这样妥协。威廉好像劝说她学生时代的痛苦经验教会大家一点——难缠的男人虽然招人嫌，但往往能笑到最后。性格恬淡的我最后没什么好下场。但至少这次我能笑到最后。

　　智惠子总是想和威廉保持单纯的朋友关系。虽然她不能下定决心与威廉断绝交往让我焦虑不安，但我却无法指责她。因为虽说艾格尼丝也只是开玩笑，但她同样说过要自杀。那时的我曾想，与其让艾格尼丝去死还不如再与她保持一段时间的关系呢。

于是终于到了我们三人见面的日子。又不是三个关系好的人来聚聚，为什么智惠子要预订日本菜的包间呢？和这个吵过架的人我又该说些什么好呢？威廉坐在智惠子的旁边，像对战前的拳击选手一样怒视于我。到底不愧是在高中时代当过篮球运动员的人，他身材高挑而且胸膛宽厚。总算能让我得到安慰的是，大概是因为他孩童般的容颜才让我不想用暴力来解决这件事吧。

威廉率先进攻。于是我一边看着智惠子一边说：

——我是不会动摇的。你只是在玩弄她而已。我不想让你成为我们结婚的绊脚石。

——她并没有和你结婚的想法。

智惠子点点头。

——我是以结婚为前提和她交往的。我只是在等待她改变心意而已。

——那时你都变成老爷爷了吧！

我为了显示对付起他来绰绰有余，脸上泛起一丝冷笑。

——我决不允许别人把我当傻子一样耍！

——谈不拢的话，那就说说笑话吧。

——既然谈不拢那我们用暴力一决胜负如何？

这次换成威廉冷笑了。

智惠子制止威廉道：

——你们要是打架的话，我马上就回去！

无疑她是站在我这一边的。

——住口！给我好好吃饭。来点汉堡怎么样？

——打架也不行，说笑也不行，看来只有这样默不作声地吃饭了吧。

但令我意外的是，她却有一种把事情挑明的勇气。

——听着，我很讨厌始终保持着这种状态。我在这里明确地告诉你，威廉，我不想和你结婚。让我们当朋友吧。

我本以为算是我赢了，没想到还有续集。她看着我，继续道："我只是想和你做朋友。"这还真是人人平等。我觉得自己被智惠子那女人欺骗了，我心中五味杂陈，离开了那里。威廉从以前开始和智惠子就只是朋友，所以对他来说并没什么，而我却是从恋人被降格为朋友。

我如果不消除这种耻辱是无法顺心的。如果忍气吞声的话，我就会变得比和艾格尼丝分手时更没有男人尊严了。和威廉互殴，又或是打官司，我想做点什么给她点颜色瞧瞧。

我打电话给智惠子向她求了婚。虽有些意气用事，但我内心是爱着她的。这让她十分惊讶，一时哑口无言。依照她的计划，先要消除威廉和我的对立，然后再让他放弃求婚，最后让他回美国去。而我的求婚打乱了这周密的次序。我的确计划向她求婚，所以无法答应她的请求，并且向威廉宣告了我的决心。我已经相当习惯和他争斗了。我也能把他的战略当作自己的战略运用自如。

我把智惠子和威廉叫到我家。和上次在日本料理的包间见面时一样，威廉于我丝毫没有威慑力。我在气场上一定会赢过他的吧。我对威廉说："我要和智惠子结婚，请你祝福我们。"

——开这种玩笑，鬼才信呢！

——如果不和我结婚我就去自杀。

我并不理会威廉的冷笑，对智惠子宣言道。

——别用我的台词。

威廉一边说着一边骂着。

——你只是嘴上说说罢了，而我是认真的。

说着，我从厨房拿出磨得锃亮的菜刀。智惠子脸色苍白，威廉则做出一副要和我对干的状态。我跪下解开T恤，用刀使劲刺向腹部。智惠子发出一阵尖叫，威廉上前想从我这儿夺下菜刀。在腹部留下了深约两厘米宽约四厘米的切口。T恤被染成了红色。

威廉叫喊着"YOU ARE CRAZY"，然后呆呆地站着。智惠子已经疲于应付这骇人听闻的场面，哆哆嗦嗦地发着抖。

伤口马上就黏在一起了，因为是用锋利的菜刀笔直地把腹部的肌肉给切断，并没有留下像蚯蚓一样的伤痕。我无意间在什么地方读到的，在熊本县，有把切腹当作兴趣的男人。因为刀深达内脏，随时可能有因出血过多而死亡的危险。但只是用一字形切腹的话是死不了的。再加上当时我异常兴奋。不怎么感觉到痛。就好像肚子里接通了一级电热丝，我能感觉到它在变热。我甚至还有精力去制止想叫救护车的威廉，还可以自己给附近的外科医生打电话。

威廉正如我所计划的一样，对切腹的野蛮人生成了一种恐惧。伤口只切到四厘米也是多亏了他，通过这件事他总算输给了我。威廉不得不承认，"切腹"是我真心实意想和智惠子结婚的有力证明，同时他也无法继续逼迫由于我的行为而感到责任和负罪感的智惠子和他结婚了。总而言之，除了分手别无他法。

事后我也觉得不光彩。和威廉的恋爱战争结束之后，我又开始和自我厌恶作斗争。我认为对付那种明知道无法取胜却爱用暴力手段的对手，这是唯一可以采取的手段。而佯称自杀这一手段威廉最近也用过了，所以如果不先发制人的话，局势就会对我尤为不利。偶尔对威廉出招也有用，对于女人而言，一声不吭就为我白白送死的男人肯定是更胜一筹。归根结底，我在心底里赚取着智惠子和威廉的同情心。

得知我要和智惠子结婚，威廉断然拒绝了他们继续做朋友的提议。他留下一句"我们以后再也不要见面了，希望你们幸福地生活下去"后就毅然离开了东京。现在的他估计也找到了新的日本人恋人，一起吃着中国料理什么的吧？还是对日本人有了心理阴影，改弦易辙追求着中国人、越南人、韩国人，又或是变得讨厌所有东方女人了呢？这确实是多余的担心，但不知道什么缘故，我格外在意以前情敌的现状呢？

和艾格尼丝分手后我离开了纽约，经历了和威廉的爱情角逐后，我选择以和智惠子结婚的这一方式来继续今后的生活。虽然有很多波折，但这确实是得偿所愿的婚姻。如果在这场恋爱战争中输的人是我，又将是怎样一番情景呢？一切真是不敢想象。好战并且难缠的威廉现在是不是也如火如荼地和某个人打响了另一场恋爱战争呢？每失败一次，他应该都会变得更老奸巨猾，更巧言善辩，也会越发强大起来吧！现在，如果和他再战一场，也许我都会成为他的恋人吧！

如果是艾格尼丝的话会怎么做呢？虽然她曾经豪言壮语地说服我，对男人失望透顶的话就要自己强大起来，但如果看到现在的我，恐怕连失望之前最后的期待都不会抱有了吧！我有时会想起和她在一起时激烈的性爱。然后沉寂在无法自拔的自慰中。

即使不是伊斯兰教和犹太教徒，和异教徒的恋情以及性欲望都会被众人烙下深刻的异教徒分子的烙印。这就和近亲间发生肉体关系一样，而且成为异教徒或者是被异教徒分子侵犯这些事情本身就是一场战争，与此同时又会激起友好或是憎恨的情感，伴随这些情感又孕育着爱。那么，我还是什么都不做，静观其变吧。

确实只要一开始恋爱，时间就会飞快逝去。我现在十分眷恋那段时光飞逝的日子。在纽约的那段时光正是和艾格尼丝热恋的时候，时间就像上了马达一样向着未来高速前进。时间流逝得太快，以至于无论是身体还是意识都处于一种混沌状态。我想再这样下去的话怕是会招来灭顶之灾吧！就在这时，智惠子出现在了我的世界里。我们俩能互相领会对方的风趣，并且能共有一种"哀物之情"。曾经令人十分厌恶的这种"哀物之情"让我做回了自己。我想如果不这样的话，我怕是无法再坚持守住自己的本心了。

于是就完成了这样不值什么钱的小说。

威廉想用他肮脏的脚践踏那"美丽日本的哀物之情"。而我就算是编造切腹这种性命攸关的谎言也想要守住这弥足珍贵的"哀物之情"。

就这样，我意外地变成了一个民族主义者。

因为相爱所以结婚。如果我只相信这种单纯的事实就好了，然而只要一个人钻牛角尖就会迷失在诡辩的迷宫中。

智惠子曾多次向我袒露心声：

——你真是和以前大不相同了啊。你有什么事瞒着我吗？

我总是一边回答："没有什么秘密啦！"一边对她隐藏着犯罪意识。智惠子甚至还说有什么不满就直接说出来。我隐约感觉到她对我含糊其辞的回答并不满意，但这事是无法用语言说得清楚的。两个人都想默不作声地回避为增进彼此互相理解而做出努力这件事。在智惠子看来，与其在黑暗中徒手摸索超越她自身理解的自我意识，还不如不触及为妙。我尽我所能谨慎地消解着她的畏惧，爱惜着她。可能是察觉到我的这种态度，她就说什么"和以前不同"之类的话了。事实上，是我表达爱的方式改变了。这就像在她眼中即使浮现出一种类似慈善的东西，也没什么不合常理的。话说结婚以后，我一直有一种好似晕船的迷糊感觉。这令我十分苦恼。在和艾格尼丝交往以及和威廉展开恋爱战争的时候，我能够十分清楚地意识到自己在哪里，在做什么。时间也如流水般流逝着，这期间时间沉淀下来就可以连通未来和过去。我变得无法确信自己是否站在现在这一时间节点上。这是被一种似曾相识的错觉所侵扰的困惑，因为时间的循环往复而引起的。如果能够感觉到过去、现在、未来，并将这三者完美地呈现在一条直线上并列存在的话，那么这个人就不会感到迷惘。然而一旦三个时间错乱，再循环往复混在一起的话，这个时候就如同在时光中泛舟的旅人一样，连自己在哪儿、在做什么都无从知道。乘上时光机的客人即使要重返现在这个时刻，也已经不记得自己所处的位置了。因为一旦被时间的长河排挤出去，就无法再次返回原点。而我并没有乘坐时光机。我只是回到了日本而已。虽然如此，但为什么我会如此困惑呢？

　　地球的重力不仅仅是物质，也能停留光和时间，然而一旦逃出地球引力，创造出自转和公转的地球时间就变得毫无价值了。我最近认为宇宙是通过宇宙大爆炸开始，到宇宙大收缩终结这样的说法是不大站得住脚的。因为宇宙不只是单纯的像时钟和日历一样的时间的流逝，宇宙没有过去和现在，也没有未来。因此，如果没有历史，自然也不会有意识。幸运的是，我还秉承着地球重力的恩泽，终归还能在循环往复中经历着时间的流逝。地球的重力勉强还能让我的意识存在。归根结底，因为我身处在环绕地球的宇宙飞船上，所以才对宇宙感到迷惘吧！

某个月黑风高之夜

　　时钟的指针在一分钟后，一个小时后或十二小时后就会回到同样的地方。最近这点让我感到不满，于是我把桌上的时钟换成了数字时钟。它同时还带有日历。这样一来，一天就是一天，一个月就是一个月，时间就这样流逝着。

　　突然，有一种回到四年前的十二月的错觉。每周的时间表都充斥着我和艾格尼丝的性爱日程。以那时为分水岭，我变得不再害怕丢脸了。相反还光明正大做了好多丢脸的事情，甚至变得以此为傲。既然要丢脸就得先做出相应的行为。比起丢脸，待在懒惰的泥沼中一动不动反而更好。与抱有这种想法的时候相比，现在的我有了很大进步。我曾经的朋友佩鲁库依旧保持着以前的脾性，连说话都觉得麻烦，耷拉着脑袋，目不转睛地盯着自己的裤裆。他一边目送着想快步跑过净罪山据说每走完一步就能减轻一分痛苦的行吟诗人，一边自言自语地嘟囔道：

——本来想朝着天堂前进，却无法前进和后退。能做到的只有迷失。如果迷失的是令人高兴的事情倒也罢了，但在这里连个简单的避难所也没有。如果冒冒失失行动的话，就会变得比现在更糟。这也是因为这里的时间处于失衡状态，即使想朝着未来前进，突然回过神来却发现自己一直朝着过去倒退。

在我二十五六岁的时候，曾经陷入过和佩鲁库相似的感觉，但是我为什么会忘记具体细节呢？只记得失恋这件事情。对方是个性格像猫一样的女人。我挺爱慕她的。之所以这样说，是因为她明白自己的使命是不断投入另一个恋人的怀抱，对男人抱有过度的希望也只能带来更深的失望。我应该以她为榜样，和佩鲁库斩断前缘，不抱怨，也不做过分的期待，顺其自然地活下去。无论什么女人，无论在哪个场所，只要不在同一处停下脚步，哪儿都行，我觉得只要不停下前进的脚步就不会遭遇厄运。最后，我甚至下决心在自己去美国巡礼之前，必须再失恋一次。

但是，我与生俱来的忧郁性格是无法这么简单被克服的，每月都会轻微发作一次，两年一次来势汹汹的大发作。当然，我也多少变得聪明了一点，所以在即将发作之前，我就会有一种预感："啊，那个就要来啦。"但是，我并不想对它采取什么措施，所以只是嘀嘀咕咕地唠叨，并没有什么长进。

如果住在纽约的话，我想也许就不能一直这样下去了吧。但是这种想法也真够天真。因为佩鲁库并没有单纯地坐以待毙，他在强词夺理方面可是一把能手。不管是在纽约还是在东京，一旦在那里安心定居下来，在那里存在的意义也会随之消灭。我下定决心想积极主动地出个丑，直到我筋疲力尽为止才画上休止符。也为了下次能用高音唱歌。但是唱歌迟早会结束的。不，应该说是从一开始就没有要唱歌。我只是想通过这番诡辩来说明我没有要唱歌的理由。有时候，因为那番说辞艾格尼丝无法理解，没办法只好下决心出丑，我这边也应该为回报她的爱而做出努力。最初我十分困惑，可不久就变得顺其自然，虽然最后多少有点爱叽叽歪歪。但是我应该感谢艾格尼丝。

我能够十分客观地思考自己畏惧什么，不想成为什么样，自己能做的是什么。现如今想来，艾格尼丝是想用她的身体教会我生理学的知识，帕特也想通过友爱的暗喻教给我同样的事。离开纽约才知道自己处于怎样的境地之中。

我就像潜在的波鲁内托①一样，即使仿造自己，想要导演出一个变换自如的自我。但我生性是个多疑多虑的日本人。在用日语制造一些诡辩论这方面是个典型的日本人。

最近，我特别喜欢使用尼采说的话："带着敌意，战争将永无休止。"我把这句话解释为"放肆爱就可以轻易取胜"。于是我决定展开实践。按照我的解释，爱也变成了对战争的渴望。吉田先生和我一样是波鲁内托后裔，前些天老是把这样的抱怨挂在嘴边。

——放弃战争的国家的民众忍耐着寂寞，并且把当众出丑作为一种义务。正因为日本成为了君主立宪国，所以国民无论好坏都应该以天皇为榜样，但是作为无政府主义者，本该是高等游民的文学家必须抵抗以天皇为模范。如果不丢人现眼就无法美化日本。倒不如引以为

---

① 但丁名作《神曲·炼狱篇》的人物，是个同性恋。

傲，把出丑作为自己的本分。

　　不知为什么，虽然和在美国接受的以此为目的的课程一样了无趣味，但是我就是想暂且承认它是一个正确的言论。它主张日本人应该积极地成为波鲁内托。吉田先生或许是想告诉我们文学家是不同的族群吧！他们是受到了极高赞赏的一群人。确实，比起在懒惰的泥沼中嘀咕着歪理的文学家，那些相信爱，向身边撒播爱的热血文学家更能鼓动社会运动，并且发挥积极作用。

我触怒了雅赫维

　　每天都在遭受着苦难。这几天一直为痔疮所苦。一走动，外痔部分就会互相摩擦，让我如坐针毡。我把这些外痔命名为雅赫维，试图把这种疼痛转化为欢愉。忽然，又觉得给它起名雅赫维的做法是不妥当的，所以我才这么疼痛吧。这么苦恼于雅赫维的命名是因为我回到了嫉妒拥有理性的人类称呼的愚蠢的动物时代的缘故吧。

　　连日的过量饮酒和性生活触怒了雅赫维。由于辛辣的泰国料理刺激着黏膜，往复着活塞运动，所以每次肛门都紧绷……不，没有比因苦口婆心地劝说佳江小姐而长时间坐在冰冷的石凳上更难受的了。我拜托智惠子，让她帮我买点痔疮注入药剂。结束了如同受刑一般的排便，用温水洗净之后，她示意看一看患部，解释道："因为我想给你上点药。"我想用我不喜欢当众出洋相，又或是连自己都没见过的身体部位被他人看见实在太不好意思之类的各种理由来拒绝她，但是她坚称自己的肛门已经被我看了好几次，基本上是强行脱下了我的内裤。

　　我们之间因为是护士和病人的关系，所以能相互确认彼此的爱。共同努力着，想平息雅赫维怒气的我们该是多么般配的夫妇啊！

某个小阳春天气里

我梦见一位少女,她戴着粉色帽子,一边在雨中唱着游民的歌,一边挽起裙子,想取出短衬裙里面扎着的东西。年方十三四岁。要是我能看清楚她想取出的是什么就好了。她的脸庞在帽檐下若隐若现。我所记得的只是,从太阳穴垂下的长长的一串被雨淋湿的头发,能绕在下巴下面。那女孩到底是谁呢? 如果与她相约再会就好了。

某个冬日午后

在山手线的车内。我背对夕阳而坐,困意随之而来,在池袋下车的地方已经到达了田瑞 (地名) 境内。踏上归途的列车轰隆作响,我依旧是背对夕阳而坐。在我面前的是一位略带羞涩,但又泛着一丝苦笑的少年,他一直不停地抖着腿。是不是就在刚才还和心仪的人待在一起呢? 又或是在苦笑举棋不定、犹豫不决的自己,并且试图用抖腿来搪塞过去呢? 我当时怎么没请这家伙吃一个汉堡呢?

是伊荣德玛?

在新宿西口的派出所前,我从等待的人群中发现了一位丰满圆润的美女,通过各种角度,我大致能充分地观察到她。身高185厘米,体重大约80公斤吧。肌肤雪白,而且该紧致的部分十分紧致。当然该凸起的地方也格外丰满。乍一看还以为是德国歌手呢。说不定还有着能没完没了地大声喊叫四个小时爱之歌的身体呢。但是,从她的站立姿势来看,毫无疑问是一位淑女,是什么原因让她和这过剩的肉体交织在一起的呢？本来只需要这肉体的一半就足够了。这让我十分不解。

腰的位置很高，脸是小巧玲珑的那种。我尝试着以最近距离观察了一下。略微低垂的双眼，稍稍高挺的鼻子，睫毛整齐地翘着。淡茶色的瞳孔好像带着一丝不安，为了回忆起以前的事，她的视线像是不断改变着聚集所有秋天的苍蝇一样，并不平静。这双眼睛好像在看着什么，又好像什么也没有注视。

就在我犹豫要不要搭讪的时候，与她相约见面的人出现了。这是一个满脸粉刺，把铁丝一样硬硬的头发梳成大背头的胖男人。简而言之，就是一个肮脏邋遢的家伙。即便再怎么对自己过剩的肉体抱有自卑感，也不要和这种男人交往啊。

回到家，一边回忆着刚才那个女人，一边沉寂在手淫当中。就在此时，妻子刚好买东西回来，差点就被她撞见我这副令人难为情的样子。

再次邂逅波鲁内托

整整三十六个小时，漫无目的地徘徊在市中心。这样的事每月都会有一次。与其说是对自己体力的证明，倒不如说是为了通过消耗体力，让我从自己与他人的观念中解放出来。从傍晚五点离开家到第三天早上五点回家，我一直在逃跑。只要不在现在所在的地方待下去，去哪里都行。

不管付出什么代价，我都想逃离。但即使是开始逃跑，我也会马上被士兵之类的捉住吧。也许这实际上是场以想被俘虏为目的的逃跑吧。之所以这样说，是因为东京有很多我专用的以及非特定的许多人用的俘虏收容所。

我在某个俘虏收容所时，枕着邂逅的女所长的大腿，只要精神一恍惚，就会有"不准停下，动起来"这样的命令掠过耳际，我便徐徐地站起来，把自己转送到别的俘虏收容所里去。我的逃跑充其量就是这种程度。为何只是这种程度呢？如果只是为了进行自我检验，现在我也许会更认真地逃跑吧！

因为波鲁内托十分清楚自己精神上的脆弱，所以一发起什么行动就会直接受到他人的影响，同时强迫自己迎合他人的观念。这时他就会在懒惰中筑起唯我主义的城墙。结果，被自我的旋转木马所束缚，只能心甘情愿忍受在同一个地方一圈一圈地来回旋转的宿命。我想从他人的观念中逃脱，又想逃离自我的旋转木马。在这一点上，做出了想超越波鲁内托的努力。

下午五点，在荞麦面馆，我以鱼贝干货佐酒而饮。一旦脱下鞋子，坐垫和臀部就像坠入爱河一般，站都站不起来。满满地喝了四瓶酒，吃了两蒸笼之后，坐着越来越不自在，也逐渐变得无聊起来，于是我走出了这家店。竟然在这家店坚持待了一个半小时。这对美女姐妹的行为举止十分优雅，没有任何多余的动作。一打听，说是教日本舞的老师。

下午六点四十五分，去见珠代。但她还没回来，所以到咖啡店消磨时间。每读完一本周刊杂志都会打一次电话，读完四本之后她终于出现了。我甚至去公寓跑了一趟，为了能让她迎我进屋，我接连喝了两杯水。珠代家的水是经过净水器净化的。她裸身穿着毛衣，用盖膝毯替代裙子缠在腰间。"不穿衣服会更方便"——这可以理解为这副装扮背后隐藏着的信息。我对她说："如果把头发弄湿会更妖媚动人的。"于是她二话不说就去浴室弄湿了头发。

因为还没吃饭，我拿出冰箱里的东西，准备做佐山药吃的猪肉酱汤。

晚上十点，以《黄金贝尔格变奏曲》为背景音乐，我们上了床。我一边想象着DNA双重螺旋和巴赫的旋律配合法，一边努力弯着腰，以便让下体能够顺畅地扭动。如果她的喘息声能合着音乐的节拍，那就太完美了。不过似乎并没有那么合拍，因为音乐和腰的晃动，我的扭动和她的快感之间总有略微的时间差，不合拍也是没办法的事。

晚上十一点二十八分，安睡了大约四十分钟。性爱这东西就像安眠药一样。《黄金贝尔格变奏曲》加上性爱，可以让人告别失眠。我没有失眠过。就连严重睡过头的下午，对那种突如其来的睡意，我都从没想过要去做任何的抵抗。即使因为这睡意我会忘记什么重要的事，但我或许认为遗忘更重要而昏昏欲睡吧？有时也会想："说不定在睡觉的时候，我会被谁杀害。例如，珠代因突如其来的嫉妒而变得疯狂，用刚才切过萝卜的菜刀'咔嚓——'一下切下贪图一时睡意的我的下体。——哎，这样倒也没什么不好。因为我的优点就是无论何时我都能轻松赴死。"

又喝了两杯水之后，我邀约珠代："出门玩玩吗？"得到的却是她没精打采的回答："还是睡觉吧。"我已经来了精神，随即迅速穿上衣服，催促她。她说："在这里看马克斯兄弟的电影如何？"我答道："还是去唱歌吧！"

午夜零点，打的去市中心，前往新宿。前几天去了一家靠近响子的酒吧。一个客人也没有，老板趴在柜台酣然大睡。过了五分钟都还没醒来，我想他不会死了吧。就在我想回去的时候，突然听见一句声音嘶哑的"欢迎光临"。

凌晨一点吧。我爬梯子到了一家位于临时棚屋的酒吧。看到桑科在一个人喝着酒。一副失落的样子。一问才知道是落选了有一千万日元赏金的雕刻比赛。一边说着："真是没挣到什么钱啊。"一边又垂着头继续叹道："赛马赌钱也完全不行。"就在此时，也不知道时机对不对，来了一名串街卖艺的吉他手，他问道："要不要来一曲？"我为了宽慰桑科唱了一首《函馆的女人》。他也重振精神，接连唱了森进一的歌。虽然跑调了，但我也算是混杂着假声唱了一首《利哥莱托》中的《女人善变》。

　　凌晨三点半，桑科开口说想去东洋村庄。我问他走路能到吗，他回答说是就在神社前面。他并没有开玩笑。位于社内商住大楼下层的那个令人怀念的东洋村庄已经化为泡影，变成了迪斯科舞厅——一个人声嘈杂的地方。在这里与香烟的烟雾混杂着的体臭要稍微淡一点，这栋大楼里，浸湿的混凝土地板和在昏暗中格外显眼的涂鸦，一时激起了我对那个欲求不满的城镇的思乡之情。我突然来了兴致，跳起了舞，然后又觥筹交错地喝起了酒。

　　早上五点，我和桑科入住了一家小型舱式旅馆。我待在桑拿房，想除去身上的酒气，又享受了一会儿按摩。差点就要这样睡着了，突然有点喘不上气，又让我清醒了过来。从上海来的一名女推拿师在我的背上用脚轻踩来给我按摩。一边看着早上的新闻，一边喝了两杯用烧酒兑的苏打水饮料，然后就回房去了。这时不知从哪里传来一阵女人的欢悦声。竟然还有一大清早就看A片的家伙。

　　下午三点，桑科叫醒了我。他叫我再去洗个澡，然后去吃点什么东西，于是我又来到桑拿室，一边擦着汗一边洗着身体。把皮肤上的油脂都洗干净了。

　　离开这家小型舱式旅馆后，我先去银行取了些钱，又去便利店买了袜子、内衣和防裂唇膏，还吃了一碗山药泥面条。做什么来打发时间呢？我们两个人都没什么好主意，只得又跑去玩弹子球游戏，花了三千日元。

　　下午五点，和桑科喝了几杯啤酒之后便分开了。不知道为什么，总像是玩抢椅子游戏输了后的心情，我不停地给女朋友们打电话。不想承认闲来无事的只有我一人。于是按照想见面的顺序一个个打电话，打到第四个的时候，成功约到了一位。

　　下午七点半，我和美玲在谷中的一家小饭馆会合，这是正儿八经的聚餐。被看穿了我没有回家,于是虚张声势地搪塞道:"今天晚上去爽一番如何?"

下午十点,在宾馆房间的游泳池泡澡。在桑拿房一天流几次汗才会觉得身心舒畅呢?感觉好像置身于南方国家,我一边在游泳池边喝着啤酒,一边在狭小的泳池中模仿着花样游泳。看着水中美玲白皙的身体,以及被水花来回推揉、不断摇晃着的乳房,我变得异常兴奋,把在水中娇嫩欲滴的她抱到了床上。

上午两点,我被湿漉漉的床的冰冷感惊醒。她横卧在沙发上看着电视。原来是我在做梦。涂着厚厚一层混凝土的天幕下,我使劲地蹬着自行车,为了让它能在海上快速地滑行。这辆不可思议的自行车如果能以一定速度持续蹬的话,就不会沉下去。无论哪个方向都看不见岛的轮廓。连个船影也没有。但是,除此之外,却可以听见远处传来的悦耳动听的歌声。我一边思忖着这是不是传说中蛊惑船员、引诱通往死亡之路的塞壬的歌声,一边不由自主地和着这歌声,想为它伴唱低音部。但是,我的声音和塞壬的歌声并不协调。我想我应该不至于是个五音不全的人,这让我十分焦虑,但是仍然无法发出优美的和声,在空中回荡的只是我的五音不全。

七 幻想家族

幻想父子关系

我是在哪里迷失自己的呢?在我梦中的草原上,出现了以为与住在《风之谷》的环保主义者——少女娜乌西卡长得十分相似的女孩,她正在寻找四叶草。这几天,我逐渐注意到这个与我在梦中相会,又甚至没来得及相约再见的孩子。这是从世界的另一边特意出现在我面前的。我虽然担忧，不想让她受到任何惊吓，但又想不动声色地接近她，与她搭讪。她老是用一种和猫一模一样的叫声、我难以理解的语言一个人自言自语。偶尔与我对视，那奇妙的自言自语就会伴随着低回的旋律响起。

——你在做什么呢？

我想这样问问她，却无法开口。再尝试一次，但是空气好像从哪里泄露了出去，声音并不响亮。

——难道你不会说话吗？

我尝试这样说了一句，依然没什么声音。我想自己应该唱不了歌了吧，但还是试着唱了一段《唐乔万尼》。虽然发不出声音，但和旋律一样，如同空气在泄露。娜乌西卡朝我微笑，递给我一个刚摘下的三叶草。这片三叶草有五片叶子。

她朝我挥手，步伐快得像滚动一般飞奔离开了草原。我目送着她离去，我想，"永恒的夜晚"快要来临了吧。当然，我无法知道"永恒的夜晚"是怎样的一个夜晚。

这是我上周做的梦。在今天清晨现身的娜乌西卡正在空中飞翔。她肥大的白色睡衣兜满了风，这是要飞到哪里去呢？她要飞到什么地方去吗？我在河川的上空胡乱地描述着她的行踪。我朝她投掷了一根绳子，想让她用手抓住。但是绳子无法到达这极限的天空中去，在尝够了急不可耐的滋味过后，我精疲力竭，累得站都站不起来。于是，她在空中把睡裤推到了膝盖的位置。

——别在空中脱衣服啊！

或许是为了戏弄这样胡乱叫喊的我，她一边缓慢地画着圈，一边降落到我的手够得着的地方。我突然站起来，想抓住她的手腕，似乎在说让她别这么着急，等一等。替她提上了裤子，她一边高声大笑，一边朝下游的地方飞去。我虽然有些喘不过气，却仍然朝她追去。然后又跟站在自行车道上的小孩借来自行车，继续向她追去。不知何时，我乘上了一辆快速滑行车，朝着涩谷方向飞驰在246国道上。

昨天一整天都在想着女儿的事情。这个继承了自己遗传因子的女孩在哪里生活着呢？光是想想这个就能写很多虚构故事了。女儿不知道自己的父亲是谁。父亲也不知道女儿是怎样长大的。两个人不受任何现实的制约，可以任意切换于理想的女儿、理想的父亲这两个角色之间，并且十分相称。

我的女儿要像《风之谷》的娜乌西卡一样富有感受力，并且我深信她是一个无论男女老少、黑白黄种人，还是动物、植物，总之能和所有的事物心灵相通的少女。同时我也会担心，或许会在歌舞伎町与变为寻找援交对象的离家少女的她擦肩而过。另一方面，她能够把在垃圾箱中翻找报纸、满身酒气的中年男子和我结合起来，又或是幻想着她自己穿着漂亮的毛衣，以及一边带领着她参观欧洲的街道，一边给她买任何中意之物的爸爸……这一切就要靠她的想象力了。

不过仍然有一个问题。那就是即使当我在街上看到十三四岁的女孩，也不会抱有和我女儿一样大、应该再可爱点的想法，不要说下流粗俗的话吧。幸运或是不幸什么的我都感觉不到。说起来，我真的是一个十三四岁女孩的父亲吗？目前还无法验证。这十年来我一直认为女儿不存在。首先，她有一个现实中的父亲，并且会说"别开无聊的玩笑"而一脚将我踹开吧。我很清楚这一点，但是想告诉她的冲动还是在驱使我去编造这种幻想中的亲子关系。

小百合小姐在我人生最困难的时期一直陪着我。不过那是一个错误的开始。那时我刚大学毕业不久，没有固定的工作，所以做了小百合小姐的跟屁虫。钢琴家这种职业不像作家那么清闲,类似于相扑力士一样,常常在日本全国进行巡回演出,是个考验体力的活儿。我为了让她以最好的状态站在舞台上,无论是在饮食、按摩或者是在恭维和夜生活的准备上,所有东西都尽心照料。做钢琴家跟班的体力要求还是挺高的。

临近演奏会,小百合小姐就会变成像西太后一样的暴君。又是高跟鞋抵到大拇指,又是裙子的触感不好,又是会场后台的香烟味太大,或者是不爽大厅的服务人员。说这说那的,老是冲我撒气。因为发牢骚的对象只有我一个,这也是没办法的事。相反,如果演出进行得顺利,她会夸奖我说一半都是我的功劳。与其说我们是彼此相爱的一对男女,不如说我们是一起运营同一体系的搭档。我本以为我结婚会让钢琴家和跟班这个体系更加稳定,但没料到她却说:"你如果这么想的话,那么就先让我有个男人吧?"她不论对什么事都摆出一副装腔作势的样子,又喜欢不停地嘲讽别人,但是作为一名渴望爱情的浪漫艺术家,是不喜欢狂热和努力的。而且,说是对谁都不认可自己的才能而愤慨。像这样的青年只要在十年后不再抱怨懂得审时度势,掌握一些卑鄙下流的技法,也是能同时拥有妻子和情人的。而我则是阴差阳错地成为了小说家,马马虎虎算是个可以独当一面的男子汉了。这时的小百合也作为一名钢琴家开创了一片新天地,她比我性情开朗,经常和某个男人味十足的跟班打得火热,却对我敬而远之。不久,他们两个结婚,之后生了一个女儿。孩子叫玛丽,并且有两个父亲。一个是亲生父亲,一个是幻想的父亲。

小百合怀孕在一个非常微妙的时期。也可以说玛丽是从我们这种三角关系中诞生的孩子。如果小百合没有为了新情人而倾囊,或许他和我会通过剪刀石头布来决定谁才是孩子的父亲。老实说,我是想避免这样做的。记得当我听说小百合怀孕后快要临产的时候,我曾十分认真地思考过自己到底能为她做些什么。这个任性的女人竟然要生孩子——这是件多么可怕的事情啊！我一心要逃避自己的责任，不管是什么，我都愿意去做。我开始频繁地往返于图书馆，埋头于小说的创作中。因为我怀着一种必须先挣够那笔或许会被索取的抚养费的急切心情。这是我想用手中的笔来为我下半身所犯下的罪孽而善后的最初尝试。

某天小百合这样告知我。

——没有必要做什么血液检查。生出的这个孩子就是我们夫妇两人的。你完全是个外人。拜托你别来打扰我们！

这真是个最合理的请求。比起为了弄清父亲是谁而发生纠纷，还不如最初就决定父亲的人选，并且忘了那天晚上发生的事情。我与她约定绝不会违反这一协定。就这样吧，我把亲生父亲的位置让给你的夫君，也请你努力忘记我吧？

但是，过了三十五岁，时间循环流逝的话，本应该废弃在遗忘的泥沼里的过去不知在什么样的情况下，悄然出现在记忆的水面下，把安宁的现在一瞬间变成泡影。完全没有任何预告就突然浮上来了。这么说来，说不定我可能有一个叫做玛丽的女儿。在多少还相信有幸福的未来的二十岁的时候，我一次都没有想过女儿这种事情，不知怎么，最近好像开始想借幼女的力量来复活失去了自我的未来。

我从来没有想过要扰乱小百合的家庭秩序。我只是扮演着玛丽的幻想父亲的角色而已。只要玛丽爱着她现实的父亲，我这个幻想父亲的存在就被否定了。但是，对于现实的父亲的憎恨、怀疑和幻灭激化的话，在所有的方面都和现实的父亲相反的幻想父亲的姿态就出现在她的空想中。另一方面，作为非父亲的我的空想中出现的和娜乌西卡相似的玛丽也可以叫做幻想的女儿。我们自然而然的在各自的空想里结成了幻想父亲和幻想女儿的关系。

除了乡愁我已经不再拥有任何美丽的东西了。在那种程度上我已经没有能够害怕的东西了。而且，对于摆出一副保护那些因为敏感而容易受伤，碰到些什么低俗的东西多少会本能地感到害怕，把自己关在躯壳中的柔弱的少女的姿势，心里涌起了想要成为她们的精神支柱的欲望。我对于那个欲望感到很羞愧。

中年男子和少女在无意识中也有互相敌对的情况。根据不同的时间和场合，不知哪一方就会变成加害者。少女把中年男子当作啰嗦的老师、最丑陋的人种、狡猾的策略家来警戒和防范，害怕被强奸的而吓得直发抖。相反地，对于在少女面前特别注意自己的体臭、口臭、动作和体型的中年男子来说，少女就是恐怖的第三者。要是单独和少女两个人在电梯里的话，中年男子就无法应对自己的存在，会不自在地想钻进墙壁里吧？不然的话，要让自己的心情变好，除了自己成为她的父亲以外没有别的办法。对中年男子而言健康又美丽的少女是一种凶器。

——我也有一个和你同龄的女儿。

中年男人想通过对少女说这句话来把自己划入安全地带。如此软弱又安全的父亲。

但是幻想的父亲是不一样的。我没有想要把自己比喻成父亲来说明，是恬不知耻地想把自己当作名义上的父亲，来说服眼前的少女吧。幻想的父亲和幻想的女儿是彼岸的亲子关系。我们大概是飞越了平凡的中年男人和任性的小姑娘的关系，父亲和女儿之间不融洽的关系从高处能够俯视，一口气跨越了面子和道德的彼岸，扮演着近亲乱伦的角色吧。有机会的话，要是我能随着女儿的成长，自己也变得年轻就好了。这样的话，再过二十年，就有可能会变成幻想的儿子和幻想的母亲的关系吧？

玛丽，我就算是怀念我的黄金时代也不会嫉妒你的年轻的。仅仅只是担心你而已。不过，大概是因为我不能理解你心里的痛苦，虽然担心，但你们最终还是只会随性地活下去。可能比起同一年龄时期的人，玛丽认为我更接近于一个有辨别力有觉悟的大人。我虽然感觉到不幸的时代已然开始，但这只是对我来说的不幸，对你而言，这只是理所当然地接受了极其普通的事情后活下去就好。不过，与其说我没有什么可以教你的。倒不如说我觉得应该保存从你那里学到些东西这种程度的轻快感。因为这样的理由，今天正是这样一种爱的巡礼，所到之处都播撒着爱意。当然，玛丽也是我爱的标靶中其中一个。不知何时何地我们可能就会相爱。这是幻想的女儿和幻想的父亲的恋爱。

可是，虽然觉得昨天晚上像个傻瓜，却开始回想至今为止交往过的女人。仅仅交往了一晚上的人也算进去的话大概有一百四十个人左右。一时想不起的女人也在之后回想起来了，最后甚至把以前的通信录、名片夹、记事本和日记都扒拉出来了，不在纸上写出名字就无法心安。干脆把那些名字按时间顺序来排列，试着做成一个年表。勉勉强强可以做成一个简单的个人史略图吧。不由自主地，这变成了精神支柱。

在这个年表上，玛丽你的名字会被记录在什么时候呢？尽管不能回到肉体的时间，但是我们可以尝试下是否能回到心灵的时间。

玛丽，请再来我的梦里吧。这次我一定要俘获你的芳心！

玛丽究竟在哪里呢？虽然知道这是白费力气，我还是决定把这个备忘录里的一部分转写到便签上寄封航空邮件，请纽约市西十八丁目邮政局转交这封我写给我幻想中的女儿的信。

幻想的妹妹

在横滨和响子见面。她罕见地穿了条牛仔裤，她的屁股原来这么小啊。男孩儿气打扮的响子也并不差。不知怎的,我想要背着她走,她虽然说着"好害羞啊",却依然爬上了我弯下来的脊背。我知道她的乳房在我的背上被压扁了。并且,每走一步,她的鼻息就会喷在我的耳朵后面。她说:

——我们去喝粥之类的吧?

我们就那样朝着唐人街走去。行人一多起来,响子就拜托我让她下来。我说:"没事!就让我继续背着你吧!"我说:"要是喝了粥的话,下次你就要背我!"

我一边喝着粥,一边欣赏着响子。她说我的眼睛发绿。难道是因为性欲都显示在了脸上的原因吗?

在杂志上看到说在伊势佐木町建造了一栋新的旅馆,我们想去那里。还是太阳还没下山的时候,旅馆生意十分火爆。只有一间房间空着,那是类似医院诊疗室的房间。尽管认真地模仿了,房间还是有树脂的味道。我和响子并排坐在就诊桌上,发了一会儿呆。房间里不仅有医生工作服、听诊器,就连血压计都有。经常来这里练习的话,以后不用去医院了。我让响子换上了白色工作服。我扮成病人横躺在就诊台上,她把我的袖子卷起来量了血压,血压高压一百三,低压九十。"有点高啊!"她说道。然后把我的衣服脱掉放上了听诊器,她说:"我有点兴奋,特别是下面!"

——妹妹不是喜欢这样嘲笑哥哥吗?

——没有哥哥不能嘲笑啊!

——是因为今天背着你走的缘故吗,我竟然认为你当我的妹妹也不错。

——当作妹妹也没关系啊。这么想的话会更兴奋是吧。

——你说的对,因为不能把你当作真正的妹妹,看见你的裸体就会兴奋不已。

——你想我叫你哥哥吗？

——想。

响子还是不叫我哥哥，这让我很着急。我从就诊台上跳将起来，让她躺在那里，解开了白衣的纽扣。"哥哥，不要啊！"她叫道。我的下面勃起到痛了。

早上回家后，我一边看着智惠子的睡颜一边喝着啤酒。想带她去哪儿玩来减轻我的罪恶感，我从壁橱里拿出了波士顿包，把她和我的内衣裤塞进包里。昨夜还在情人的房间歌舞升平，今天早上却和妻子准备私奔似的。

——你干吗呢？

我亲吻着睡眼蒙眬的她，说道："天气这么好，想去泡温泉！"

——又出去？我们不是有段时间没见面了吗？

——所以我们两个一起去啊！

——真的吗？你还没睡吧？

——要是睡的话，又会不想动。

智惠子从床上爬起来慢慢地开始为旅行做准备。

我们住在汤河原一家古旧的旅馆里，简单快速地洗了个澡，我一个人发着呆，就我考虑过的女儿和我的关系，我开始猜测我和妻子的关系。幻想丈夫把妻子视作唯一的爱人，把外面的情人们统统视作妻子。这样的话，幻想妻子就会为守护住贞操而感到罪恶吧。我们是不是正在变成这样的夫妇呢？

开始是丈夫的男人不久变成了弟弟、变成了儿子这样的话不是经常说吗？我想过逃避把妻子当作妈妈，不让自己认为和妻子是一心同体。但是，最近是因为我有恋母癖呢，还是夫妇迎来了倦怠期呢，我们的关系怎么也好不起来。两个人身体健康的话就那样也挺好的。夫妇俩互相不能行动自由的话是得不到幸福的。我的手相有着单身生活的迹象。我们俩应该是互相单身的夫妇。我把智惠子从妻子的框架里解放出来,为了在我们之间建立各种各样的关系而努力着。出浴后的智惠子是粉色的。

幻想的恋人

果然,和艾格尼丝一起度过的那些日子我即使想忘也永远忘不掉。共有着爱恨各半的人们借用彼此意识里的某处场地,至死也要赖在那里阴魂不散。虽然在这一百四十个女性当中,也有人希望她快点搬离,但是想要让艾格尼丝搬离会很麻烦。至今为止,她还在不断地给我爱的考验。可以说在和艾格尼丝分手后,我才能开始真正地恋爱。我无法引她进入我的意识深处,她把体现出来的爱、喜好和快乐全都集结成一股叫做艾格尼丝的力量向我袭来。我总觉得被艾格尼丝爱的权力支配着让人害怕。她的爱像是被强烈的信仰证实了,要说我的爱是哪种的话,我的爱比较接近演技,可是我认为偶然做出的各种各样关系的形态是爱情。如果爱情是一场战争,艾格尼丝会胜利的。另一方面,我的爱是既没有敌人也没有援兵,只是一味地扩散着没有规则的暧昧游戏。最近我深切地觉得就是这么一回事。

我在自己的意识里遗留着类似难为情的疼痛的伤痕,随意地叫来艾格尼丝让她成就我的新恋情。之后我的恋爱技术加入了模仿艾格尼丝做法的战略,我吸收了艾格尼丝,然后,每次撒播爱之后就会更加疼爱艾格尼丝。她可能会生气,但是不久后艾格尼丝会成为我最爱的艾格尼丝。和响子、珠代、美铃、杰尼、智惠子睡觉的时候,我的心里也有艾格尼丝,那激烈的性交生成的细胞的记忆迄今依旧在熊熊燃烧。我把艾格尼丝视为我和她们性交的媒介,不对,是和媒介一起睡。

我的幻想恋人是艾格尼丝。

幻想的父亲

　　婴儿时代那种只有妈妈和我两个人的愉悦的爱是这个世界全部的幸福，但是这样的黄金时代是再也回不去了。我和妈妈蹲在世界尽头的河边穷途末路。被世界中心驱赶，被冲上世界尽头河岸的尸体翻滚着。此时，一个高高胖胖大腹便便的男人出现了。那个家伙为了物色人才，时不时地会来这个河边。这次他看见了我们，他说只要把我视作男人，把妈妈视作女人就行。然后，脱掉裤子自鸣得意地咕噜咕噜旋转着那个又长又粗布满疙疙瘩瘩的物什。

　　——我在这个人世间很有面子。跟了我的话，你就能回到世界的中心，我是守护自由和爱的兵士。我的勇姿经常能在电视上看见吧？

　　妈妈很讨厌爸爸，那个有没有都一样的爸爸。爸爸自从离开家后就没有回来过。可能在世界尽头河畔的哪个地方被沙子埋掉了，或者也许已经死了。

　　——妈妈，你要是想和那个高高胖胖一脸疙瘩的家伙走就尽管去吧。我一个人也没关系的。我留在这里找爸爸。

　　——为什么呢？你的爸爸是没有指望的，我们一起走吧。你也想变成爸爸那样吗？

　　——即使没有爸爸妈妈我也能活下去。

　　——真的吗？能做到像妈妈教给你的那样精明周到吗？什么时候想见妈妈就来吧？

　　——想见时会来的。

　　——真好啊，男孩子就该尽自己所能去爱很多女孩，没有妈妈的话，除了拿爱作为武器活下去，没有别的路了。

　　我送别了妈妈，向东边迈出步子。连续走了三天三夜，睡了一天后又开始走。第五天见到了我的爸爸。有没有都一样的爸爸果然和我想的一样,在湖边被很多沙子埋住了。爸爸还是和很久以前分开时一样,老得可怜。爸爸微笑着说道:

——哇,你又长大了啊!

——妈妈和一个又高又胖一脸疙瘩的家伙去世界的中心了。

——这样啊,但是马上就会回来的吧,因为世界的中心什么的实际上是没有的。妈妈被骗了。我们可以打赌。不过,那时世界上会发生很大的变化,现在静静地等待才是上上策。

——爸爸在这里做什么呢?

——我想要创作文化作品。

——是漫画之类的东西吗?

——是让世界变得复杂的东西。

——我还是不太明白。

——那么你去旅行就好了。试着一直往这个湖的西边走,你不知道的世界有无数个。大家都是在自己的二十世纪、二十一世纪里面活着。他们创造了自己的时间。

——但是,爸爸,时间只有一个啊!

——不对。你之所以会这么想,是因为你一直在别人的安排下生存。试着关掉电视和收音机,质疑集团的任何意见,试着倾听每个人的嘟囔。这样子你就会明白,这个世界上流逝着各种时间。立志成为世界支配者的人会想着征服时间,让它统一成一体。但那是不可能的,文化会使统一成一体的时间发生分裂。你也去过你自己的时间吧!

——那爸爸度过了什么样的时间呢?

代替爸爸回答的是爸爸像螃蟹一样钻入沙子里消失了。时机一不对,爸爸就藏起来。我用两只手扒着沙子想把爸爸挖出来。旁边有一个人看见我这样就说道:

——你这是在赶海吗？

——我在把变成贝壳的爸爸挖出来。

他是一个雕刻家，在这个水滨大约生活了二十年，至今好像一共雕刻了一万具以上的维纳斯。做好维纳斯的形状之后，作为创始人，父亲亲自强奸了她们。等待潮汐到来之际，波涛一下子埋葬了她们，接下来父亲又开始创作新的作品。

——小子，能把你挖出来的沙子给叔叔吗？我想做一个新作品。

——给了你的话，你要帮我把爸爸挖出来。

——你的爸爸已经不在这里了，你看，在那里啊。

爸爸不知何时在离我们五米远的地方探出头嘟囔着吐出一句："你去旅行吧！"

——爸爸才应该去旅行呢？

——爸爸忙于在那个世界建造王国的使命，根本无法顾得上这个世界的问题了。

我一边想着爸爸怎么这么嘴硬，一边把沙子堆在爸爸的脸上，叫道"爸爸，再见"，就一个人去旅行了。

我听从妈妈的劝告，尽可能地去爱更多的女子，猎艳像是通过下半身体验文化的工作。我爱着风景和自然，完全惊讶于人们的生活和想法，发现并怜爱着女性们隐藏的美丽和魅力。

十年前流产的小说有这么一个情节，和现在我想的事情毫无二致。读着这个就能马上睡着，在快要醒来的时候，父亲就会来到我的梦里。

父亲垂着头蹲在水边，沙子埋到了他的脚脖，全身被海藻缠绕着。仔细看的话，父亲正在哭泣，是在叹息至今做任何事都不顺利吗？接着，发出"我连海蛆都成不了"这样一句感叹。

至少我想让父亲在我的梦里是体面的，但是最终父亲尽是暴露着他丢脸的事。缩着身子搅拌着腌渍的茶泡饭的父亲、一边打着电话一边把手放在胯裆低着头的父亲、瞒着母亲加入右翼团体开始练习剑道的父亲、在电车上故意踩孩子的脚的父亲、在大物件垃圾场物色还能用的东西的父亲、喝醉后睡在车站长椅的父亲、去领失业保险的父亲……作为反面教材的父亲，现在居然越来越了不起了。

我下定决心不能变成父亲这样，然后出去旅行了，不久父亲就去世了。我旅行的目的和"我"一样，虽然是为了播撒爱，但是到了这个年纪再回顾的话，我明白在那个华丽的目的背后，我在三番五次地和自己的父亲处处针锋相对。那在二重意义里是令自己也讨厌的……他想和我一起行动，随意的信服"亲子之间的血脉相连是不容争辩的"等等之类的话，就连我也同情起他来。为了从同情父亲的那令人厌烦的身体里逃出来的那个我，我就必须杀了寄生在我身体里的父亲。至今已经杀死了好几回了，每次被杀死后，父亲却好像变得更加强大。即使死了也不会被死亡抹杀的幻想父亲。

八　上千个猥亵的夜晚

略带甜味的精液

我在上千个猥亵的夜晚继续旅行。

在最初的晚上，迷惑我的是我连名字都不知道的妻子。她在去北海道扔掉不想保存的记忆的途中与我相遇，我们默契地达成了协议。我帮她丢弃记忆，由她来平息我的性欲。

第二天晚上，她戴着银边眼镜，脸是莫迪里阿尼风格，身体是克拉纳赫风格，神经质样的外貌和颠颠倒倒的行动是放荡不羁的。她由大阪出身的南佛先生抚育长大，一直寻求着感觉到这样做可能改变自己人生的瞬间。这年，我二十岁她十七岁，我们的关系持续了半年左右。交往后的第二周她开始向我示爱。那是台风登陆东京那天晚上的事，以台风为借口我就不用回家了。在旅馆里只有两个人，不知她在哪里学的，在床上交叉着两腿，故意先是脱掉了长筒袜，脱掉了巧妙隐去奶头的内衣，像脱衣舞女新手似的。

我以她为对象，然后她以我为对象自学性交技巧，我们都燃起了好学心，四十八种体位不全尝试一遍的话就不甘心。我们两个人都很清楚，即使两人离开了，学习到的技巧也很有用。在性交方面，我们的给予和记录在她去美国留学后画上了句号。我比她晚十年去的美国，我确认这段时间的练习没有白费。我在一本音乐杂志上知道她和一个意大利人结婚，两年后离婚，离婚之后又和一个有名的雷盖演奏家结婚了。

自从和我交往之后，她欣喜于她好到爆棚的男人运，而我却有一段时间桃花运不佳。在那之后等了一年半第三个女人才出现。不对，在这种情况下可以说等得有价值吧。在这一年半的空窗期里，我看了很多专业的文章，和它们建立了性欲关系。直到第三个女人出现，我已经和百篇文章谈过恋爱了。以西班牙语的入门书和英语会话的练习为首，还有和古今中外差不多的爱情故事、各种说教性质的恋爱论、生物学和物理学的新学说，甚至是经济学和国际学之类的研究书，通过这些没有节操的看书行为，我思考了各种各样关系的形态。我以为能教给我恋爱战略的正是原子核内的粒子关系和历史层面国家之间的关系，甚至是控制句子之间关系的语法和掌握生物进化钥匙的微生物和宿主之间的关系。我的专业正是——"关系的美学"。

第三个女人觉得当时头大的我很有意思，显示了对我所提倡的"关系的美学"的理解，她说："果然不实践是没有用的哟。"率先引导我发生了肉体关系。她当时二十一岁，是东京小姐亚军。身高一米七，从上到下的三围分别是八十八、五十八、九十,但是她最引以为豪的是任何健康男人看了都会咽口水的修长美腿和乌黑长发。我背着高跟鞋鞋跟断了后无计可施的她,一直照顾着她到鞋店。即使仅仅获得了十分钟约会时间,那也可以是引以为荣的吧。

我和她交往了三个月。她那白嫩的肌肤、像唱诗班的美少年一般的脸庞、就这么能成为女模特般的傲慢的身体至今也是我的"兴奋剂"。

让她做任何事,她都能做什么像什么,但是她有着不愿意以做什么、例如像什么样的女人作为结束的野心。所以,她是不可能和我长时间交往下去的。

她以我为跳板飞去了能以更高的价格卖出自己的地方。在那之后,在我成为钢琴家小百合的跟班之前的一年里,包括一个变性人在内,我交往了二十六个女人。按两周追求一个人的速度来的话,除了体力和耐力之外,类似义务感和理念这样的东西也是很必要的。不然的话,是不能像傻子一样持续做下去的。对我来说,我不缺乏能说明自己的不可思议的激情语言。因为我是会在不久的将来成为作家的男人。

为了绝不用湿润的人工的阴道来迎接男友,优花小姐有在下面涂抹婴儿油的习惯。我记得她曾经对我说过:"我的阴道在以前可是阴茎呢,现在反过来过着第二次人生。"

我没有问过切克小姐的本名。她明明是一位牙医的助手,却总是给狗拔牙。可能是因为这样,她说话的时候才会满嘴漏风,不是说"我爱你"而是说成"我赖你"。"要是能把门牙都取下来,就会成为口活儿的名人呐!""下次我会问问医生的。"——她这样回答道。我在空无一人的就诊室里,一边吸着麻醉剂一边梦见我和没有牙齿的切克小姐做爱。但是那个梦并没有实现。

稻美小姐和我是同一所高中高我一届的前辈。我在新宿的地下通道偶然遇见参加完葬礼回家的她,一身丧服看起来很适合她。记得她高中时期很朴素，虽然用低沉不和气的语气说话，相应地又变得亲切起来，这时的她瘦得双眼皮都耷拉了。但是，声音却比以前更加低沉了。我问了她的电话号码，和她大概总共吃过两次饭。第三次是她打电话给我的，我们一直喝酒喝到半夜。然后，我一路尾随着她，本以为她还是单身，没想到她还有一个卖房子做房产销售员的老公。我借着和她私通的关系，请她帮忙介绍一间好的公寓，要是她丈夫知道自己戴了绿帽子的话，我可能会半夜被他杀掉吧。因为他的兄弟是黑社会的干部。她说："我一想到我们可能会被我丈夫杀掉我就激情高涨呢。"

真琴小姐当时是四十五岁。这么说的话，现在应该是接近花甲的年龄了。认为大妈就是失去了色相的动物的二十一二岁的我，通过真琴摒弃了这一偏见。色相是一门艺术，正是关系的美学。

她关掉了房间的灯，只有从浴室门的间隙里漏出来的一点光亮，我连她的脸和乳房都看不见。眼睛适应了黑暗之后，就连她的表情也清楚地浮现在我的眼里。皱纹和色斑在黑暗中溶解了，那里只有表情。黑暗里，我感觉她身体的触感更加妖娆。她轻松地接纳了拼尽全力往里面探入的我。灯光下的真琴没有躺在床上。与之相反的是把我吸收了的有着丰富表情的黑暗。她在黑暗里配合着我的动作不住地变换身姿，甚至好像融入了一些我想睡的女人的身体。真琴小姐在黑暗中变幻自在。要是以傲慢的色相来挑选年轻和肉体，好多男人女人和她在黑暗中的技术相比的话只能说是不中用。这么说的话。她的口活儿也很厉害呢。

有一次，她说了这样的话：

——不知是谁说过，年轻男人的精液是返老还童的灵药，我还听说对皮肤很好。但是这些都是骗人的，皮肤粗糙松弛后不管喝不喝精液，女人都会慢慢变老的。

我以前让第一个女人喝过我的精液。"那是什么味道？"我问她。

——要是说你的是红酒味的话,那就是一种轻盈爽口的辣味。

——我不觉得那味道很好。

——有一点点甜味,可以想成和鱼白差不多,也可以说和榴莲很像。

从她的话里,我得以明白,看了人的脸和体型后,就差不多能知道那个人的精液是什么味道了。好像和体臭也有微妙的关系。不讨厌年轻男人体臭的真琴好像时常拿个性强的人的精液来催吐。据说还清楚地记得死去的丈夫精液的味道,有着独特的难以忍受的涩味。她难道是把精液当成调味料来使用的吗?

丽香的茶室

大学时期,我在校园的后面租了一间四叠半的公寓,我把它命名为"丽香的茶室",把它当作校园恋爱的基地。"丽香的茶室"里只有铺开的被褥和火盆,火盆里面放了电热水壶。完成围着火盆喝咖啡这样简单的仪式之后,就让丽香(我随便给客人们取名为丽香1号丽香13号之类的)脱去衣服,做着检查和听诊这样的事玩儿。

"茶室"夏天是桑拿房冬天是冰箱。八月做爱的时候,用冰枕和冰毛巾简单对付过去,一月就慢慢地花费时间,想从身体内部暖和起来。夏天招待瘦小的女人,冬天就招待胖胖的女人。春天赏花时做,秋天赏月时做。傍晚时分和半夜做又是很特别的,傍晚和半夜做的对象区别开那就更好了。

茶道部的女子也会来茶室,好像很疑惑我的茶道的流派。首先就说电热水壶和塑胶杯子是邪道,但是我解释说我也很难理解在腋下铺着坐垫这种情景。

——茶室是思考关系的空间。一边喝着茶一边互相了解对方以达成共鸣,摸索着在我们两个人之间可以建立起什么样的关系呢?可能不能很明确地回答出来，也领悟到可能我们之间不能互相理解和产生共鸣。即使这样也没关系，至少我们还是喝着同一壶水的伙伴。不管怎么说，两人的关系已经开始了对吧，那么再把那种关系放在稍微有点不同的气氛中试试会变成怎么样呢？就是为了尝试那个才铺着坐垫的。茶道和做爱是表里一体的。你们打算把表里分开，但是人和人之间的这种关系就是表会变成里里会变成表的关系。好了，解开扣子拉下拉链扣子也解开吧。

——不要在这里。

茶道部的女子说道："因为这里连花洒都没有"。

有了想要改变茶室氛围的新的"丽香"小姐，她带来了赏叶植物贴上了车展的车模海报。因为不能讲明这不仅是我们两个人的房间，她不在的时候就用别的东西盖在海报上。我仔细地清洗衬衫打扫房间，小心地捡起长发和卷发，养成了清空垃圾桶的习惯。我在茶室的时候要么是在劝说女人要么是在打扫卫生，是绝不会和她们一起吃饭的。

算起来，大概有十五个女人出入过这间茶室。有刚刚来东京不久左右不分的新生，在六本木的夜总会打工的文学部的女生，让我看她塑形成完美的倒三角身体的游泳队的王牌，茶道部的装糊涂的女人，想随意揉捏我的肩和腰的生物学专业研究生，总是骑400码摩托上学的梳着娃娃头的女人，据说父亲是全学连书记的左翼女人，双手合十祈愿我能幸福的什么教的支部长（我也祈愿她也能幸福，我们做了），附近的女子高中的两个人（只接了吻），国会议员的女儿，网球爱好者协会的装懂的女人，漫画研究会的梦寐以求的坦克女神，来茶室睡午觉的美女，还有从台湾来的留学生。

半年过去了，我差不多也厌烦茶室了。因为猎艳的成功率下降了，我决定以一晚上两千日元的价格租给朋友。茶室非常有人气。当然，最终的结果是茶室荒废了，不干净了。

不久，"丽香的茶室"和它的本质如此的流言开始在校园里传开。"那个做爱专用的茶室沾满了精液和爱液，散发着像隅田川那样的臭味"和"那里是萝莉控的秘密俱乐部，把小学生带到房间里和她们恶作剧"之类的谣言在流传。我也厌烦了管理茶室搬离了公寓，房间的租金加上打工的工资买了一辆二手车。

把车作为诱惑女人的道具，这并不是我的本意。这样说是因为我不太会开车。开车的时候看到副驾驶座上女人的脚，常常会无视红绿灯，错过临时停止的信号。但是，"不要啊"这样的临时停车的信号和"带我去床上"这样的信号是绝不会错过的。然后，换乘到床上之后，开车也变得顺畅起来。

我一点也不想和车谈恋爱。虽然车子有车顶和发动机，但是跑起来的话什么车都不好。硬要说的话，我想要一辆把女人运到床上之后能把女人卷起来扔进垃圾箱这样的车。即使是同样的交通工具，床和登山鞋更加适合我。我虽然喜欢骗女人，但是更喜欢被骗。

从那以后，我再也没有拥有过取代"丽香的茶室"的地方。东京建了无数间情人旅馆镇压住了恋人们的兴奋。我也用过几次。不仅仅是为了发生关系，也是为了分手。在旅馆里可以吵架、安慰、被安慰、喝茶……但是，旅馆里没有"丽香的茶室"中独有的那种不可思议的距离感，以及明明一切都还很暧昧不清却能做下去的气氛。那里赋予了在两个小时休息时间这样的限制里，对对方的举手投足都预先了如指掌的意味。我在走出旅馆后对恋人说："去你家吧？"

光辉闪耀的王国

大学毕业后，社会经济不景气。空有很多过于美好的期望，但是一个工作都没找到：作为善后对策的研究生升学也失败了，为了赶快让生活安定下来，我决心做别人的情夫。那个人就是我把学生时代的"关系的美学"描绘得很美好的信寄去、并且收到了回信的钢琴家小百合。

我频繁地去往演奏会的会场，我用书来作为代替鲜花的礼物。我厚颜无耻的同时也没有忘记小心谨慎，不使用容易引起爱意膨胀的话语，我具体地展示了我想要的东西。旅行的时候，想要帮你拿行李，想为你准备早饭，很担心你的身体状况……作为情夫志愿者的企划案里应该会出现这些吧。有一天，她打电话给我："明天我要去关西一趟，可以的话，我们一起去吧？"她邀请我。我一放下听筒就飞奔去定做新的西装。现在想起来，我为了成为情夫是有点太不知羞耻了，因为不久后我就擅自把自己升级成她的新恋人了。

小百合和我最美丽的记忆是在海边创造的。那是我们去巴厘岛旅行时的事情。那时我们还没有发生肉体关系，但是，既然只有我们两个来了巴厘岛，迄今为止的关系就能全部改写了。在让人觉得全身膨胀大了一圈的热带浓重的空气下，我们两人都好像轻易地变成了另一个人。在泳池边的树荫下散漫的对话越来越起劲的时候，皮肤晒成了一层淡淡的红色，浮现出大大的汗珠。不久，全身变得刺痒无比，我们不由得跳进泳池。在向阳处，阳光太刺眼根本无法睁开眼睛，我们把眼睛眯成一条缝，什么都不想，只是凝视着对方耀眼的脸庞。在心情放松的状态下凝视的时间也渐渐地变长了。小百合接受了我的吻。我们俩之间的距离因为这种放心的状态变得暧昧起来。小百合说："进来！"在那个瞬间，我脑海中闪现了"要是有孩子的话身体也要安定好"这样的方程式。

海滨是恋爱的王国。

河流一心向海一个劲地朝海里流去。山林深处一心向雨的森林的树木在地下储藏着爱的露水,和树根谈着激烈恋爱的岩石挤出露水成了岩清水。岩清水不久后出去旅行了。在山谷的指导下,岩清水们相遇谈起恋爱就产生了沼泽。沼泽是山谷漏掉的爱的露水。山和山都爱着沼泽,沼泽成为一体就产生了河流。河流太爱岩石而伤害了岩石,岩石就碎成细末不讲理地带到了旅途上。河流搬运着无数的赠品流向了它最爱的大海。它一路刮平了道路,带来了城市,任意地掠夺着,把所有东西都搬到大海去了,也承载着亚当和夏娃这对爱人。

大海静静地拥抱着累坏了的河流,河流在大海的怀抱里平静地睡着了。

海滨是河流和大海爱的结晶。被波浪爱抚着的海滨表情丰富地笑着。沙子和波浪跳着舞吹起泡泡,一会儿热一会儿冷。波浪送给海岸贝壳和海藻作为礼物,波浪在海上享受着和海风在有限场地里的爱情。白天,波浪和阳光相恋产生了波光,到了晚上,波浪又被月光拉过来推过去。在远海和过往的船只约会,戏弄着鱼儿,和海风一起玩耍,被波浪调戏着。

在海边,爱的私语是不绝于耳的,一边听着波涛和沙子爱的私语,看着水鸟求爱,海边男子向女子求爱。不经意看向脚下,海潮里混杂了从遥远的异国运到陆地上的贡品,用过的避孕套和丢弃的女性内裤和沙子谈起了恋爱。

她在人口不足四百人的小岛上当小学老师。不记得我为什么去那个小岛。可能是为了去那里吃便宜又好吃的小吃之类的。晌午,我无所事事地在海边散步,因为听见了乘着海风飘过来的《英雄舞曲》,我试着往音乐飘来的方向走去,在一所小学里,身穿运动衫的她正在上体育课。之后询问,据说因为有两个老师请假了,才陷入同时上体育课和音乐课的窘境。

因为要玩躲避球，她让我也加入进去，奇妙的是孩子们和我很亲近。我说："和你们一起做运动，真开心！"说完，我就离开了。

从那个岛到船停靠的地方距离三十分钟路程左右的地方还有一个小岛，这里人口也是两千人左右，有商业街和酒吧。我在大一点的那个岛上投宿。下一班船来必须要等待一个小时。在我恍恍惚惚的时候，刚刚那个老师出现了。她说是乘同一趟船回家。这时她已经换上了连衣裙。

化了淡妆的她好像是想让我看见她似的。

我们在船上相谈甚欢。"今晚我们可以一边喝酒，一边接着交谈吗？"我邀请她。离开小学后，她应该也会想要谈个恋爱之类的吧。她穿着高跟鞋来见我，我们之间没有那么多想要询问对方的。我们的谈话少了，酒越喝越多。即使是几乎没有这种机会，平常都是一个人在家看书的她也没有喝醉。她没有变得活泼，也没有变得沉闷。

过了十一点，我送她回了家。她在木制的小屋里一个人生活，最大的兴趣是读书。只有白色高跟鞋的一幕浮现在我的脑海。她低着头嘟囔着："要不要进去喝杯茶？"我回答道："正有此意。"然后，我们就进了房间。

书架上摆着《初等教育》的往期杂志和儿童文学的书，墙角堆积着《哈利·波特》。我一边回想着《二十四双眼睛》是什么故事，一边等着茶。

——要是累了的话就请躺下吧，我现在马上铺垫子。

她说道。我想我并不想在这里睡，但是她可能会穿着高跟鞋一直追着我到东京。我自言自语着让她听到："喝过茶就马上回去。"

——因为从很远的地方搬过来的，什么都还没有准备，很抱歉。

她一边这样说着，一边端出了茶，在里面的房间里铺上了坐垫。

——请吧！

她说。她执着地劝我，我怎么也无法拒绝，想着只是姿态而已，就躺下来了。接着，她也躺了下来。她好像是因为什么准备也没有，至少要和你一起睡这样的想法。我一直背对着她，但是又不忍心无视她的好意，就脱掉了她的连衣裙吮吸着她的乳房。是形状不错很有张力的乳房。

——请等一下，我去拿避孕套。

我已经想不起《二十四双眼睛》到底说的是什么故事了，只记得她的身体就像入江光滑的波浪一样摇动着。

去小笠原的父岛变成了单程二十八小时的海上旅行。因为害怕晕船，小楠一直吃着东西喝着酒，在船驶出外海后就马上上了床再也不动了。我让她吃了药，她吐了一次之后，又让她吃了乌冬面就好多了。不和船摇摆的方向相背，和船成为一体就好了。做爱对晕船很有效果。我教她配合着海浪的起伏扭动着腰肢，同时不忘暗示她马上心情就会变好这件事。

小楠是给我拍人物写真的摄影师，打算去父岛上拍鲸鱼跳跃的照片。因为马上就要结婚了，计划在单身的最后和我一起制造回忆。正确的答案是，因为是我的话不会留下后患。

小岛上一共有七个海滩，七个海滩上沙子的颜色都不一样。红色、暗黄色、黑色、灰色、白色、黄色，还有奶油色。从灰色的海滩出发沿山道走一小时左右就能到达白色沙滩。在那里有无数珊瑚的碎片被海浪拍到岸上，就像亚热带的海滩一样。珊瑚的残骸和折成两半的骨头的断面很像。据说现今这个海滩上还有被冲上来的鲸鱼的骨头。再走一个小时就又翻过了一座山，从山顶上可以看见无人岛的南岛。比大航海时代的船员拼命搜寻岛的轮廓还要早数百万年前，那个岛就在那里，现在也没有任何变化。无人岛没有所谓的历史。人们拒绝带入任何历史。那种生硬的感觉正是它的美丽之处。然后恋人们穿过灌木丛，终于到达了奶油色的海滩。我倒吸了一口气，就像有生以来第一次看见大海那样。小楠迅速按动着相机的快门。我光着脚踩在沙滩上，让干燥的沙子按摩着我的脚心。时不时有螃蟹从岩石缝里窥视着我的样子。刺眼的阳光让我们开始发晕。她的眼睛含着淫靡开始湿润，我说我想要占领这片没有人的海滨，拍了她裸着的照片。在那个时候，我们像模仿波浪和岩石粗暴的亲密接触那样抱在一起。

在岛上的时候，小楠的身体一整天都处于疼痛之中。即使是渡过了南岛，在那里也说想要亲热。

南岛是光辉闪耀的王国。明明一个人也没有，研钵状的小岛却吵吵嚷嚷。在那里，沙子和海水、风和太阳、岩石和树木在进行着混乱交融的派对。无人岛的主人公是用各种各样的体位交融着的大自然。发情的恋人们顶多只是配角或者是看客而已。会这么想的好像只有我，小楠拉我到树荫下，把手放进了裤子里。像是在说为了品味和自然的一体感，衣服就是障碍物似的，她自己脱掉了衣服，加入了自然的混乱交融派对。小楠有着我前所未知的最野蛮的表情。那双眼睛像是在看着我背后什么巨大的东西，那嘴巴像是在吮吸看不见的什么东西。让我感到惊讶的是，在她的双峰之间飘浮着一种我从未闻过的像是带着酸味的青草味的体味。

小楠像是什么事也没发生一样回家了，一个月后结婚。

一见钟情的男人

经过三天的禁欲后，我去了恋人的公寓。不由得觉得下半身很不安生。突然开始跑动的话会两膝颤抖，地面摇晃。下体带着一点湿气在裤子里面一会儿向右一会儿向左。我拉住电车里的吊环，浏览着广告。在"火力大增"啦"煽情姿势"啦"高腿裤女王"里面混杂着被归纳成一行的世界东南西北的案例，在微风里蠢蠢欲动。日本、美国、俄罗斯也在温暖的微风里摇晃着。疲累的乘客们张着嘴巴打瞌睡，呻咔呻咔震动的声音从耳机里面传出来，从穿着超短裙的女性们大腿中间飘来一阵微香。我寻找着视奸对象的眼睛像苍蝇一样飞来飞去。

有时候，我意识到我的兴趣是一见钟情。刚一见面就激烈地来一次。不容分说，对方就和自己发生了肉体关系。主动方也好，被动方也好，都像龙卷风一样突然袭击。没有理由和原委，也没有理论和计划。抛出去的石头画着抛物线扑通一声落下。那种运动就是一见钟情。

打开酒吧门的时候，走向飞机座位的时候，在咖啡厅等待没见过面的中间人的时候，迎接在下一站可能上车的美女时……一见钟情是不分时间和地点的。

我在电车的窗户里发现了等待反方向电车的美少女的身影。电车的发车铃响了，在离我所乘坐的电车发车仅剩二十秒的时候，我捕捉到了她的视线。在电车开始驶出站台的时候，我和她的视线终于交汇了。视线仅仅交汇了二十秒就分离了，无数的名字和声音都不知道的站台美少女都是我的。

即使是十年前的一见钟情我也依然记得。在地铁千代田线的车厢内，从乌黑长发的缝隙里，窥见到的那张令人感伤的脸我是不会忘记的。你太瘦了，难道是有厌食症吗？"没事吧？"我向你搭话，你也没有露出很意外的表情回答道："没事！"声音也尖尖细细的，像是从别的世界哪里传过来似的。或许现在你已经在黄泉下面长眠了吧？

娼妇是一见钟情的天才。因为从一见钟情开始，刚好两个小时就可以没有后患地分手的是买卖。因为客人也支付了并不便宜的账单，即使强行硬逼也是对她一见钟情吧。无论她是O形腿，还是体毛多，不管她鼻子是弯的，还是左右两只眼不在同一线上，或者脸上尽是粉刺腮帮子鼓起也好，又或是没有下巴缺了牙齿也好，只要不是那些里面的全部就忍受吧。不对，要努力在有限的时间里面发现能充分弥补那些缺点的优点。要是遇见了让所有努力都白费这样的对手，就闭上眼睛拼命回想之前一见钟情过的美女们的身影。为了那种时候，我只要有闲暇就会整理一见钟情的记忆，为了任何时候都能拿出来摆在我脑中的架子上。在迪厅里，因为整夜发散肾上腺素的男男女女们，一见钟情大战被拉开了帷幕。那几乎是像视线导弹的攻击一样。大家都为了能更好接受攻击而盛装打扮，为了炫耀这些而登上台阶，流露出一副常常在脸上的活泼、亲切和温柔的表情。没有徒有虚名还一见钟情的家伙。我一见钟情的女子不和我对视，却屈从于有着顽皮小孩般的脸蛋、散发着汗臭味的男人。那时我一定是败给肾上腺素的量了。因为有着调皮小孩脸的男人在一见钟情的瞬间变成了狩猎的肉食野兽。

我为了一见钟情努力保持着最佳的状态。人们在自然的快感时会变得最清晰最美丽最强大。我每隔一天会做俯卧撑和腹肌练习，不舒服或者宿醉没有做练习的话，就拒绝垃圾食品和便宜的酒。并且常常听音乐。那些效果慢慢地一点一点出现了。

在意大利旅行的时候，连着几天都是最佳状态。罗马也好，热那亚也好，那不勒斯也好，街道就是为一见钟情而生的剧场。在傍晚穿着超短裙在青石板斜道上飞奔而去的美女、坐在喷泉边评价穿梭广场的男人们浅黑色肌肤的朋克少女、在晌午的屋顶上无聊地等着进了厕所迟迟不出来的丈夫的年轻妻子、挽着手站在大圣堂入口处的超级妖娆的双生姐妹、夸张地扭着小屁股让高跟鞋的声音回响在昏暗的小胡同穿着女装的同性恋、拿着冰激凌小跑穿过马路"杰诺，杰诺"叫着朋友名字的帅哥、在饭店门口剥着洋葱的白皙美女……还有很多。在卡拉瓦乔的画中永远露出一副呆相的酒神、由波鲁尼的手决定要永远陶醉的圣女和做着快要把箭射进她胸口的慢动作的天使、杀掉极尽放荡的父亲的不幸的美少女贝亚特里齐回头时温柔的脸。

　　我并没有和她们交谈过，可她们的印象却鲜明地刻在我的记忆里。像穿透了干燥空气的美声唱法的歌声那样，我的一见钟情应该也在意大利的小镇上扬名万里了吧。

　　回国后，我决定学习美声。虽然美声在浓重湿气的空气下像小曲一样，但是不管怎么说，为了努力地从根本上改变现在低声下气的生活，我变得可以做任何事。我在意大利可是思考者。虽说至今为止我也是不怎么关心气候和风土的人，但是不会没胃口却能保存体力的料理和让不和悦的人变身一见钟情者的开朗劲儿才是我所渴望的东西。我弄错了培育的场所。没有童年期和少年期那些感觉不错的回忆，那应该不是我的人种和性格的原因吧。那是因为没有交到好朋友，或是在环境和教育培植下奇妙的道德观念导致的吗？这一定只是错把淫荡很好地伪装成重要的恋爱技巧的故事。我在国外发现了猥琐、难搞、嫉妒心强、小孩子气的我自己。因为和我相反的男孩女孩们、我所成长的场所里没有的空气和自然的一见钟情，我想奋不顾身地改造自己。

　　教我美声的家庭教师是比我想象中还要漂亮的美女。听了她的歌声马上就能火力全开。希望随着我的歌声变好，我和她的关系也能变得更加亲密。

　　最开始是从腹式呼吸练习开始的。把膈膜往下拉，像风笛的皮袋那样把空气留在下腹。然后像打哈欠那样在下颚把声音一股脑地卷进去，抽掉全身力气像把声音传到一米开外的地方那样打开软腭，为了制造从腹部到喉咙的空气柱……

Oh,dolci baci,O languide carezze.

mentr'io fremente

Le belle forme discoigliea dai veil

哇哦，甜蜜的接吻，狂乱的爱抚。

我一边颤抖着，一边除去她的面纱露出她美丽的身影。

千鹤的忌辰

吉田教授有着向我介绍千鹤的功劳。我还记得吉田教授介绍千鹤给我时说："她可是一座坚不可摧的城墙，即使是我十三年的攻击也没有退让一步。"我回答说："当然是那样。"吉田教授是想把追求她的任务交接到我的手上。我虽然是很有好奇心的人，但是对于还有两三年就进入花甲的对象实在是没有追求的欲望。

她要不到三十多岁的话，那肯定就是二十来岁，她有着把年龄弄得不确定的技能，通过不嫉妒年轻来保持年轻，通过把年龄弄得不确定来充分发挥她年龄独有的魅力。开始是想找到聊天的话题而邀请她一起约会。第一次约会是在男中音的美声独唱之后，在寿司店，她喝得大醉。我原本打算问她的恋爱经历。例如，迄今为止和年龄差最大的男人的恋爱经历，有和外国人恋爱的经历吗？虽然刨根挖底地追问她在旅途中的爱情，但是都被她用"我对这些不感冒"的借口巧妙回避了。

她只说过一个有趣的事情。恋爱啦美丽啦诱惑啦幽会啦这些她都不动声色，在来来回回中，不知是什么原因，在经历了个人的成熟之后，到了可以升华二人关系的阶段，这么说来，就是单纯用通过性关系来抵达恋爱的高潮。原来如此，如果持续保持这种不动声色，她就不会犯沉迷恋爱的错误，也不会染上和年龄小的男人搞一夜情这种习惯。

但是我反而变得想模仿携手主妇的娱乐浪漫，在第二次约会的时候，我说一起去看电影吧，然后把她带进了旅馆。因为我想要看她到底会有什么反应。她则坐在床上用平常的语调说：

——快，一起看电影吧？

——呃，来做实战A片吧！

我这么说着,把她的胸罩扣子解开,手抵在了她的胸上。

——你能正视裸体的我吗? 不会变成看妈妈的裸体那样的心情吗?

我虽然因为那句话垂头丧气了,但是手还是停不下来,我一边脱着衣服一边说:"不会变成那种心情的! "她虽然没有什么反应,但是当我把手伸进她裙子里面的时候,她低声细语地问我:

——你的初恋是你的母亲吧?

——为什么这么问?

——因为我是把你当成儿子来看的,好吧,如果可以的话,就完成初恋的愿望吧。

我想她是把我当成有恋母情结的人了,我离开她的身体走进了浴室,想在淋浴喷头下把混乱的思绪全部冲洗掉。不一会儿,我强迫自己进行了自己的年轻就是野蛮这样奇妙的反省。

那天晚上,我陷入了叙述自己恋爱经历的境地。虽然想过要睡千鹤,但那只不过是装腔作势的自夸,即使是老人也可以成为恋爱对象的色鬼而已。在我假装成野蛮的色鬼之前,扮演了母亲角色的千鹤是比我还要更加技高一筹的演员。

我一厢情愿地期待从今天晚上开始,让千鹤成为我的恋爱顾问。暴露出了我所有求爱的企图之后,因为兴头正盛,我甚至说了现在我追求的女人的事。我想称呼她为"老师"的。紧接着,肯定是会发生些什么故事的第三次约会。

千鹤以想要为我介绍年轻女人为由把我骗了出来。对方是一个相当漂亮的美女,我马上就有了想要追求她的念头。吃完饭和千鹤分开后,我很正常地计划和年轻美女在旅馆的酒吧喝一杯。没想到这时她先回去了,结果什么事都没有发生,原来千鹤是想让年轻美女看看她的新恋人——我。我和千鹤在旅馆的酒吧喝酒,决定在她订好的房间里一起欢度一个晚上。

——怎么了，魂不附体地丢了魂儿吧？

被她这样一说，我大笑。

——放心吧。我把你当成儿子而不是恋人。

如果跟她学习了这种不经意地勾引、使坏的方法，我想我也多少会变得聪明一点。她把手放进我的裤子，用害羞的语气对我说："能抱我一下吗？"

在那之后不久，千鹤就被告知罹患宫颈癌，旋即开始了与病魔作斗争的生活。我前后去医院看望了她三次，这和我们约会的总次数一样。千鹤和往常一样梳妆整齐，但是因为急剧地消瘦，最后一次去看她的时候，千鹤眼睛下方开始略带黑色，眼皮松弛，完完全全地暴露出了真实年龄。

看起来有些迟钝的护士看见我之后竟然问道："您是她的儿子吗？"

我很果断地回答道：

——我是她的恋人。

那个时候，千鹤很开心。

——在医院约会真是没有情趣！

——的确如此，虽然说这里有很多漂亮的床。

——你来看我是借口，实际上是想来向护士小姐表白吧。

——哪有，千鹤你才是呢，住院也只不过是勾引年轻医生的手段罢了。

我和千鹤在病房里大开玩笑。她纯真的笑脸上充满了已经不关心魅力有无的中年妇女的亲切。那时我发现了她新的魅力。

在第二次探病之后，千鹤出院了，在家疗养了一段时间，但是不久又住院了。那个时候，我和吉田教授谈过话，说千鹤大概活不久了。因为想和千鹤互相开开玩笑，我再次去了病房看望她。看望她的时候，她说了这样一番话：

——在自己家的时候，久违地和我丈夫一起睡觉，已经时隔两年了。他对我很温柔。和他做完之后，情绪一涌而出，我哭了。

我只能假惺惺地附和着："是吗，挺好的吧？"

——虽然我也忘不了和你在一起的那个夜晚，但是在生命的最后，我还是想和我的丈夫做。

——你正是最美好的年华，还可以做很多次不是吗？

千鹤沉默着摇了摇头。然后眼角含着泪水，嘟嚷着："谢谢你。"

在那次见面的仅仅一年之后，千鹤就去世了。我是第一次面对恋人的死。吉田教授给我介绍坐在守灵位置上的千鹤的丈夫和女儿。这是我和千鹤的女儿第二次见面。我完全没有任何担心，最后和千鹤约会的时候，由她带来的年轻的小美女原来正是千鹤的女儿小爱。对和去世了的千鹤在一起这件事情我感到很尴尬。千鹤挚爱的丈夫细川是律师，看起来为人诚实。我说完吊唁词，说了"承蒙千鹤夫人照顾"之后，他没再抬起头来。

那天晚上和吉田教授喝酒喝到很晚。也说了我和千鹤上床的事。

——她这种到处留情的游戏恋爱是他们夫妇俩都认同的，给千鹤守灵的除了你之外还有她的三个情人。

我想此时只有我自己觉得最为尴尬。

——家庭破碎什么的都成不了低俗的家庭剧。

——她丈夫和她都是成人了。她的女儿也长大了。你难道没有马上对她的女儿感兴趣吗？

被他说中了。我仔细看着在我面前和千鹤长得相似的小爱，那一瞬间感觉她像自己的妹妹。

又一次因为吉田教授的牵线，我有了一次和千鹤的女儿小爱一起吃饭的机会。我对小爱有——"如果能使你母亲的死所带来的打击缓和一点点的话,那就让我暂时当你的哥哥吧"——这种多余的关心。当然我没有忘记我的企图。就像千鹤教我的那样,关于"爱""勾引""性"这种只字不提,我想从极其自然的关系慢慢地向着能感觉到融为一体这样的关系发展。

我想起和千鹤一起去酒吧听男高音独唱音乐会、一起喝酒这些事,打算跟小爱长谈,她的母亲是多么的聪明。然后,我对千鹤最好的杰作小爱说,我想找到你母亲昔日的模样。

不用我说,小爱已经知道了我和千鹤的关系。因此,和小爱没谈成,我开始忏悔了。

——你母亲生前给了我很多关心和照顾,而我只会给她添麻烦,对此我感到很抱歉。

小爱嘟囔着:

——我母亲自从过了五十岁,就觉得如果不享受人生就会是巨大的损失。很感谢你能陪伴她。她还经常向我炫耀说她在和一个小说家交往呢。上次你们俩约会的时候打扰了你们真是不好意思。不瞒你说,我和我母亲都是追星族呢!

——你们像极了有年龄差的姐妹。

——的确是这样,她有时候还和我针锋相对呢。

让我意想不到的是,千鹤在家人的印象中也许是恋爱中的中年少女吧。

——不,小爱,我第一次见到你的时候,我就想向你表白了。

我大概这样说完之后,小爱就说:"我母亲是想确认一下您是怎样成为老师的。"一下子,我觉得自己被耍了,于是,我也不由自主说出了这么一句话:"我想就是那样吧。"

——老实说,我很喜欢看老师您的作品。

这太好了，于是我邀请她一起去旅馆的酒吧，说带她去以前和千鹤一起喝酒的地方看看，她很高兴地跟我去了。到那儿的时候，正好以前千鹤坐的位置是空着的。对于我的玩笑，她也很配合，她说，如果那时你向我表白了的话，现在会是怎样呢。喝完这三杯，就会知道结果了。

——如果你母亲知道我偷偷地对你有好感，她肯定会生气的。

——她肯定会生气的。我不想违背母亲的遗言，所以请你别再跟我说要向我表白的话了。

小爱果断地回绝了我。

我问小爱，想让她告诉我千鹤留下了什么遗言。小爱向上翻着眼珠对我说：

——要当心男人，特别是……

——我知道了。

我没让她说下去。千鹤真是什么都为女儿打算好了的母亲。很久之前就读懂了我的心思。连我想对她女儿表白的事情都知道。

——我母亲也说过老师您为人诚实。

我对于想和小爱在一起的事情死心了。小爱丢给我一句话："不过就算是对诚实的人也要小心谨慎。只有通过亲身体验才能学习如何摆脱诱惑。"

但是，因为我对小爱的死心使得我和千鹤之间的情爱更加浓烈。小爱现在成为了另一个千鹤，端端正正地坐在我脑海中的客厅里。我最开始效仿唐璜，想在女性阅历表上给四十岁左右的妇女也记上一笔。然后打算在旅馆一起的那一晚之后马上逃离。然而，事与愿违的是，我不得不承认我自己成为不了唐璜。我对自己的误解仍在继续，但是不管怎样，我也只不过是如此这般的人。千鹤没有多说什么，然而她并没有误解我。

雨　后

　　男人女人最美好的年华是从什么时候开始,会持续多久呢? 会持续到恋爱的策略在记忆中被封存吗? 那些一天要手淫三次正处阳物全盛期的十几岁的男人只会日益渐衰吗? 女人只要保持着对男人的执着,她最美好的年华就会一直在吗?

　　我不再是手淫党了吗? 我真的已经成为了做着爱情生意的商人,在女人的大海里航行,顺利地完成了对爱情的经营吗?

　　在梦里,精神有些恍惚,曾经的恋人们的身影若隐若现。她们的神情和声音向我说着感谢、讲着抱怨。不对,大部分的恋人们是在抱怨。我低三下四地不断地给她们道歉。那时的我很野蛮,也没有钱,明明很胆小却很拼命,做了无数丢脸的事情。现在也在同时做着几件丢脸的事。如今的我突然意识到,只要我一直丢脸,最美好的年华就不会结束。

　　一本正经的男人最美好的年华结束的时候,我正在做什么呢?

　　即使到了二十五岁,我都不清楚我自己是不是乖巧聪明,是不是和平主义者,是不是无神论者,好不好色,有没有恋母情结,是不是谎话连篇,是不是天才,是不是很冷漠,会不会神经质,是不是理想主义者,是不是很愚蠢,是不是双性恋。那个时候我觉得自己都是,但是到了二十七岁,我觉得这些一个都不符合自己。过了三十岁,说恋爱是一项磨炼心智、技艺、身体的运动,是学习人情世故的课程,是保持理性和本能之间平衡的精神健康技能的我,还处于发情的花样年华。并不是说有对手在和我竞争追求到手的女人的数量,也不是说因为想对谁泄愤而沉溺于寻欢作乐。我想通过恋爱,模模糊糊地最终到达某个地方。我憧憬着给世人不断带去心的安宁的佛像那永久的微笑。我也希望自己有那样的微笑。看到佛像无比幸福的表情，人们会思考一下"彼岸"。佛的存在是"爱的彼岸"，而我正在体验的只不过是"此岸的爱"。因为谁都不能拥有佛那样的微笑。笑累了忽然喟叹的时候，给恋人带去心的安宁的这种爱反而会变成恶意。这就是"彼岸的爱"的极限。我想躲避追究说谎的恶棍的罪名，至少为了我能不断地朝着"爱的彼岸"前进。

之前跟我交往过的女人经常回忆起她们交往过的男人们。因为她们抱怨那些男人既不是这样又不是那样，又争辩和挑剔如此这般的我，有时候买东西买贵了，有时候又比预期便宜了，一大通的解释又带来劈头盖脸的误解，所以如果回忆过往，我也会被她们说个不停吧。不用说，因为我没有把自己比作佛祖那么厚颜无耻，所以想依靠着恋人们的帮助，如果能习惯出现在她们每个人一生的美好回忆当中，貌似也不算差呢。

冰　箱

隔了两天没回来，回到家已经快中午了。洗了个澡，一上床就进入了梦乡。差不多五点的时候醒来，打开冰箱一看，整个冰箱被肉、蔬菜、冷冻食品塞得满满的。举行个派对怎么样呢？看了下日历，日历上还没有这样的安排。又看了一眼冰箱，里面的东西至少够吃一个星期了。我体会到了智惠子暂时不让我外出的示意。

难得想做一次晚饭。可是，十一点多了智惠子还没回来。也没打电话给我。好不容易做的菜也总是像我吃的时候那样，保鲜膜里沾满了水滴，菜已经凉了。

我打开衣柜，或许是想确认一下行李箱是不是不在了，不由得叹了口气。在家里来来回回地找留言条。她的梳妆台镜子上贴着一张便利贴，上面写着：

——我暂时离开家一段时间，理由你应该很清楚，因为没有别的地方去，所以选择了纽约。

我真是败给她了。一动不动地瘫坐在地上。

在我眼里的智惠子只不过是我理想和期待的智惠子。我一直在放弃和真实的智惠子面对面的机会。仔细想想，我也知道我做不到，我看见的只是勉强符合我要求的智惠子。

可以说我的妻子也是这样。她应该是亲眼目睹了真实的我。如果哪一方变得表里如一的话，夫妻之间的纽带立刻消亡。只要夫妻之间存在着共犯关系，就必须说这种纽带强而有力。

对于我来说，妻子是我唯一的观众。她肯定是欣赏完我的谎言之后默默地为我打分。因为这并不是专业地说着华丽的谎言的妻子在做的事情。比如说，在冲绳的大学进行集中教学期间，我在济州岛的度假酒店摸着一个女漫画家的胸。那个时候，我跟妻子说，我在根本没有去过的美军嘉手纳基地附近的迪厅卷入打架风波的事，和在海边和学生们比赛喝烧酒的事。连我自己都觉得这些是不错的谎言。或者是，我在被追究衬衫上为什么浓浓地透着气味的时候，假装糊涂地问："现在几点了？"裤子上有长长的金色卷发的时候会怎样呢？无法逃避内裤上沾着口红的时候，以风俗店的女人为借口就此逃脱。小心翼翼地说谎，说着说着就成为了我的特质。说谎并不痛苦。相反，一直好好地说谎保证了我真实的生活。

在智惠子知道了我的谎言时，我染上了一种坏习惯，感觉到她是我无比珍爱的妻子。妻子每次戳穿很难辨别的谎言时，作为观众的她会表现得异常兴奋，我也沉浸在和她那种奇妙的互动感中。难道不是因为不让谎言败露而有的强烈紧张感，才让我和妻子之间的关系保持新鲜的吗？

话虽如此,对于智惠子来说,被骗也有被骗的好处。我不想过分地相信自己的谎言。总而言之,我和智惠子是共犯关系。我们之间没有谁胜谁负。不对,根据观众来说,说谎是要锻炼的,所以智惠子更胜一筹吗?无论如何,对于离家出走的理由都不清楚的妻子,我束手无策,好像她每天晚上都会回来一样,我只是静静地等待而已。当然,去找一下也可以。如果妻子不在,不再找借口就放弃寻找。然而,我没有感觉到我变得无拘无束了。何止是这样,我还特意一个人睡在妻子的床上。

每个星期最少也有一天,我和智惠子是和睦亲密的夫妻。我叫智惠子"小智""智宝宝""智智"什么的,智惠子叫我"讨厌的""我的小睡衣"。我经常模仿芭蕾舞中的托举动作,把她举起来。晚上的时候,背起站在洗手间的她,为她提供接送服务。经常在床上为她"取暖"。这是黑猩猩在群体中为了互相确认友情而互蹭屁股的行为。智惠子自己也多次要求"取暖"。而且,她喜欢勃起不了的那种软软的感觉。

妻子的恐怖活动

我和大部分的快递、报纸、书籍还有冰箱里的食物生活整整三天了。第二天的晚上等得着急的电话打来了。她一开口就说:"我想求你一件事。"虽然在这之前,我想问的事有一大堆,但是现在我让她问。

——请不要想跟我离婚。

我故意停顿一下后,回答说:"好的。"虽然以"为什么要离家出走呢"这个问题为先导,然后一百个"为什么"朝着我的喉咙蜂拥而至,但是我硬是全部憋了回去。

——久别了的纽约怎么样了呢?

——变化很大呢。

——没有去月宫酒家喝锅巴汤吗?

——现在想去呢。

——什么时候回来？

——四天之后。回去了也没关系吗？

——当然！

——你想买什么东西吗？

——如果有新出的歌剧录像带的话，就买给我吧。然后给我买些牛肉干。

我们之间就像没有事发生一样地聊着。我还是在她快要挂电话的时候，很快地说了一句："为什么要离家出走呢？"她一边敷衍地笑着一边叹着气说：

——即便是你，估计也会时不时地想起我吧。你可是专业的说谎高手。如果写像《妻子的离家出走》《离家出走的理由》这样风格的短篇小说就好了，我给你打高分，看看你有多了解我。

我无言以对。智惠子拼命地想改变夫妻间应有的状态，难道她是家庭关系中的恐怖分子吗？

桑科说过这样的话："移情别恋败露后引起癔病的那个晚上，她看起来光芒四射。"大概一边互相流着和解的眼泪，一边做爱吧。虽然桑科也说过"移情别恋是为了重新爱慕上妻子的仪式"，但是我并不认同。一定是因为我对妻子的恐惧之念十分强烈。桑科这样说如果是想保住男人的面子，那我大概是想守护被夫妻间的爱以及所有恶俗的爱玷污的爱情的那份纯粹吧。

悲伤的光源氏

虽然唐璜使结婚闪闪发光，诓骗对方，以发情的单身的状态终其一生，但是光源氏是个连结了婚还是没结婚都不清楚的男人。如果说谁追求女人的方式更好的话,唐璜是强行硬干,光源氏是抓住对方弱点进攻。大概因为唐璜基本上不追求理想中的女人,所以也不会感到失望。相反,光源氏为了追求到理想中的女人,从孩子小的时候就开始培养成为他的妻子。虽然光源氏在追求到女人就变心这点上比不上唐璜,但是光源氏把女人照料得好是唐璜真正缺少的优点。总之,唐璜和谁都没有结婚,光源氏和他追求到的女人基本上都结了婚。在某种程度上来说,应该是不太清楚女人的恶俗、愚蠢和复杂。

两个人都是专业的说谎高手,但是唐璜对一个女人只说一次谎话。然后就逃向别的女人的怀抱。毫不介意女人要追来,要责备他,要大声呼喊他是骗子。因为和女人上完床之后就抛弃她们,所以也不需要为了维持感情而苦恼。相反,光源氏无论到哪里都说谎,找借口,甜言蜜语,无论什么时候都和女人藕断丝连。没有终结和女人的关系。唐璜把他追求的女人记录在了手册当中。那么光源氏追求的女人呢,在他建造的宏伟的后宫里住着,在爱情中争风吃醋直到死去。

那么,他们俩谁更有体力呢?

对于这点,很难马上做决定。如果竞争的话,唐璜会赢。就在一个晚上能与其做爱的女人的数量来说,大概也是唐璜胜出吧。可是,唐璜阳痿之后,就已不能取悦女人。不玩女人之后,只能看看名册,寂寞地度过余生。光源氏即使不勃起,也有女人喜欢他。他运用"取暖"和视奸这样的性爱技巧,自己也一直爱着这些女人。就打长期战来说,光源氏更占优势。

唐璜总是被死亡阴影纠缠着。虽然卡萨诺瓦也是这样,但是唐璜是从罗马开始不断远离的巡礼者。当然也可以说成是"流亡者"。淫棍是不能长时间在某一处停留的。爱情的怨恨和食物的怨恨一样,都会攻击人。被嫉妒驱使,妻子跟别人私通的丈夫和被抛弃的女人将自己置身于不知何时会被杀害的险境,顺便也充分地分泌肾上腺素,不断地移情别恋,除了这些之外没有别的延长生命的方法。因此,同情他、期待他临幸的女人连续不断。

说起来,培养唐璜成为能游离于女人之间的淫棍的人,是他的父亲。他爱着自己的母亲,但是被禁止恋爱。这成为他的心理创伤。唐璜败给最开始的情敌的时候,为了泄愤,想把所有的女儿从她们的父亲那里夺来占为己有。对母亲的爱愈演愈烈,唐璜要诓骗更多的女人。他以世界为舞台,展开和父亲之间的个人战。这完全是在给别人添麻烦。他是俄狄浦斯,因为他想征服世界来补偿他对父亲的憎恨、对母亲不满足的爱。虽然遭到天谴掉落到地狱,但是他一直拒绝悔改,把恶发挥到极致,也许一定会成为地狱的管理部长。因为天谴什么的连屁都不是。如果他被女人咬断阳物的话也是不错的。不能依靠这个又长又粗又硬的东西的时候,他就会清楚了吧。没必要卖弄又长又粗又硬的东西,这个世上,还是充满着让人眼花缭乱的爱情的美丽。鲜花满地盛开,小鸟叽叽喳喳,月亮阴晴圆缺,河流承载着亚当和夏娃不断流淌,这些包罗万象的营生全是被爱包围着吧。眼前,阳痿了没有了阳物的唐璜难道不是成为松尾芭蕉了吗?

光源氏在体力衰退之后,不只是对女性,也对世间的森罗万象充分发挥着他发现美的才能。那个时候的他也曾像唐璜一样傲慢,是一个坚信不疑地认为世界是围绕着自己旋转的野蛮人。只是,和唐璜有着不同的父亲。光源氏的父亲是一位溺爱骄纵自己的儿子,连自己的妻子都可以私通的天皇。实现了和与生母极其相似的继母恋爱的想法,这样的光源氏也不应该有对父亲的仇恨。他甚至对父亲怀有罪恶感。和有着如果不杀了父亲就不能成为够格的男人这样想法的俄狄浦斯的后裔不同,光源氏没有必要杀害自己的父亲,只要体谅父亲就好。平安时期没有战争,也没有某天贵族突然沦落为奴隶这样的事情,生活在这样的时代,不管是父亲还是儿子,都丝毫没有必要成为够格的男人。要的只是父亲骄纵儿子，儿子体谅父亲。

对于光源氏来说，没有男人的面子什么的这回事儿。如果想要维护男人的面子，就多余地让自己屈服吧。他最拼命地想维护女人面子的时候，让男人抬起了头。世上也不存在像光源氏这样远离虚荣的男人。

"男人也尝试一下女人独有的虚荣吧"。爱慕虚荣的不是光源氏，而是宫廷里的那些女人。她们通过玩弄光源氏来体现虚荣心。

爱的彼岸

智惠子回家的时候，我因为吃了安眠药正在沉睡。一次能睡十二个小时的话，简单计算一下，感觉两天变成了一天。

一撬开像被订书机订起来了的眼皮，就看见了智惠子。我不知道自己是在看电视还是在做梦。她的脸上被蒙上了模模糊糊的一层雾霭。

——你在干什么呢？

我想如果她这样问我的话，我是回答"在睡觉"还是"在做梦"呢？智惠子对我笑了笑。随着如被乌云笼罩般的意识逐渐地清晰，对智惠子不可思议的想念涌上心头，我一把把她抱过来。为什么连她的重量和肉的厚度都感受不到，为了求得强烈的手感，我在抱着她的手臂上倾注了力量。我听到她痛苦地说："这样很难受。"我成了抱住猎物不动的蜘蛛，脚也搭在了她身上。她在我的梦里是一只被活捉的猎物。我觉得如果不好好地抓住她的话，她会再一次溜进我的梦里。与其这样，不如我自己干脆回到我的梦里。我想说些什么，可是像得了急性失语症一样，嘴巴成"啊"字形看着她。大概过了十秒钟，我终于开口说话了："我爱你。"

她说：

——我也是。

就这样很长一段时间，我和智惠子迷迷糊糊地抱在一起。她也是一种因为有时差，一闭上眼睛就马上要向前倒的状态。

晚上九点左右，我们就像约定好了一样睁开眼睛，完完全全地恢复了意识。在我面前的是一个和我的了解有什么不同的智惠子。怎么说才好呢，她和我一起去喝锅巴汤的时候，像是我的阿姨一样，现在的她和那时有一点不同。然后，我改口叫她"智惠子小姐"，像是为了自己偷偷地自言自语叫她"妈妈"，在我面前的是一个这样的女人。我也许是想像关怀年迈的母亲一样关怀我的妻子。不对，我是把妻子当作一个装置，当作一个像母亲一样为我妥善处理我的罪恶的装置。我私下认为，我要侍奉代替神的母亲、代替母亲的妻子，为她们祈祷。

——我肚子饿了。

——是吗？弄点什么吃的吧！

我站在厨房里，被关怀和战栗相互交织这样奇妙的感觉缠绕。我制止了打算说"我来做吧"的智惠子。

——交给你老公我吧。我是依靠你的小白脸呢，这并不是什么讽刺的话哦！

把冰箱里剩下的食物全部拿出来，做了墨鱼炒青椒、山药丝和汤粉。做菜什么的总是能让妻子开心。我在厨房做菜也是一种让她平息愤怒的仪式。我和智惠子稍微有点拘谨地开始吃饭。她面带微笑地说："真好吃。"趁着那个时候，我问了她一句："你还在生气吗？"

——我一直爱着你，就算在纽约，我也每天想着你。一直如此。即便是你到处走走停停的时候也是这样。或许，我们相遇的时候，爱情的黄金时代已经过去了。在这之后，我们会一起慢慢走向死亡吧。

她是想说什么吗？我一边感觉到恐惧，一边小声说着。

——不要说那样沉闷的话。

——有时想象了一下你摆着不自然的姿势一动不动的样子，想到那个时候终究会到来就悲伤得不得了。所以我常常思考，是不是要从现在开始就做好心理准备呢。

——什么心理准备？

——为了自己一个人也能好好活下去的心理准备。

——我难道就快死了吗？

——天有不测风云。说不定突然就自杀了。

——绝不是在纽约的时候就有这样的心理准备了吧？

——我心情好多了。对于突然的离家出走，我感到很抱歉。但是我想拥有自己一个人也能生活下去的信心。因为我们的心没有紧紧地挨在一起，所以才觉得没有别的办法。

智惠子说完这番话，叹了口气，然后像重新振作起来似的朝我笑了笑。虽然我想读懂她的一字一句，但无论如何也只是理解了字面意思。在我的意识中是什么东西让她对我的控诉毫不动心了呢？就像因为一句"怎样都行"就会让感情的不稳定消失吗？我对此也心怀罪恶感。总之，在和妻子说话的时候，我其实也在和自己说话，在假装关心妻子的时候，其实也在关心自己。也许我只是喜欢假装别人的自己。有时，妻子用像是不太满意的眼神看我，为了隐藏错误的恶劣性，我就会搞笑或者编故事。

我觉得当妻子是一份很吃亏的工作。即使拿《源氏物语》中的女人来说，身为正妻的紫上也是最可怜的。在纽约的时候，完完全全沉浸在《源氏物语》的世界里，这样的智惠子如果回想一下自己的话，也会感同身受吧。她一定是想重新改变我们之间的夫妻关系。但是怎么办才好呢？她变成了弥补我自己罪恶感的装置。我不能想象这对于她来说是值得高兴的。把妻子变成这样，这件事本身是我只想把妻子改变成适合我自己的最好的证据。

我好像不自觉地深信，生活没有波澜、没有曲折、单调乏味，罪魁祸首的不是别的，正是自己的妻子。我在想，把我当作波鲁内托，平常把我封存在相同的地方，这些是不是妻子的阴谋呢。现在我可以明确地说，这完全是自己在乱发脾气。与其这样，还不如说妻子在悄悄地教我一些东西，教我没有开始没有结束，所有的一切都在路上，所有的一切在行将结束的时候如何生存下去。

—— 一起去洗澡吧，我给你擦背。

我说完后，她一边点头，一边用手指擦去粘在我嘴角上的米粉。突然，"爱的彼岸"这几个字像麻雀一样在我脑海里一闪而过。

少年易老

那个少年像是我的儿子。笑的时候也是一副困惑的表情，僵硬着没有赘肉像勺子一样裸着的上半身。稍稍地散发着还没有完全变成男人味的小毛孩儿的体臭。像是面粉的味道。我想用安全剃须刀为他剃掉还是胎毛的胡子，为了不弄伤他鼻子下面的粉刺而小心翼翼。

我只记得这个场景。醒来之后，我想难道自己不是正在给二十五年前的自己剃胡须吗？如果是的话，这件事倒像是在自慰。不，那也许真的是我的儿子。不记得什么时候的过去的梦里，和一个女人过了一夜，然后有了儿子，难道不是这样吗？儿子不知不觉地在我梦里像长胎毛一样成长着。我疏忽了，忘记问他的母亲是什么人了。反正还能遇见吧。和女儿玛丽一起来见我是最好不过的。到那个时候就要想想儿子的名字了。

可是，我总感觉梦里的儿子和菊人相似，气质上也像以前穿着垫肩的布拉格的芭蕾舞者。与其这样，还不如说他面无表情，和谁都相似。

如果是这样的话,把我当作反面教材,一开始就把应该否定我作为人生计划的儿子,究竟会成为怎样的人呢?

在日本,成为儿子的反面教材不正是当好父亲的传统吗?无论父亲多么邋遢、多么丢脸,他也为适合自己的最好生活方式努力了。也许这只是感情方面,也许因为自我主张,计划失败了,也许制订了坚定的计划,最后没有实施,但是曾经努力想达成自己的目标。也就是年轻时只关注结果,会看不起这样的父亲。以父亲为反面教材接受教育的儿子,结果也会成为反面教材。大概那个时候才第一次知道,啊,父亲是多么伟大的反面教材。父亲不可以是法律和规定。父亲是一个人一生的回忆。每次遇到困难,都会想起他意外的动作和小声嘀咕的话语。父亲难道不是在那个动作和戏言里活下去的吗?

反正我就是那样的父亲。多亏我这样,你才能任性地活着。我太骄纵你了。如果我像犹太人的父亲那样严厉就好了。但是你和父亲我一样是日本人。我的父亲也是这样。虽然我想做父亲不能做的事,想成为父亲成为不了的人,但是结果,我陷入了沉思,我不能做什么呢?我不能成为什么呢?

——不要勉强。

我小声嘀咕着,我父亲的父亲的父亲的……如果一直追其根源的话,追溯到最后的根源会是天皇吗?还是说,追溯到某个异国他乡的"父亲"呢?或者是,追溯到最后谁也不存在呢?

今天,我喝了配有安眠药的威士忌。

声　音

这是令人讨厌的声音。用这个声音来追求女人什么的,也用它说谎。

睡 魔

下次想构造怎样的虚幻呢? 变成睡魔怎样呢? 一会儿睡觉,一会儿打盹,束手无策,然后休息一会儿。虽然有人打了我,但是我没有感觉到疼痛。虽然有人责怪了我,但是我什么都不记得。我什么时候会醒呢? 算了,喝酒吧。

战 争

被战争即将开始这种强迫观念纠缠着。这不是完全没有根据的妄想。既然战争发生,为了让日本人再次发现日本,日本就应该战败。就那样放任不管的话,战败的还是日本。我成为奴隶也不错。做好了心理准备。我是死也死不了的男人。没有什么可害怕的东西。全能的神啊,让我感觉到恐惧吧。夺走我的财产吧。让我因为生病而痛苦吧。我绝不会诅咒你。我也不会议论你、看透你。我只是对你没有兴趣而已。

替 换

至今没有尝试任何事情,我被这种感觉所袭扰。这种感觉真好。是一种像是把梦里的自己和现实的自己交换的感觉。

嘲 笑

看了一整天电视。为什么要这样傻笑呢? 一定很恐怖吧。在苦恼吧。我想为你们而祈祷。

雨

战争开始的话,精神病好像要痊愈了。一定是因为明确了自己的依靠,没有为了这个那个而伤脑筋吧。就是说"欺骗我发生了战争是活着的证明"的意思吧? 的确战败了成为奴隶的话,大概是因为自然而然地确定了应该怎样活着的方针,所以没有时间发疯吧。

阴　天

不由得觉得,这家里除了妻子之外,意外还有一个和我们同居的人。妻子变成了两个人吗? 傍晚,听到了马的嘶鸣,是隔壁邻居正在喂马吗? 我感觉我身体里也有人在嘶鸣。他是个夺走我的睡眠,偷吃我嘴里食物的家伙。趁着我还没被杀死,给我滚出去!

九　从此以后

1

这是像掺杂着狗屁不通的谬论般色情兮兮的东西。

这是通读了老师的手记之后给菊人留下的印象。上面记录了老师是以怎样的面孔和恋人们度过一个个夜晚的呢? 虽然菊人有朋友是兼职写色情小说的,但是听说他会对自己描写的色情场面有反应,沉溺在自慰中。然后也说,射精之后一段时间都提不起劲写东西。要写自慰吗? 不过,谁也不会特别喜欢像老师的手记那样诚恳的自慰吧。

渴望灵魂交流的老师通过自慰来进行灵魂交流。要是他多次在脑海中反复回味他和恋人们在一起的画面,就会连续不断地进行像是要确认自己存在那样奇妙的自慰。恐怕在掺杂着奇怪理由的网眼上有着让老师成为老师的理由。

虽说如此,但是老师应该也在很久之前就迷失了原本的自己,就算能想象到几个存在的根本,终究能看见的也只是作为虚构的登场人物的自己罢了。不仅仅自己是虚幻的,情人、妻子、朋友和陌生人也是在成百上千的虚幻中出现一下又消失的登场人物……老师也接受了把对自己父亲的那种感觉当作自己真实的感觉。总之,老师的生命本身就没有体力和行动力。他请求恋人帮助,只是努力地想成为一个人一生美好的回忆。可是,这又是为什么呢?

意外的是,老师的人生像他计划地那样进行。过了少年时代,在十几岁后半段到二十几岁前半段反复经历了性。在二十几岁后半段,作为发情的文学家,在写作和游嬉上倾尽全力。三十几岁的时候,放弃从文,努力地锤炼活着的虚幻的自己。快到了四十岁的时候,虽然老师进入了受沉默意识支配的黑暗时期,但是菊人一直认为这也是像提前计划的那样进行的。即使发疯,也能意识到自己是存在着的假象。这就是老师。

虽说是这样,但是仍然存在"为什么制订了这样的人生计划"这样的疑问。妻子应该掌握着什么秘密,但是现在不是打探秘密的时候。短粗脖子的教授、桑科他们应该对老师的发疯有一些建议吧。

老师写下了"不要探索",然后变成了沉默的"专家"。事到如今,即使问他也得不到什么回答。学生把老师写下的手记用自己的意思解释,只作为个人行动的准则而使用。就那样,老师一直担任着菊人的老师。然后,如果老师什么时候成了笑话,大概名副其实地就成菊人的反面教材了吧。也许，一边一个个解开留下来的谜团一边让老师进入坟茔是学生的本分。话虽如此，但是要一个人解开谜团的话是很费劲的。我决定打破和老师的约定，让响子和晚上的志同道合者们也读一下老师的手记，请教一下他们有什么建议。

2

　　菊人度过了好几个难眠之夜，果断地决定再次拜访一下住院中的老师。这次一定要自己一个人去。虽然明知心情沉闷，但更让人讨厌的是，没有根据地一直深信着所有的一切都还保持着暧昧这样的感觉不断膨胀。

　　他在路上买了烤鸡肉串和日本酒，去了医院。虽然觉得护士有点让人觉得讨厌，但是如果有很久没和老师喝酒这个理由，就能以轻松的心情去看望老师了。

　　老师从单人间转去了六人间。精神病院的大房间什么的是我最不愿意去的地方之一。在推开病房门之前，我拉住了一个擦肩而过的护士，跟她说了老师的名字，想问一下老师最近的情况。

　　——啊，是那个小说家吧。现在的情况很稳定哟。在病房里很受欢迎。你是来看望他的吗？

　　菊人说完"是"，就没有再说第二句话。护士抓着他的胳膊，说："我带你进去吧。"精力旺盛的护士大大缓解了他的不安。

　　一打开病房门，她就用轻浮的口气说："老师，你来客人了哟。"躺在病床上的人同时看向病房门口。老师一副刚刚在和谁说话的样子。用接下来一句话还积压在嘴里的表情看着菊人。

　　——老师您还好吗？

　　菊人用平淡无味的语气问完后，大家稀稀拉拉地笑起来。笑声各有不同。菊人觉得只有老师的笑声和发疯有一段距离。是一种控制着的知性的笑容。也掺杂着菊人很熟悉的老师那种富有魅力的笑。忽然向房间的角落看了一眼，在角落那儿有个男人，只有他没有笑，摆着一副僵尸脸。

护士用极其自然的语气说："各位，客人来了，大家都好好地打个招呼吧？"菊人想：这又不是幼儿园。患者们也像是开心地被当成幼儿园儿童。护士到每个病床旁，一个一个地跟他们说话：

——出川，你的喉咙还好吗？不能再半夜里唱歌哟，会打扰其他的病友哟！

——村冈，把饭全吃完吧，没有放毒也没有放药在里面，没事的！

——草间，不可以把自己关在厕所里哟，如果感到害怕的话，请叫我们！

——今井，不要总是默默地不说话，试着和大家聊聊天吧？

——老师，虽然很难说出口，但是，不能让医生和大家为难哟！

是说这个护士很亲切，还是说她在积极地和患者们接触呢。听说她在患者们之间也备受好评。大家都开心地点着头，做着各种搞笑的表情给我们看。突然有一个这样的想法：这个护士是老师在医院里的情人不是吗？很难想象他放弃了玩弄女性。我记得曾经读过：就算神经的平衡崩溃了，人的本质什么的也不会马上发生变化。

"我是菊人，来看你了。"和老师寒暄完，又引来了大家的爆笑。是不是无意间讲了个笑话呢？

——你说你是来看谁的？

又是一次令人感到恐怖的笑。像是也相应地包含着欢迎客人的意思。

——我是来看老师您的。

——你是从哪里来的呢？

——从多摩川的对面来的,请别装糊涂哟!

又是地老鼠花炮似的笑容。是在笑什么好笑的事呢?是不是隐藏着正常人不懂的幽默呢?稍微敷衍地配合着他们的笑声,菊人苦笑起来。

老师的表情比前些天菊人来的时候更丰富了。他总是和同病房的人一起捧腹大笑,石头般僵硬的表情也缓和了。觉得老师的病情一定在渐渐好转,菊人稍微安心了一点。

护士从老师的病床旁把椅子拿出来,对菊人说道:

——请随意!

然后护士离开了病房。马上变得无事可做的菊人让老师和身边那些有点奇怪的人打开烤鸡肉串的包装袋,拔掉酒瓶塞。大家客气地互相望了望,然后开始冷笑。

——今天是庆祝什么的日子呢?

秃头的傻大个用与其外表不相符的聒噪声音说着话。这个男人从刚才就一直发出"咯咯咯"那般干干的笑声。

——有新朋友加入了!

老师回答道。菊人慌忙打断了老师。

——我没有住院,我是来探望您的。

秃头男人问:

——那么,那张空着的床是谁的呢?

其他的家伙像是助兴一样,每次在别人说什么的时候都要笑。

——那是我的床。

一个和菊人差不多年纪,有点微胖的男人匆匆忙忙地走出来。这个男人像歌剧演员一样,用比别人加倍大的声音笑。

——那么,这个床呢?

秃头指着那个微胖的年轻小伙的床,然后像是来了个旋转接球,回到自己床上，喊道：

——这是我的床！

"这里的床全是我的。昨天我给护士长五万日元把它们全买下来了。"

"你老老实实地唱首歌吧！"

秃头男人一说完，微胖的年轻小伙就嘹亮地唱起《弄臣》中的《魔眼鬼目》。究竟是为什么而着了迷呢，菊人在一旁怔怔地一动不动。

歌声一结束，大家响起了掌声，像往常一样，笑声各有不同。不知不觉，病房里的病友都聚集到了老师病床旁。大口地吃着烤鸡肉串，喝着酒，开起了小型派对。

——老师，这个人是你的学生吗？

对于秃头男人的问题，老师这样回答：

——他逃到这里来了。

——果然是我想的那样。不错不错。

至今没说话的穿着和服的男人说道，他看上去大概四十岁左右的年龄。

——不知为什么，这个病房里有很多艺术家呢。说是因为在一起有话说，院长这样安排了。在这儿住得很舒服哟。反正即使走向社会，社会上也只有流氓和骗子。在这里的全都是好人。那张空着的床以前是一位舞者的，但是他一出院就被别人杀了。

——不，他是从阳台上掉下来摔死的。

秃头男人对菊人说。

——我昨天见到了他。蹲在走廊上走钢丝。大声喊着自己是美国总统的候选人。他想向我借钱，但是就在我骑摩托车的时候，旁边的水坑里浮起来一只红色的鞋。

大家粗略地附和了一下假歌剧演员的牢骚。看着困惑的我，四十岁左右的男人说道。

——这个人觉得自己是天才诗人。

——不，他是一个狂妄的家伙。

四十岁左右的男人捂住用最大的声音叫喊的光头男人的嘴，说道：

——嘘……这个房间装着偷听器，这样说的话，保护他的人会来抗议的！

——畜生，不要拦着我！

在场的所有人都笑了。这个病房里唯一不笑的男人有着一副只要见一眼就忘不了的相貌。凹陷下去的眼睛像放射性金属一样发着光，用听不到的声音小声地念叨着。

——你也是艺术家吧？

四十岁左右的男人问菊人道。很神奇的是，病房里的病友们连探访者也欢迎，希望他们也加入自己的小小共同体。菊人想，还是赶快停止笨拙地装作和他们是朋友的样子吧！

——我是老师你的朋友，是来看你的。老师，我们俩能单独说一下话吗？

——你要说什么？

——我想问一下老师你在想什么。因为我相信老师发疯什么的都是假的。

———匹发疯的马？在哪儿呢？

——不是马，是你。你妻子说，在两个星期前，你想自杀。之后就一直不说话……

——我为什么要自杀呢？这是对神的讽刺吗？

——所以我才来问问你。

——在这里生活得很开心。如今非法占据着我身体的那个家伙也逃了出来。

——老师你在这干什么呢？

——学习。这里是让二十一世纪延长的学校。你也是来这里学习的吧？

——学习什么？

——生存方法。

——谁会教我们呢？

——一到晚上，佛和神就会从缝隙里出来，教给我们智慧。不过，你是谁啊？

一下子腿软了一样。菊人重新打起精神，脸上浮现了笑容。

——明明认识却装作不认识，你可真狡猾。老师，你认识响子吧，她去很远的地方旅行了。

——去哪儿了呢？

——她说她去了沙漠。

——是谁去了沙漠？

——是响子哟！

——啊，真是可怜的小兔子。但是，大家共谋恐怖的事情，过着不自然的生活，去旅行是理所当然的。谁都希望从能听到错乱的语言和难听的音乐这样的世界中逃离出来。如果有效地利用对人体起作用的各种力量，就能达到恰好适合自己的想法和感受这样的程度。要了解这个就必须做复杂的计算。我和你所属的文化不符。大概以其他文化为基础的生活方式会更好吧。

——是怎样的文化呢？

——这种文化没有必要逐一给生和死赋予仪式、文学、政治上的意义。已经无法相信被至今的文化所规定的意识。这个房间是进入新文化根源的入口。

——那么，老师果然是按照计划地发疯然后到这里来的。

274　彼岸先生

——谁发疯了？我正在获得意识的平衡呢。我不是以前那个被无聊的文化所制约的我，而是回到了本我的我。

——你的身体还好吗？没有吃药吗？

——我没必要吃什么药。我很健康。并不是忘记了走法，只是不像以前走得那么好。到不了目的地。脚和地面像磁铁的同极那样相互排斥。大概是重力产生了异变。空间也变形了。习惯这种情况要花很多时间。所以这样睡在了病床上。反正，那样的烦恼也会消失。只要好好的计算，就变得能以其他的文化为基础而生活。

——原来如此。果然还是和书上说的不一样呢。跟这家伙大不一样。

秃头男人一边说，一边戳着歌手的头。菊人本想说："难道不是运动不足吗？"可是不由自主地闭上了嘴。因为喝了一升酒的病友们得意洋洋地点着头。四十岁左右的男人拍拍菊人的肩膀说："差不多就是那样。"

在这狭小的病房中，正上演着一场奇妙的语言游戏。

菊人意识到这一点，心情不由得变得忧郁起来。就在这时，刚才的护士返回了病房，如"救兵"来了一般。护士看到病人们自嗨的样子，一边大声叫道"哎呀、真是讨厌"，一边没收了一升装的酒瓶。

——按照规定，医院是禁止饮酒的哟。要知道这病房里也有酒精中毒的人呢。

除了一个人之外，全场爆笑起来。菊人一边苦笑，一边一个劲儿地向护士道歉。然而老师突然停止了大笑，手朝护士伸了过去，一把夺回了酒瓶。

——这酒可是我的！是我们文明不可缺少的东西！

不料，护士开口说道："信不信我向医生告发你们！"语罢，病房里又一次哄堂大笑。

——你尽管向医生报告好了。你们的所作所为跟坐在这一言不发的男人的所思所想相比，就如同打嗝一般。他可是早已在别的文明熏陶下生活的。而你们，只不过在这世上重复着过家家般的儿童游戏。

菊人感觉有些无地自容，悄悄地逃了出去。这时，从病房里传出老师"那家伙跑哪儿去了"的声响，而菊人一边在内心自言自语道："请随心所欲地将新的文明运用下去吧。"一边竟走般穿过精神科病房的走廊。

但是，他们的病房粘贴着叫做"菊"的房名。"牡丹""桔梗""蝴蝶花""八仙花"……无论哪个房间都像是秘密花园一样。

3

大概是因为好奇之心人皆有之吧，几个老师曾经的恋人纷纷前来窥探他的样子。原本是个讲道理的男人，如今站在眼前的却是一个满嘴充斥着远比以前令人难以理解的语言的人，想必这些女孩此时的无地自容和菊人是同样的吧。看到老师似乎并不记得自己的神情，女孩们如愤怒的小鸟般不禁悲叹道："曾经恋爱的一切美好都已消失殆尽。曾几何时，老师还会开些玩笑来逗我开心，而如今却变得如同废人一般……"果真，作为葬送爱情、浪漫的场所，精神病院是再适合不过的吧？至少对于已经对女人束手无策的这个男人而言，真不失为一个临时的避难所。

这些女孩们会以怎样的方式来述说与老师恋爱的结束呢？

——提起他呀，我的头脑就会变得很奇怪啊！

——他可是让有才干的人都自愧不如的啊，装作精神失常的样子与我分手真是高手中的高手。

——他啊，终究还是只考虑自己的人。

谁也无从得知老师是否精神失常。他只是单纯地想要去往所谓的另一个世界。想着自己正站在应该去的文明的入口处。于是，为了让自己一度陷入黑暗的意识重见光明，或许只有拼命地努力了。

妄想在逻辑和现实中是很难紧密连接的。老师以及病房里的同志们是不能脱离现实的，必须在坚定的现实中生存下去。在他人看来，大概会当作是妄想、胡话而断然拒绝不予理睬的吧，而对他们来说，正是这妄想和胡话创造了现实。老师切身感受到了重力的异变和空间的歪曲。因为这就是对于他而言的现实，所以除了默默接受之外别无他法。而老师也因此得以健康。

迄今为止，老师都是在过着一种勉强的生活方式。硬要说的话，不过是一味地装腔作势罢了。结果，过分地拘泥于自己是谁、做些什么生存下去等等这样的问题，导致选择装腔作势的生活方式的古怪局面。一边说着无论做什么都能够生活，无论是谁都能够生存下去，一边执拗于一些自作聪明的道理和招数。一方面执着于能够很好地生活这件事，实际上另一方面却只是一个劲儿地嘟囔着并不能够生活得很好。来到这儿的十天里，在寂静的隧道中漫步时，他终于意识到了这件事情。过去也曾考虑过以一种更加自然的方式生活下去等等。像被女人甩了之后、无奈搁笔之际、去纽约之时之类的。但是，老师强烈地感受到，正是这一次才是哥白尼式的大转变。

说割腕是契机虽无可厚非，但不过是间接的契机。真正的契机在于他在这里所发现的与自己相似的伙伴。

秃头经常会向同伴寻求帮助。深夜的病房里响彻着这样的呼喊声。

——重力好重，能不能帮忙想想办法？

——快停下来！我的手脚要逃走了。

——大家快逃！我的身体占据了整个房间。

他的身体不知为何伸缩着、膨胀着、加重着、变得凌乱着。这时，同伴们用毛毯将他一层一层地裹起，给引起恐慌关在厕所或洗手间里的他听歌让他跳舞之类的，以此来缓解恐惧。或多或少，无论是谁体验了这种不可思议的肉体感觉之后，都会把它当作是极其理所当然的事情，同时观察着他病情的发作。

让他说些支离破碎的语言，这方面出川是首屈一指的。偶尔搞一些诗朗诵，讲一些高级的笑话。一旦逻辑和行动相吻合进展顺利时，他的言行举止就如同阿拉伯国家的独裁者和摇滚乐的超级明星一般。从医院溜走，去高级饭店堂而皇之地吃霸王餐吃到爽。似乎对他而言没有不可能的事，这个世界也是极其地光芒四射。就连噪音也像是使人振奋的合奏乐曲一般响彻四方，悄悄话也像是赞美自己的大合唱。出川忍不住唱起来跳起来。在不清楚缘由的情况下，人生却变得快乐无比，老师一边想着这是何等的令人羡慕啊，一边总觉得在出川过度乐观的连锁反应的影响下，世界看起来也像是玫瑰色一般美好。

村冈先生是在胆小者这条道上一条路走到黑的人。这点和出川是完全相反的，村冈甚至连人的说话声音和噪音都觉得是陷害自己的阴谋，墙上的窃听器、天花板上的隐形摄像头、空中飞舞的电波都在无时无刻地监视着他的一举一动，像是要向谁详细汇报一般。因此不能做些不好的事。在这一点上有些类似于伊斯兰教徒。因为这些教徒的身旁经常有没有身影的虚幻的天使出没，将他们的行动逐一地向安拉报告。然而村冈先生并未把安拉当做是信仰的对象，反之更倾向于信仰媒介的电波和从远距几百万光年遥远的天体传来的电波。他坚信这电波是神的爱意。相对他人而言，他时常会有些近似繁琐的关怀。想着这样一来陷害自己的阴谋就会在神的爱意的庇护下不攻自破。究其根本，他之所以能够创造出这样一个独树一帜的宗教是受了老师的教唆。

今井只是在自言自语着，好像丝毫没有意识到与他人交谈的必要性。老师曾多次尝试与他搭讪但都最终以失败告终。因此老师直观地认为他一定在自我意识中构造着独自不同的文明，过着一种不受外界干扰的生活。其实，今井自身也难以相信能够活在自己的世界里不与人交谈。一旦不与人沟通，思想的马达就会停止不前。此时今井开启了自言自语模式，然而，无论老师如何洗耳恭听也难以捕捉到话语中有价值的部分。勉强能够听清楚的只是"……那样的话"、"……或许"、"或者……"、"……这样啊"、"所以……"、"……即使"、"……好像"这样意识流的语言。即便富于思考的高人也会在他所构造的内在文明里产生各种各样的矛盾，以至于陷入在逻辑里来回兜圈子的局面。哪怕思想的强度只降低一点点，那么内在的文明也会随之消逝。或许今井大脑一片空白什么都没有想，然而话说回来，什么都不想对于活着的人来说是可能的吗？

病房里的同伴们以今井为对象打赌。以今井最先会跟谁搭话为内容，大家纷纷拿出五千日元作为赌注，连医生和护士也纷纷下注，想尽一切办法来继续刺激今井。

原本每个人都有属于自己的职业，而现在均处于停工修整阶段。村冈是双簧管演奏家，秃头是舞者，出川是演员，今井是职业象棋选手。一如既往待人亲切的护士在想些什么呢？记得她曾经说过："大家都是患了职业病呢！"毫无疑问，她说的是对的，较医院的医生们而言，这个护士更加了解病人们的情况。秃头肉体上的恐慌和跳舞密切相关，出川的狂躁状态对于演员来说是最平常不过的，演奏者敏感的耳朵就算是神的声音也能够听到，而今井是无论哪只手都会考虑到未来的人，所以就连独自一人，永远地思考也是有可能的吧。在头脑中建设一个虚构城市什么的也定是易如反掌，他才是真正的手淫者吧。因此，老师对今井也是抱有恐惧之念。

4

不时在那边晃悠一下，在这边溜达一会，可以说他的行动丝毫没有所谓的目的和方向。虽然说着是爱的殖民政策，去国内外旅游也主动追求女性，但最后他自己倒先仓皇而逃。看起来像是一心努力构造一种理想的恋爱关系，然而从普遍的常识来看不过都是些失败之举。其实，他是为了贬低男性而故意失败的。对于他来说，恋爱并非是必须拥有的东西，只是为了自我惩罚而进行，这件事他的妻子是最清楚不过了。

——夫人莫非是后悔和老师结婚了？

——不知道。或许那对夫妻在结婚之时就注定了逃不过终将结束的命运。

猪首教授这样回答着，往菊人的玻璃杯里注入了些啤酒。教授曾多次去医院探望过老师，然而仅有一次去看望了老师的夫人。菊人在暑假的最后时光里给猪首教授打了电话，说是有话想对他说。

——或许恋爱总是伴随着争吵的吧！

猪首教授在烟雾中眨巴眼睛嘟囔着说道。菊人含糊其辞，不料教授却继续说："你也是个年轻人，争吵是家常便饭吧！"

——他呀，总是逃避争吵，所以恋爱就不可能成功啦。即使是结了婚也并未建立一个家庭，即使是谈恋爱了也并未成为一个有男子气概的日本人。这些你都知道吗？他可是留心着尽量不要射精的哟，即使是做爱和自慰也极少射精。

——这是为什么呢？

——大概是身体和意识都变得不安定吧？

——是因为这样吗？

——像你这种经常射精的当然不会知道了，要是忍个一周试试看。你会发现，街上的风景和女人的脸看起来都是别具一格的，确实是更加耀眼些呢。他总是通过这个办法使所见之物更加美丽。真是奢侈的自慰啊。

菊人"哎"着答道，伸手去拿了根牙签。刚刚吃的芦笋不小心卡在了上面的牙齿上，像一根绳子一样垂在舌头上。

——你觉得老师为什么先是割腕自杀，而后住进了精神病院呢？

——大概是一本正经地讲些不好的笑话吧！连他夫人也是这样认为的。前不久，他也出院了，估计是在家静静地想着些新的笑话过着日子。现在夫人已经辞职了，成为了照顾男人的家庭主妇。她也真是厉害呀！不过也曾说过这只是为了配合他的笑话。大概是因为如果不把它当做笑话，夫妻生活就难以维持吧。她可是一直保持着耐心的态度啊。那么他这次的笑话又是什么呢？是不是退居农村，种个小菜园什么的。又或是出售版权，卖个差不多的价钱。

——这可真是不好的笑话啊！

——啊，就是些愚弄人的笑话呀！

菊人不知为何心里不憋闷了。说是形迹可疑意图抬高男性这样的老师通常会把向周围人散布不好的笑话当做义务吧。而受这些笑话摆布的人虽然觉得很烦却不能憎恨老师。做到不被他人憎恨是和平主义者的绝对条件。

猪首教授又点了一杯啤酒，一边玩弄着湿毛巾，一边叹了一口气地说道："但是呢，话虽如此，在这之后他该何去何从呢？完全预想不到啊。或许你会以他为鉴反思如何生存吧！"

菊人给教授倒了些啤酒，点头表示同意。

——其实你是在迎合老师的欺骗啊。真正的老师是不会向弟子传授任何知识的。耶稣和他的弟子就是这样的。耶稣从不向弟子说出明确的答案。相反,若是明白答案的话就会告诉他生活的艰辛。倘若你也成了适度愚笨、运动型的青年就好啦。比起似懂非懂,这样的人更能到达正确的方向。所谓的人生是没有合理的方法可言的。

5

维也纳的旅行、父亲的住院、老师的发狂、和响子的别离等,在这一连串的事件中迎来了暑期的末班车,菊人漠然地感觉到自己也悄然间发生了巨大改变。时隔三个月,虽和砂糖子再次相会,但两人身边发生的事却截然不同。砂糖子总是抛出很起劲的话题,而菊人却总能将之转换为铅球一般沉重的话题。

——一个夏天你变得很阴暗了呢。

菊人被砂糖子这样说着苦笑之时,心里真的是相当的阴暗呢!

——头脑有点奇怪的意大利人是如何生活的呢?

——因为意大利有很多开放病房,只要往街上一走,你就会邂逅很多意大利人哦! 头戴鲜花,在炎炎烈日下忘我跳舞的老人,和身着超短裙站在教堂前唱意大利民歌的女孩等等。除此之外,寄宿在邻居家的高中留学生一大早叫喊着莫名其妙的语言,在锡耶纳的小街上狂奔。虽然有些发疯却很活泼开朗。像你一样黑暗的意大利人说有也是有的。

——我要不要学下美声什么的,想让自己变得更加开朗些。

——你这是怎么了?

——大概我是始终成不了意大利人吧。

——俄罗斯人也不容易啊。

——现在完全不是唱歌的时候啊。

菊人敷衍地笑了一下,将杯子里接近四分之一的红茶一干而尽,用眼神示意砂糖子"该走了"。从刚刚开始,对面桌的男人的声音很刺耳,故意大声地说些"宗教的对立是因为大家互相不理解""自由和民主主义根深蒂固之时就是世界走向和平之时"之类的话,同行的女人像是极其想要接受启发一般。

——若被处以自由和民主主义刑罚之时,不收到一笔可观的费用是不划算的,有这种想法的家伙是健康的。

菊人像是教导自己一般这样嘟囔着。老师似乎在什么地方也发过类似的牢骚。菊人只是在语言和行动的表面受到老师的影响。砂糖子斜视着自言自语的菊人,心想:"他在想些什么呢?"两人乘上了下降的电梯,沉默无言地降到地上。不知何时,天空突然下起了雨。菊人已经四天没有射精了,没想到朝涩谷的谷底流去的男男女女是如此的耀眼辉煌。环视四周,都是商业据点。在这之中,无非是些有着略显厌烦的脸和闪烁着极小的虚荣心的脸的人在往来行走着。菊人想着无论看起来是多么高傲的行动,自己大概也正跟随着这个小镇的做法吧。老师像是幽灵一般徘徊在充满着装腔作势的艺术的广告和麻木不仁的行人的山谷中,究竟是从何处感受到的亲切和怜悯呢?嘴上说着"一切皆空",其实心里明白不可小看这世界。他是不是又在探索什么新颖的谎言?

——看吧,不好的习惯又开始作祟了。

菊人突然回过神来,朝砂糖子的方向转过身去。砂糖子瞠目结舌地补充说道:

——又蛰伏回自己的世界里去了?

"啊,只有一点点。"菊人苦笑着这样回答道。这个习惯如果再不改正的话,或许在女人中就不吃香了吧。

——话说,你是不是想成为老师那样的人?

——此话怎讲?

砂糖子的悟性好像在意大利之旅中逐渐得到提高，菊人不由得以一副神经症患者的表情接受着她的盘问。

——虽然我从未见过你的老师，但总有些不放心。你是不是一下子也看破红尘了呢？

——我现在脑子还是很好使的哦。老师是即使想模仿也做不到的存在啊。比起这，连便饭都吃更何况是做爱呢？

"开朗，有些轻薄，但又不失认真。"菊人使用着不知是从哪学来的解释口吻。而砂糖子一边极力地用微笑掩藏着口吃的样子，一边说着："话虽没错……"

6

有一天，桑科为了能请老师去他的个展开幕典礼，特意前来医院探望。还煽风点火地说会有很多美女到来，只要让她们上了出租车就完美了。然而，老师却回答道："想让我回到过去的生活是不可能的。"

"别说的这么绝情嘛！"桑科这样说着，就连他说起在纽约时一家家店连着喝酒和当临时演员的经历，老师仍然心不在焉地像听他人的故事一般无动于衷。病房里的同伴们误以为是无赖在强迫老师，因此都变得很安静，待老师发现这一情况之后，便向同伴们介绍道："这位是我以前的朋友！"

——我的朋友承蒙大家的关照，也请大家一定要赏光来我的聚会。

桑科和蔼可亲地对病房的每个人笑脸相迎，发现这其中有似曾相识的人，不由得将目光转移到那个人身上。今井先生对于桑科无赖的样子显露出一副若无其事的表情，继续着他的沉默。

——从未想过能在这个地方见到今井九段先生，我曾经是做雕刻的人，一直以来都是今井先生的粉丝。

桑科什么都不知道，一直在等待今井先生的回应。心想："这是怎么了？"朝老师的方向看去。

——此刻，今井先生只是肉体停留在这里，思绪早已飞向这世间不存在的文明中了。

老师在头脑中描绘着这些语言。不料桑科突然向老师问道：

——今井先生这样说过吗？

——他早已没有受这世间文明影响的语言和思维了。

桑科对于老师的语言不明所以，只是苦笑着嘟囔了一句："原来如此。"

正如老师默默地景仰着今井先生一般，桑科也曾经把今井先生当做专业棋手尊敬着。据桑科所知，今井先生奔走于赛马、自行车竞赛、赛艇以及全日本的竞赛中，仅一周之内就赚了一亿日元，同时输了一亿五千万日元，这很是让人大跌眼镜的输赢。甚至还从地痞手中借了两亿日元的高利贷，最终借助不法庄家的力量赢得了赌场的转机。但是从未动用股票和不动产，说起来也是一个廉洁的赌徒啊。连喝酒也并不是拖拖拉拉的样子，若不是对弈或睡觉之时，他经常喝酒。在饮酒和赌博方面，可谓是日本首屈一指的高手。这样的今井先生为什么会在精神病院里呢？桑科不由得浮想起了骰子在茶碗里滚动的场景。

在尽情享受了饮酒和赌博的快感之后就会变成这样吗？难道是因为游戏结束了？

——难道今井先生不无聊吗？

桑科又一次窥视着他的脸。同病房的病人们终于开始插话了。

——不要问些愚蠢的问题，在他的头脑中，天地创造都能成为可能，无聊什么的只不过是凡人的装腔作势罢了。

桑科无视老师的话，走出病房。花了三分钟左右，他从娱乐室借来了象棋棋盘和棋子，这是想要向今井先生发起挑战。当弃车保帅向今井先生发动攻击之时，桑科迅速移动小卒。

——那个人完全不知道象棋的规则啊！

正如村冈先生所说的那样，对弈是无论等到何时都无济于事的，桑科叹了一口气，转身朝向老师。

——这是怎么了呀？

——所以……

——又去往另一个世界了，是的是的。比起这，你打算怎么办呢？教授和夫人都在思考，开玩笑也该适可而止了，要不要出院呢？

——你才应该住院呢！刚好也有空床。

——我很忙的，算了，研修结束之后给我打电话吧，无论什么时候我都会陪你玩的。

桑科意识到久坐无用，就离开了病房。他认为精神病院是高等游民休憩场所般的存在。自己也没必要担心，因为他坚信老师肯定会好好地活下去的。老师看起来又像是神游到什么不合理的地方去了，总觉得老师好像对一切都充满着好奇心。他即使在精神病院也可以瞎起哄。桑科想着好奇心也可以成为活下去的意志，他大概是不会再自杀了吧。但是，一想到他连在纽约度过的野蛮的青春时光都忘记了，还是不禁有些伤感。

7

今井先生在那之后不久就去世了。假装睡着的样子，不知何时就死去了。死因是心力衰竭，可是他并未呼叫护士，也没有向同病房的病人们求助，就那样一个人静静地死去了。村冈先生在夜晚断断续续地听到风吹过缝隙的声音，现在想来那应该是今井先生的呻吟声吧。

像这样死去的可以说是自杀吧？老师原本打算从仙人一般存在的

今井先生那里偷来"更好地生存下去的秘诀"，然而对于他而言，迎合他人并不是那么容易。即便如此，老师也深感这是极好的往生。并非常人的这一感觉应该是准的。这时，秃头说道：明知会被当做是沉默寡言的证据，却故意默默地死去。但是，没有必要为了这样的服务而死去。在这个房间中已有两个人相继死去，村冈觉得很恐怖，因此说想要搬离这个房间。

——医院原本就是人死去的地方。如果恐惧死亡的话，还是提早出院的好。

大家纷纷认同老师的意见，其实这并不是背叛他们。老师在病房里进行了简单的追悼仪式后的第二天，抢先一步出了院。既然默默景仰的老师已经离世，再留下来也没有什么意义。于是老师对留下的同伴们说了句："我还会回来的！"随后就径直回到了自己家中。

对于丈夫的意外归来，妻子满面笑容，欢呼雀跃。为何如此高兴，就连老师本人也无从得知。涌现出来的喜悦之情就如同身体被玩弄之时的感觉一般。

——你现在快乐吗？

妻子向刚旅行回来一般的老师问道：

——遇到很有趣的人了吗？

——你会暂时呆在家里吧！

——有什么特别想吃的东西吗？

老师沉默着，只是对妻子的问题点点头，说道："有可以回来的地方真好啊。"但是，马上意识到除了自己家之外，还有可以回去的地方。这个地方没有妻子，也不是书房，更不是情人的公寓。突然想到这个地方才是自我意识最能安定之处。原本，老师坚信这个地方是存在的，但如何到达这个地方却无从得知。也曾接近过这个地方，结果是越接近却离得越远。因此，到达的希望也就随之磨灭了，然而不知为何又再次回到了那个希望。老师大概就那样在慢慢地接近应该去向的文明吧。而家不过是这路途中基地帐篷般的存在。

——来唱唱歌吧。

老师突然冒出这样一句话，并让妻子坐在钢琴前。

——唱歌的话，当然是自信满满才好。

这个自信并不是向他人炫耀的自信，而是鼓励被这世间的伙伴孤立仍沉醉于高冷的荣光之中的自己的一种奇妙的自信……老师是在医院里发现的这种自信。

——我可是很帅气的。

我可是日莲。

脑力是爆炸性的。

我的脑浆在飞溅。

如导弹一般飞奔。

……

奇妙的二重唱又开始了。老师合着愚蠢的语言吟唱着半音音阶波动起伏的旋律，而妻子淡淡地演奏着不谐和音。歌声和钢琴声并未达到很好的调和效果，节奏和音程偶然合拍了，瞬间像是耳熟的曲子的一小节穿过两人的耳朵。

两人自从结婚之后就一直沉默寡言。如果说夫妻是互相进入对方的内心深处，共同构筑灵魂的共存关系的话，那么这对夫妻是何等令人窒息的关系啊。而且，两人还保持着默契的共犯关系。老师对于妻子的一切明明一点都不了解却装作很了解的样子。实际上就是假殷勤。或许这个假殷勤的账谁都不会去买，而且谁也不会去控诉对方。在这个限制之中，夫妻关系并未被破坏。

从丈夫的口中最后听到饱含爱意的语言是什么时候的事？妻子为两人久违的共进晚餐做了松茸汤，深情地追溯过去的时光。在这世间上，无论何时,恋爱总是充满着活力的。好像在恋爱面前,一切烦恼都会烟消云散。但是,这其中也有为了增加烦恼的根源而想要恋爱的怪人。例如,丈夫为了控诉自己而进行恋爱,想要从妻子那里得到裁决。然而不幸的是,妻子完全没有这样的想法,反而通过不裁判丈夫来控诉自己。

我们的夫妻生活是不是毫无发展呢?妻子在每次丈夫不回家之时就会自问,但总是想些乐观的答案。之所以觉得夫妻生活毫无进展是因为互相坦诚以待地生活,正是因为能够忍耐毫无进展的生活才使夫妻之间的羁绊更加强烈,除了毫无进展的生活之外还能获得什么样的生活呢等等,即使如此,我也是发现了些许幸福感的名人。

不,说这说那,我们结为夫妻也是毫无意义的。一本正经地讲着笑话成为了我们夫妇的恶习。

妻子停止了一个人陷入忧虑之中的状态,将松肉汤盛到碗里,端到餐桌上。

老师沉默着将汤放入嘴里,叹了一口气说着:"好喝!"妻子目不转睛地盯着丈夫,小声嘟囔着:

——一想到我将活得比你久,就会变得极其忧郁。

老师将滚烫的萝卜放入嘴里,微笑着嘟囔说:

——我是死不瞑目的人。

妻子盛着饭,瞥了一眼老师。微笑依旧保持在脸上。

——我会成为座敷犬。请把我监禁起来吧?

妻子听了这话,想着新的玩笑又开始了。她是无论什么样的笑话都打算配合的人,因为原本他们就是以玩笑为契机结为夫妻的人。

8

三场战争开始,五场战争结束。六个国家消亡,二十个国家诞生。

三亿孩子出生,一亿人死去。七个国家发生武装政变,八千万人移住他国。四十个国家发生恐慌,九十万人自杀。九个火山喷发,五大地震发生,三百六十次风暴袭击小镇。

数字是沉默寡言的。与愤怒和悲伤无缘之时可以计数。所有的"事件"都可以套入方程式中,"事件"的数字被计算出来。若能熟练地计算,愤怒和悲伤就会全部变成他人之事。因此也就成了嘲笑自己一个人的素材。

时间如同滑行着坠落一般,不知不觉中三年已过去了。要说什么都没发生的话,确实什么事都没有;要说发生了很多事的话,确实也发生了很多。

——所有的大事件啊,你们都快来吧!

以为什么作证或讲述什么为职业的人通常会这样想吧。但是,在自己身边必须要发生点什么。可以说计算方圆十米以外地方的"事件"是自己的职业所在。十米之差将产生"事件"和讲述"事件"截然分开。

一本正经地说着和自己毫无关联的"战斗、差别、自豪、民族、文化、信仰"等等这些的人一脸幸福的表情,实际上应该也是幸福的吧。

老师在这三年之间,果真是死不瞑目啊。期间,虽提出了各种各样玩笑的新方案,但都不是很起眼。

将自己保存在书柜里的书散乱着,和水一起放入搅拌机中,储存在浴缸里,制作成灰色的手抄和纸。

又或是看到招聘广告,尝试着做些自认为可以胜任的轻松的体力劳动以及在施工现场担任移民劳动者的翻译,制作弹球盘游戏的赠品等。当然,最多只能坚持三天。

有时也会出售以前的书的版权,然后夫妻二人去非洲旅行。在内罗毕曾想过与索马里的移民达成契约,将一种名为米拉的包含清醒作用的草输入到日本。在肯尼亚当然是不会被禁止的，就连携入日本境内也不会受到限制。想着能否将其进行冷冻真空干燥，提取出其中的精华液。于是与朋友进行了商讨，结果被告知这个不能成为买卖，就立刻放弃了这个想法。如果真的可以做买卖的话，也不至于到现在黑手党和地痞流氓们都没有出手。老师转变了思维，想到了让马赛的年轻人写小说。在马萨伊摩罗玩游戏、狩猎之时，偶然得以和马赛的年轻人聊天，从他们讲述的日常生活和梦想中深受影响的老师给了他们一些金钱，并签订了代理人契约。

或者，突然开始学习俄语，策划着挑着走私的担子在哈巴罗夫斯克或符拉迪沃斯托克附近优雅地生活。结果，连初步的语法都学不下去，只好放弃移居计划。

即使是主动积极地发起行动，中途遇到什么障碍，就只能半途而废。对于将自己视为空白或是洞穴一样存在的老师来说，从老早开始就已经不能进行主动的行为了。与其这样，不如说是老师想要通过这些行为来邂逅除了妻子以外的能够裁决自己的人。无论这个世界变成什么样说自己的生活都是安泰的人总是把在秉性相同的伙伴中进行安全的冒险，游刃有余地维持着人际关系，精心考究笑话和极力创造美好的回忆当做自己的工作。另一方面，对于沾染上了无论这世界何去何从都要改善自己生活的情结的民族来说，实际上都是在假献殷勤地行动着，把他们当做"同住地球上关系良好的动物"无视着。老师把他们当做是怀抱自卑感的人种的一员，因此期待着能从他们那里得到裁决。暗中期盼着日本能够再度被占领成为其他民族的殖民地。这样一来，日本就最先被摧毁，自己也就能够在学习了很多东西的那段历史的少年时代生存下去。那时，大概自己也就能够发现早已忘却了的幽默感和游戏的模范了吧。

但是，历史是不可能复制的。倘若老师生活在幕府末期或战后的占领时代，恐怕连三天都不能生存下去。事到如今，那个拥有辉煌历史的少年时代已经在厌恶"现在"孩子般的人们的乡愁中被一般化和美化。因此，再次回到那个时代去体味人们充满天真烂漫的悲伤和愤怒是不可能的。唯一值得期待的不过就是登陆到日本的伊朗人、东南亚和中南美的移民劳动者把社会秩序搅乱，将部分日本变成他们的殖民地罢了。在老师的眼中，他们正如生活在历史的青春时代的少年一般。但是，在这些移民的眼里，自认为是生活在历史的老年时代的日本人难道不是极其的幼稚吗？据说老人返回到了幼儿时代。当然，老师在新的占领中也得知自己并非什么人，没有比想着能够回到充满着无限可能性的幼儿时代更可喜可贺的事情了。他只是单纯地向往着而已。无论是外国人、博士、动物还是神等等，谁都希望能够回到那个能够自由地交流、一起生气悲伤、什么样的语言都可以通过学习来运用的天真单纯的幼年时代。怀抱着这样的期待，可以说是老师迎来人生秋天的证据。古代的人们肯定也是在迎来人生的秋天之际刚好寿命已到就那样死去了吧。想必死不瞑目的家伙也并不是那么多吧。

9

这三年期间，菊人一直感到迷失了自我。他原本是很容易受到影响的性格，每次在国外发生政变之时、读一本书之时、海外旅游归来之时，他都会东跑西窜，内心感到惊慌失措。因为不能像老师那样花言巧语地追女人，因此只能搂抱着砂糖子，对于她态度的变化也是一喜一忧。砂糖子正在为长期留学签证做准备，致力于学习意大利语和打造更有魅力的自己。就连日常的食欲也变得旺盛起来，与此相对，菊人却貌似陷入了进退维谷的俄罗斯式的忧郁之中，很长一段时间进入到了"蛹"一般的状态。但是，菊人还是迎来了就职的季节；他打算采取从

"蛹"中破茧而出的治疗方法，也成功地通过了报社的录用考试。他之前估摸着落选也是理所当然的，因此，突然之间，菊人觉得自己也变成了其他什么人。大学毕业之后到现在的一段时间，虽然他总是在各国旅游、行走于各地的图书馆、做些零零碎碎的临时兼职，但也想过要好好地问问自己究竟想干什么，觉得做记者到处乱跑还不算很糟糕，于是马上转换了思想。记得以前，老师曾给过菊人这样的忠告：

——你是优等生。以后就成为外交官之类的吧。但是，唯有成为小说家是绝对不可以的。

他想：难道记者不正是一个妥当的方向吗？半途而废、瞎起哄，对通俗的事实抱有好奇心，还能保全自尊。而且，还能成为莫斯科或者其他什么地方的特派员。此外，菊人想着，若是能够一边读着电报，一边与头脑有些奇怪的俄罗斯人进行灵魂的交流那就更妙了。他好像成为了被文学牵引的新闻记者。然而事实上，他对于新闻报道完全是没有兴趣的。不知何时，菊人的脑海里总会有一种"新闻都是谎言"的先入之见在支配着他的思想。而且，自己也并不擅长运用那些能够将一切一般化的语言，同时他也从中得到了一个奇妙的心得：正是因为存在不能成为语言的极其私密的东西，才得以对灵魂应有的状态保持一种好奇心。然而，一个怠慢的记者立刻纠正道："所谓的新闻什么的，不过就是翻译些外国传来的电报罢了。"菊人思索着：若真是这样的话，那自己岂不是可以随意编造不能翻译的部分？这一定是受了彼岸先生的影响吧。理所当然，能够说到这个份上的菊人在进入公司之时就注定摆脱不了成为窗边族的宿命。然而他自己却坚信：越是活得失败，就越能接近自己想要变成的人。说起来，新闻记者这个职业与他的理想和意志毫无关联。他只不过是想通过这个职业来观察自己摇摆不定的感情而已。确实，他是听从了老师的忠告没有成为一个小说家，而是选择了杜撰故事瞎起哄就能够生存的职业。

现在，菊人应该在福冈的分社里跟踪着与当地社会新闻有关的事件。也已经和老师断了联系。虽然同前往博洛尼亚留学的砂糖子保持着每月两三次的联系，与此同时，他也经常告诫自己要做好这样的心理准备：无论何时提出分手也绝不能动摇。菊人也想过，若自己真有与语言、信仰、习惯都不同的人进行灵魂交流的想法，就算失去一个日本的恋人也是不妙的。但是，越过这一界限是极其困难的。对于没有男人花心本性的菊人来说，老师在与他相同的年纪之时进行的孜孜不倦的恋爱游戏，看起来就像是极其难办的事情，甚至想抑制好来历不明的下半身冲动，安定在普通的日本人的家庭里的这种心情都有。

——还是有家庭好啊！

或许菊人就是这样一个在老师面前坦然地发着这种纯朴牢骚的缺心眼儿的弟子。而对于形迹可疑而刻意抬高男性、意图生活在高傲的虚构世界里的老师来说，菊人或许只是个俗不可耐的黄毛小子而已。

菊人像是恋人和家人已经最终抵达了约定的地点一般思考着，而老师却认为这个约定的地点不过是走向某处的一个过程。偶然间，老师注意到了这一点，甚至想要自杀，与弟子诀别。无论弟子是怎样模仿老师接受老师的影响，最终两人的生活方式仍是截然不同的。或许菊人和老师已经难以进行灵魂的相通了。若是得以相通，那也不过是菊人在与和自己相通的什么都不是的其他人进行着灵魂的交流，再度想起曾经的自己罢了。那时，他应该是主动地将自己的人生轨迹和老师的人生轨迹重叠起来看，然后发现了自己与老师是多么的不相似，到底是什么将老师和自己连接、分开。

10

有一天，一封很厚的信送到了老师手中。信封上有似曾相识的笔迹。看了寄信人的名字，老师不由得心生怀念，然后叹了一口气。这封信是出自那个"彼岸先生评论家"响子的笔下。

尊敬的彼岸先生：

请原谅我冒昧的来信。犹豫之极，还是决定给老师写这封信。不知老师现在过着怎样的生活。但是，还是希望老师拨冗看一下这封信。

我已经三年没有回过东京了。已记不起最后一次见到老师是什么时候的事了。那之后不久我出发去了巴黎，开始了寄人篱下的生活。依旧一边做着钢琴老师一边往返于巴黎国家歌剧院和电影院之中。攒到一些钱后，我就会去欧洲和非洲各地进行长期旅行。在内罗毕尝试着学习了斯瓦希里语，在柏林加入摇滚乐队成为其中的一员，度过了极其愉快的两年半的时光。此刻，我在西藏的拉萨。对比欧洲的居住环境，此处绝对不是适合居住之地，我却在这个佛教之都生活了半年之久，连我自己都觉得很惊讶。

最初是打算和四个法国友人来一场为期两周的旅行，不料同行的一人因为严重的高原反应而住进了部队医院，由于我的时间比较充裕，所以留下来照料他。朋友大概一个月左右出了院，之后独自返回了巴黎，而我却像是被什么东西拉住一般留在了这个地方。

我也深受轻度高原反应的折磨。简单计算的能力逐渐消失，睡眠质量也得不到保障，还时常有贫血现象出现。吃的东西也不合口味，还伴随着拉肚子。无论去哪里都能闻到酥油的味道，嗓子也因为灰尘呛得受不了。好在十天过后，身体逐渐适应了稀薄和不干净的空气。两周之后，就连最初难以下咽的咸味酥油茶也不觉得艰苦了。

西藏人民经常面带笑容。既不是讽刺的笑也不是卑微的笑，是真正的无忧无虑的笑。莫非是佛教拥有独自的幽默世界？我也就那样在不懂语言的情况下跟随着他们一起莫名其妙地欢笑起来。不仅仅是在拉萨，只要有机会，我就去走访西藏各地的小村庄、小城镇。将吉普车停靠在路旁，眺望着荒凉的高原风景。眼前不知是从何处走来的不认生的孩子们和村民们，他们低声细语着微笑着。一旦有车子路过，忙于庄稼和道路修缮的人就会放下手中的活向车上的人招手。在这树木稀少、尘土飞扬的高山荒地之中，与游牧民族和村民通过身体姿态和手势来交流，我感觉到莫名的感动和奇妙的思念。虽然长期暴露在高地强烈的紫外线下，皮肤也变得黝黑，但是相比汉族人，西藏人民的相貌和体型与日本人更相似，也让我感受到了非同一般的亲切感。这怎么说才好呢？我感觉像是见到了自己的祖先一般的心情。出现了记忆中没有的遥远的祖先，并且跟我搭话，我深深地被这种感觉所包围。与其说是对特定的谁有这种感觉，不如说是名字都不知晓的巡礼者们和同在八角街、食堂的人们以及在大昭寺、哲蚌寺和桑耶寺邂逅的僧侣们，正是对这些不确定的多数西藏人才有这样的感觉。您也会觉得很不可思议吧？

我从未将自己当作佛教徒。连家族的宗派为何也是在祖母去世之时才刚刚知道的。在那之后，我甚至一直错误地认为僧侣和殡葬工是同行。我在西藏是无意识之中成为了巡礼者。当然也是第一次以观光为目的欣赏了寺院。西藏的巡礼者和我是有鲜明区别的。但是，随着法国友人的离去，自然而然地我也有意识地去修行巡礼。混入到巡礼者的队伍当中，乘着嘛呢轮到处游走，将烤黄油装在灯笼上等，在跟从精通英语的年轻学僧学习的过程中，我也开始认真地去思考所谓的"空"究竟是何物。

学生时代，曾选修过东方思想史，因此拜读了《法华经》和《维摩经义疏》。那时只不过是浅显地阅读了书本上的文字而已，现在则是在生活中用身体阅读着佛法。例如，五体投地。在因巡礼者而门庭若市的大昭寺门前，我也体验了一次五体投地。就是不久之前的事情。正如除夕夜敲一百零八下钟一般，在这稀薄的空气之下跪拜一百零八次可以说是极其累人的运动。到最后，意识朦胧、大脑空白、世界天旋地转、连膝盖处的牛仔布也破损了。好在，身旁的巡礼者和年轻的僧侣悉心照料筋疲力尽的我。他们大概认为我是一个虔诚的佛教信仰者吧。

以此为由，我思索着开始学习藏语。通过宾馆的接待员介绍认识了一个会英语的西藏人，于是我从汉字开始学习。虽然离诵经还有很长一段路要走，但是现在进行简单的日常会话是没有什么问题的。因此，现在多少可以感知到人们在思考着些什么、幻想着些什么。例如，当我问道："你生活的乐趣是什么？"会得到这样一个淳朴的答案，那就是——"为佛教服务"。反之，若我问道："你在什么情况下会感到悲伤？"他们就会这样回答："当信仰受到阻碍之时。"旁边时常会有少女低声哼着歌，而少男则在一旁嘲笑着少女。在这里，服务佛教和互相开玩笑是丝毫不会矛盾的。我正是被这一点深深吸引。也开始思考为什么西藏人是如此地从容。

从日本的视角来看，西藏虽然只是一个遥远的边境之地，实际上却通过佛教实行着最为普遍的生活方式和思维方式。我至今仍然是这样认为的。那里的人们一定坚信着这并不是西藏人特有的生活方式和思维方式，即使是在日本以及任何地方的人，他们都能够共同拥有彼此的生活方式和思维方式。所以，我才能够被他们所接受。此外，他们也认同佛教之外的其他宗教。即使是对潜在的佛教之敌的神教也表现出开放的态度。世界上的诸神和佛祖在营造着一种曼陀罗般的和谐氛围，他们一定想着：只要能给众生带来心灵的安宁就足够了。

我发现了这样一个事实，也第一次感觉自己已经触碰到了佛教的冰山一角。"空"是如此地强大。永远不要对任何人抱有敌意，只是一味地以真实的姿态为众人搭建相遇的场所，并致力于将之扩展到我们整个世界。我想，或许这就是保护佛法吧。若是一直在日本的话，是永远都不会明白这些的吧。

这里是让我心情舒畅的地方。感觉自己曾在这样的地方生活过。当然，虽然这是我的错觉，但无意识之中，确实想过要到达这样的地方。说不定，老师也会想要与我到达同一个地方呢。您觉得怎么样呢？要不要也来西藏游玩一次呢？

正如老师所知道的，在西藏，一切有生命的事物都是在轮回转世的循环之中。连生活在寺院里的野狗也相信今生未积德的人们还会有来世。观音菩萨和阿弥陀佛也在不断进行着转世再生，即使是现在也被人们当作活佛信仰着。一旦深深地陷入这种思维中，仿佛就会养成"空想曾经邂逅的人、擦肩而过的人会转世投胎成为谁或是谁的转世再生"这样的恶习。突然回忆起了老师、菊人、吉田先生和桑科的脸和行为，思考着前世是何人，来世又将变成何人继续生活下去。

但是，我所知道的老师是无可代替的独一无二的老师。确实，我曾千方百计地想去诠释老师的一切，因为这也是我热爱老师的独特方式。但是，现在我可以明确地表态那是错误的。当我越是想要诠释老师之时，就应该能越早地发现自己的思想已偏离老师而去。我想您的夫人肯定先于我发现了这个情况。老师是不可能被任何人所读懂的，是永远形迹可疑的存在。老师也不会将自己的真实面貌暴露在任何人的面前。只要今生像谜一般的存在，那么来世就会顽强地生活下去。

或许我误解了轮回转世的意思。但是，光想着谜一般存在的人轮回转世，我总觉得心里有些不安。因为这个谜底将永远成为一个谜底。我想老师的轮回转世仍然会是生存之谜。

虽然这样的说法显得很荒谬可笑，老师确实是全力奋斗过了。临近四十岁，可以说在这现世的人生中也进行了几次轮回转世。但是，老师并没有变成其他什么人，而是以独一无二的不可替代的姿态向着未来继续走下去。

直到如今，我依旧深爱着老师。虽说是与夫人不同的热爱方式，却和夫人一样爱得深沉。我想或许正是因为我和老师相隔甚远，所以才形成了与夫人截然不同的热爱方式吧？大概是在西藏发现了与老师意识相通的秘密通道。我一边探索着自我意识，感觉好像也触碰到了老师的意识。这究竟是一种什么样的意识，恐怕这一切是只可意会而不可言传的。

倘若在东京的话，我无论如何也理解不了老师的意识吧！

现在我所在之地好像是冥河的发源之地。河水从此处往下流，而老师所在的东京正是这冥河的河口所在。在东京，彼岸和此岸、彼世和今世、来世和现世是截然分明的。彼岸也好，彼世也好，来世也好，都存在于那遥远的地方。但是，在这里一切的一切都是杂乱无章的。现世的生活中包含着来世、彼世和今世，三者紧密相连，彼岸和此岸通过陆路相连相接。

我就这样相信了老师正朝着这个地方静然走来。

对不起，以上净是写了些冒昧的话。这些全部都是为了证实我所思考的东西，而任意写出的一封信件。由于签证的关系，或许我将永远不从这里离开。即便是出于某个契机得以返回日本，我也绝对不会成为老师生活的障碍。这点我可以向您保证！我的老师，请您务必精彩地度过在尘世中剩余的一半人生！最后也请代向夫人问候，恭祝二位今后的生活健康幸福！

写于是年7月初
响子

图书在版编目（CIP）数据

彼岸先生 /（日）岛田雅彦著；赵海涛，袁斌译.
—上海：上海译文出版社，2017.3
ISBN 978-7-5327-7394-7

Ⅰ.①彼…　Ⅱ.①岛…②赵…③袁…　Ⅲ.①长篇小
说-日本-现代　Ⅳ.①I313.45

中国版本图书馆CIP数据核字（2016）第253348号

HIGAN SENSEI
Copyright © 1992 by Masahiko SHIMADA
First published in 1992 in Japan by Benesse Corporation.
Simplified Chinese translation rights arranged with Masahiko SHIMADA
through Japan Foreign-Rights Centre / Bardon-Chinese Media Agency

图字：09-2012-441号

彼岸先生
［日］岛田雅彦 著　赵海涛 袁斌 译
责任编辑 / 姚东敏　装帧设计 / 张志全工作室

上海世纪出版股份有限公司
译文出版社出版
网址：www. yiwen. com. cn
上海世纪出版股份有限公司发行中心发行
200001　上海福建中路193号　www. ewen. co
上海信老印刷厂印刷

开本890×1240　1/32　印张9.5　插页2　字数181,000
2017年3月第1版　2017年3月第1次印刷
印数：0,001-6,000册

ISBN 978-7-5327-7394-7 / I·4507
定价：38.00元